Schicksalsmord

Fiona Limar

Impressum

Schicksalsmord
von Fiona Limar
© 2013 Fiona Limar.
Alle Rechte vorbehalten.

ISBN 978-3-00-042359-8

2., überarbeitete Version

Verlegt von:
David Salz, Niederbarnimer Str. 10, 16540 Hohen Neuendorf,
Deutschland

Buchcover: David Salz

Lydia:

Nie habe ich an das Schicksal geglaubt. Sein verhängnisvolles Walten ist das Lieblingsargument aller Schwächlinge, die sich ihr eigenes Versagen nicht eingestehen wollen. Ich weiß wovon ich rede, wurde ich doch von zwei wahren Musterexemplaren dieser Gattung aufgezogen.

Meine griesgrämige Mutter trauerte ein Leben lang ihrer großen Liebe nach, und wurde darüber nicht nur seelisch, sondern schließlich auch körperlich zum Krüppel. Mein verbitterter Stiefvater beklagte seinen verpassten beruflichen Aufstieg und die Missgunst der Kollegen, die er als Ursache dafür ausgemacht hatte. Darüber wurde er schließlich zum Trinker.

Ich hingegen bin immer eine Kämpferin gewesen, nie habe ich die Dinge einfach hingenommen, sondern stets versucht, sie zum Besseren zu wenden. Natürlich musste ich trotzdem Niederlagen und Rückschläge einstecken, doch nie hätte ich für denkbar gehalten, in eine derartige Situation zu geraten.

Anfangs glaubte ich noch an einen Irrtum, der sich ganz schnell aufklären würde. Bei meiner Verhaftung weigerte ich mich sogar, die nötigsten Sachen einzupacken. Wozu auch? Man würde mich ohnehin gleich wieder nach Hause lassen müssen. Meine autoritätshörige, beflissene Schwester Ulrike erledigte das Packen schließlich für mich.

„Ich habe meinen Mann nicht umgebracht!" Wie oft habe ich diesen bedeutungsschweren Satz im Verlaufe des vergangenen Jahres wohl ausgesprochen? Hundertmal? Zweihundertmal? Oder noch öfter? Ich habe voller Nachdruck gesprochen, so, als wollte ich ein störrisches Kind überzeugen. Ich habe die Worte mit einem leicht unterdrückten Lachen untermalt, um zu verdeutlichen, wie absurd ich den Vorwurf finde. Ein paar Mal habe ich sie auch unbeherrscht herausgeschrien, obwohl das eigentlich meinem Temperament völlig zuwiderläuft. Geholfen hat es mir jedoch alles nicht. Ich bin des Mordes angeklagt, und soll für eine Tat zur Verantwortung gezogen werden, die ich nicht begangen habe.

„Ich habe meinen Mann nicht umgebracht!" Das war auch der erste Satz, den ich meinem Pflichtverteidiger entgegenhielt. Selbst einen Anwalt zu benennen, hatte ich abgelehnt. Die Wahl eines Anwaltes wird schwierig, wenn es sich bei dem vermeintlichen Mordopfer um den angesehensten Strafverteidiger der Stadt handelt. Vor allem aber war ich unschuldig. Und das herauszufinden, würde auch einem Pflichtverteidiger keine Mühe bereiten. Als er zur Tür hereinkam, hatte ich meine Nachlässigkeit allerdings einen Moment lang bereut, weil ich fast glaubte, einen Studenten vor mir zu haben. Schmal wie ein Kind und geisterhaft blass, wirkte er wie Mitte 20. Umso mehr beeindruckten mich die Festigkeit seiner Stimme und die Autorität, die er schon bei den ersten Sätzen ausstrahlte.

„Frau Lydia Tanner?" fragte er höflich, obwohl ja wohl feststand, wen er vor sich hatte. Lydia Tanner, geborene Schwarz, geschiedene Gondschar, 36 Jahre alt, von Beruf Rechtsanwalts- und Notargehilfin.

4

Er stellte sich als Dr. Karsten Hoffmann, mein Pflicht-verteidiger, vor. Der Titel beeindruckte mich. Wie der erste Eindruck doch täuschen kann, er musste mindestens Mitte 30 sein, kaum jünger als ich. Unwillkürlich fragte ich mich, wie ich wohl auf ihn wirken mochte. Ich bin mir meiner Attraktivität als Frau durchaus bewusst, doch in dieser absolut ungewöhnlichen Situation beschlich mich Unsicherheit. Würde er sich mehr Mühe bezüglich des Falles geben, wenn er mich begehrenswert fand? Oder würde der Versuch, mit ihm zu flirten, meine Seriosität beeinträchtigen, die ich als des Gattenmordes Verdächtige unbedingt zu wahren hatte?

Allzu ernsthaft waren meine Gedankengänge nicht, und ich muss wohl unbewusst gelächelt haben, denn erst sein leicht irritierter Blick rief mich in die Gegenwart zurück. „Frau Tanner, möchten Sie sich zu den gegen Sie erhobe-nen Vorwürfen äußern oder soll ich Ihnen Fragen stel-len?", wiederholte er den Satz, der mir entgangen war. Ich empfand die ganze Situation einfach nur als absurd, schließlich wusste ich nicht einmal genau, was man mir eigentlich vorwarf. Ich hatte zu diesem Zeitpunkt noch keine Ahnung, wie mein Mann nun eigentlich zu Tode gekommen war. Fest stand lediglich, dass es am Freitag, dem 13. Februar, zwischen 17 Uhr und 18:30 Uhr in seiner Kanzlei geschehen sein musste. Die genaueren Umstände verschwieg man mir, aus ermittlungstaktischen Gründen, wie es hieß. Am liebsten hätte ich mich deshalb überhaupt nicht geäußert. In den vorangegangenen Verhören war es immer nur um mein fehlendes Alibi und eine unbekannte Belastungszeugin gegangen, die mich zur fraglichen Zeit am Tatort gesehen haben wollte. Ich fürchtete schon, Dr. Hoffmann würde ebenfalls nur auf diesem Punkt herumreiten, doch er wollte zunächst alles Wesentliche über meine Ehe wissen, von ihrem Beginn bis zur räumlichen Trennung von meinem Mann vor vier Wochen. Seine Gründlichkeit hatte etwas Vertrauen erweckendes, und ich fühlte mich auf sicherem Terrain, als ich chronologisch zu erzählen begann:

„Vor unserer Ehe hatte ich den Rechtsanwalt Dr. Dietrich Tanner, meinen späteren Mann, bereits fünf Jahre gekannt. Damals war ich noch mit meinem ersten Mann, Thomas Gondschar, verheiratet. Als der schwer erkrankte und danach lange arbeitsunfähig war, gab ich mein Jurastudium auf, um mich ganz seiner Pflege zu widmen."

Ich hatte erwartet, dass mein Verteidiger eine interessierte oder beifällige Bemerkung zu meinem Jurastudium machen würde, doch er nutzte die von mir vorsorglich eingelegte kleine Kunstpause nur dazu, um mir mit aufmunterndem Kopfnicken zu bedeuten, ich möge fortfahren.

„Da wir Geld brauchten, begann ich aushilfsweise in der Kanzlei von Dr. Tanner zu arbeiten, und nach Abschluss meiner Ausbildung zur Rechtsanwalts- und Notargehilfin wurde ich dort fest angestellt. Nebenbei besuchte ich weiterhin Vorlesungen, in der Absicht, mein Studium wieder aufzunehmen."

Wieder zeigte mein Verteidiger keine anerkennende Regung, obwohl wir doch fast so etwas wie Kollegen waren. Geradezu etwas trotzig betonte ich daraufhin, wie sehr Dr. Tanner meine fachliche Kompetenz von Anfang an geschätzt hatte.

„Unser Verhältnis war jedoch in all den Jahren rein kollegial. Das änderte sich erst, als mein erster Mann mich vor fünf Jahren von einem Tag auf den anderen ganz unerwartet verließ."

An dieser Stelle signalisierte mein Verteidiger nun erhöhte Aufmerksamkeit, doch ich verspürte nicht die geringste Neigung, näher auf die Sache einzugehen. „Eine andere Frau", murmelte ich nur kurz und sah im gleichen Moment Ullas wutverzerrtes Gesicht vor mir aufblitzen. Ich machte eine unwillkürliche Handbewegung, um es zu verscheuchen.

„Jedenfalls", fuhr ich fort, „war mir Dr. Tanner in dieser für mich sehr schwierigen Phase nicht nur juristisch, sondern auch menschlich eine große Hilfe. Wir kamen uns dadurch sehr nahe, und aus Dankbarkeit wurde bei mir schließlich Liebe. Er dagegen war schon lange in mich verliebt gewesen, wie er mir später gestand, und er und seine Frau hatten sich seit Jahren auseinandergelebt. Ich weiß, das klingt nach platter Phrase eines treulosen Ehemannes, doch in seinem Falle traf es wirklich zu. Er verbrachte mehr Zeit in der Kanzlei als zu Hause, und die Frau ging wohl auch seit einiger Zeit ihre eigenen Wege. Jedenfalls legte sie seiner Scheidungsabsicht keine Steine in den Weg, und ein Jahr später waren wir verheiratet. Nein, der Altersunterschied von 24 Jahren hat für mich damals keine Rolle gespielt. Seine menschliche Reife hatte etwas Beruhigendes für mich, ich fühlte mich geborgen. Schließlich war meine ohnehin nie glückliche Ehe mit einem gleichaltrigen Mann gerade kläglich gescheitert. Die erste Zeit meiner Ehe mit Dietrich Tanner war dann auch sehr glücklich. Wir haben unheimlich viel unternommen, sind um die halbe Welt gereist, und hatten oft Gäste. Ich habe weiterhin halbtags in der Kanzlei gearbeitet, und nebenbei Ausstellungen mit bekannten Künstlern und Buchlesungen in unseren Räumen organisiert. Mein Mann lebte richtig auf, holte in dieser Zeit wohl auch vieles nach, was er in seiner ersten Ehe vermisst hatte. Allerdings litt er von Anfang an unter dem Bruch mit seiner einzigen Tochter. Sie konnte das neue Leben ihres Vaters nicht akzeptieren, und begegnete mir, die ich mich ehrlich um sie bemüht hatte, mit unverhüllter Feindseligkeit. Besonders schmerzlich war es für meinen Mann, dass ihm dadurch auch der Kontakt zu seinen beiden Enkelkindern, zweijährigen Zwillingsbrüdern, verwehrt blieb. Doch im dritten Jahr unserer Ehe änderte Carola, also die Tochter meines Mannes, plötzlich ihre Meinung. Sie wollte den Kindern den Großvater nicht vorenthalten, hieß es plötzlich. In Wahrheit lagen ihre Gründe dafür wohl etwas anders: Nachdem sie sich von ihrem Lebensgefährten, dem Vater der Zwillinge, getrennt hatte, wollte sie sich wieder die Unterstützung ihres Vaters sichern. Mein Mann sah das jedoch nicht so, er war überglücklich und entwickelte sich innerhalb kürzester Zeit zum begeisterten Opa. Ich gönnte ihm diese Freude und akzeptierte auch, dass ich von den Treffen mit den Kindern ausgeschlossen blieb. Für diese Toleranz wurde ich letztendlich bestraft, denn diese Enkelnachmittage waren der Anfang vom Ende unserer Ehe. Fast unmerklich rutschte mein Mann immer mehr in seine alte Familie zurück. Bald verbrachte er auch Ostern und Weihnachten teilweise mit den Enkelkindern, und seine Exfrau und seine Tochter waren natürlich immer dabei. Schließlich spielte ich nur noch die Nebenrolle in seinem Leben. Ich habe begriffen, wie sehr er sich nach seiner alten Familie zurücksehnte, dass er aber nie den entscheidenden Schritt wagen würde. Also bin ich gegangen. Es war das Beste für alle Beteiligten. Wir haben uns in Freundschaft getrennt, und ich bin fest überzeugt, mein Mann war erleichtert darüber."

Mein Verteidiger hatte mich nicht unterbrochen, griff nun aber meinen letzten Satz auf. „Sie waren fünf Tage vor dem Tod ihres Mannes nochmals in der Kanzlei. Es soll an diesem Tag zu einem äußerst heftigen Streit zwischen Ihnen beiden gekommen sein. Nach Aussage des Kanzleipersonals klang das überhaupt nicht nach freundschaftlicher Trennung."

Natürlich, ich hätte es wissen müssen. Ich konnte es mir lebhaft vorstellen, wie genüsslich sich Sarah und Katrin über den Streit zwischen Dietrich und mir ausgelassen hatten. Katrin, dieses eitle Persönchen, war immer neidisch auf mich gewesen, und diese selbstunsichere Sarah ließ sich von ihr beeinflussen. Dabei konnten sie durch die gepolsterte Tür unmöglich verstanden haben, um was es ging. Vermutlich hatten sie dafür ihrer Phantasie die Zügel schießen lassen. Trotz meines Ärgers darüber blieb ich gelassen.

„Der Streit war völlig überflüssig", sagte ich. „Wir hatten uns ganz vernünftig über ein paar technische Details unserer Trennung unterhalten, als wir dann plötzlich doch in so etwas wie ein Aufarbeitungsgespräch hineinrutschten und auf die Gründe für das Scheitern unserer Ehe zu sprechen kamen. Ich hätte mich überhaupt nicht darauf einlassen sollen. Stattdessen machte ich auch noch den Fehler, den Anteil von Dietrichs Tochter Carola daran offen anzusprechen. Mein Mann flippte völlig aus und schrie mich an, ich hätte Carola schon immer gehasst. Dabei ist das völlig absurd. Aber ich hätte auf seine Verfassung Rücksicht nehmen sollen. Nach unserer Trennung war Carola für ihn vermutlich der wichtigste Mensch, er konnte nichts auf sie kommen lassen. Um den Streit nicht weiter eskalieren zu lassen, bin ich einfach gegangen."

„War dies die letzte Begegnung mit Ihrem Mann?"
fragte Dr. Hoffmann nach.

Ich schüttelte den Kopf. „Drei Tage später haben wir
uns noch einmal ganz kurz gesehen, als ich den BMW
zurückbrachte und ihm die Schlüssel übergab. Der Wagen
war auf meinen Mann zugelassen."

Einen Moment lang hatte es den Anschein, als wollte
mein Anwalt dazu noch etwas bemerken, er ließ es dann
jedoch dabei bewenden.

„Kommen wir nun zu den Vorgängen am Todestag ihres
Mannes", eröffnete er die Erörterung des nächsten
Punktes.

Ich seufzte aus tiefster Brust und es war wahrhaftig
keine gespielte Verzweiflung, die sich hier Luft verschaffte. An diesen Tag dachte ich nur mit tiefem Unbehagen zurück.

Ich begann meine Schilderung mit dem Anruf meiner
Schwester Ulrike am Vorabend. „Meine Schwester rief
gegen 20 Uhr an und kündigte für den kommenden Tag
ihren Besuch an. Ich war nicht begeistert, doch ich ließ
mich überreden. Hinterher bereute ich meine Nachgiebigkeit. Zwischen meiner Schwester und mir gab es Mei-
nungsverschiedenheiten über die Aufteilung einer Erb-
schaft. Ich hatte Ulrike deswegen extra zu Hause in
Bödersbach aufgesucht und ausführlich mit ihr gesprochen. Da ihr die dabei getroffene Übereinkunft aber
offenbar nicht gefiel, wollte sie sozusagen neu verhan-
deln. Je länger ich darüber nachdachte, umso sinnloser
fand ich unsere Verabredung. Am nächsten Morgen rief
ich meine Schwester an, um ihr abzusagen. Sie hatte

jedoch einfach ihr Handy ausgeschaltet und war so nicht erreichbar. Im Laufe des Tages versuchte ich es noch mehrmals erfolglos. Da ich seit der Trennung von meinem Mann nicht mehr in der Kanzlei arbeite, habe ich vormittags verschiedene Besorgungen erledigt. Schließlich muss ich mich auch noch nach einer eigenen Wohnung umsehen." Fast hätte ich erwähnt, wie schwierig das angesichts meiner unklaren finanziellen Situation sei, schluckte es aber gerade noch hinunter. Das wäre jetzt wirklich kein gutes Argument.

„Jedenfalls", fuhr ich stattdessen fort „sollte ihr Zug um 16:45 Uhr in Gießen ankommen, spätestens gegen 17 Uhr hätte meine Schwester bei mir sein müssen. Um 17:20 Uhr war sie jedoch immer noch nicht da und ging nach wie vor nicht an ihr Handy. Ich fand ihr Verhalten äußerst rücksichtslos, und bekam vor Ärger heftige Kopfschmerzen. Auch begann ich zu bezweifeln, ob sie überhaupt noch kommen würde, und verließ schließlich das Haus, um wegen meiner Kopfschmerzen frische Luft zu schnappen. Etwa eineinhalb Stunden bin ich dann ziellos durch die Gegend gelaufen. Der Spaziergang tat mir gut, und nein, ich habe niemanden getroffen, der ihn bezeugen könnte. Natürlich habe ich unterwegs ein paar Leute gesehen, doch an die erinnere ich mich ebenso wenig, wie sie sich an mich erinnern werden. Und ich war nicht einmal in der Nähe der Kanzlei meines Mannes. Dass mich jemand beim Verlassen der Kanzlei gesehen haben will, muss auf einem Irrtum beruhen. Derjenige hat sich entweder im Tag geirrt, oder eine andere Person gesehen. Und dieser offensichtliche Irrtum ist doch wohl kein hinreichender Grund, mich hier festzuhalten." Jetzt hatte ich mich in Rage geredet.

Mein Anwalt blieb gelassen. „Wenn es der einzige Grund wäre...", setzte er zu einer Erwiderung an, doch ich unterbrach ihn.

„Ja ich weiß, es war sehr dumm von mir, bei der ersten Befragung zu meinem Alibi falsche Angaben zu machen. Aber versetzen Sie sich doch bitte einmal in meine Situation. Meine Schwester stand neben mir. Ich konnte doch nicht sagen 'Ich bin spazieren gegangen, weil ich vor Ärger über meine Schwester Kopfschmerzen hatte und sie nicht mehr treffen wollte.' Sie war ja dann doch noch gekommen und ich hatte ihr gesagt, dass ich wegen eines wichtigen Termins unterwegs gewesen sei. Als ich Ulrike nach meinem Spaziergang frierend auf der Terrasse antraf, wollte ich sie nicht noch mehr brüskieren. So ist das nun mal leider, eine Lüge zieht die andere nach sich." Ich zuckte bedauernd mit den Achseln. „Außerdem hielt ich meine Aussage in dem Moment auch für völlig unwichtig, weil ich im Traum nicht daran dachte, ich könnte ernsthaft mit dem Ableben meines Mannes in Verbindung gebracht werden."

Mein Anwalt nickte leicht. „Bleibt aber die Tatsache, dass Sie kein Alibi vorweisen können, und zur Tatzeit am Tatort gesehen worden sind."

„*Angeblich* gesehen worden sind", korrigierte ich, „denn diese Aussage ist falsch. Und zu jedem Mord gehört ja wohl auch ein Motiv."

„Sie leben mit einem anderen Mann zusammen...", setzte mein Anwalt erneut an.

„Auch das ist falsch", fuhr ich ihn nun ernsthaft verärgert an. „Herr Professor Rittweger ist ein guter Bekannter, nicht mehr und nicht weniger. Und selbst wenn es anders wäre. Ich habe mich offiziell und in aller Form von meinem Mann getrennt. Es besteht also kein Grund, ihn wegen eines angeblichen Liebhabers aus dem Weg zu räumen. Im Gegenteil, mein Mann hätte mir Trennungsunterhalt gezahlt. Ich war also finanziell von ihm abhängig. Weshalb sollte ich ihn da umbringen?"

„Um noch mehr Geld zu bekommen", parierte mein Anwalt kühl und lehnte sich leicht zurück, mich dabei aufmerksam musternd.

Ich setzte eine resignierte Miene auf, als er weitersprach.

„Ihr Mann hat eine Lebensversicherung über die Summe von 500 000 Euro abgeschlossen. Sie sind die Begünstigte."

Diese Lebensversicherung war eine Tatsache, die sich nicht leugnen ließ. Bei seiner Scheidung hatte Dietrich festgelegt, dass sein gesamtes bisher erworbenes Vermögen seiner Exfrau Edelburg, die er sofort großzügig abfand, und seiner Tochter Carola, die seine Erbin sein würde, zufallen sollte. Mich wollte er über die Lebensversicherung absichern. Vermutlich war es tatsächlich ein Fehler gewesen, diese Versicherung bei der ersten Vernehmung unerwähnt zu lassen. Meine anschließende Beteuerung, daran überhaupt nicht mehr gedacht zu haben, klang wohl nicht sehr glaubwürdig. Perfiderweise erfuhr ich erst später, dass mein Mann die Police eine Woche vor seinem Tod noch hatte ändern lassen und Carola als Begünstigte eingesetzt hatte. Da ich davon nichts wissen konnte, hatte ich nun jedoch ein Motiv.

Ulrike:

Meine Schwester hat behauptet, ihr ganzes Unglück hätte mit meinem „Überfall" begonnen. Ich nahm ihr diese Ungerechtigkeit nicht übel. Die Untersuchungshaft hatte sie zermürbt. Manchmal hatte ich das Gefühl, dass sie verzweifelt nach einem Schuldigen für ihr Unglück suchte, und da sie ihn nicht finden konnte, musste eben ich herhalten. Dabei verdrängte sie völlig, dass mein „Überfall", wie sie meinen überraschenden Besuch vor nunmehr fast einem dreiviertel Jahr nennt, durchaus nicht am Anfang dieser verzwickten Geschichte stand. Vielmehr war sie diejenige, die mich zuerst aufgesucht hatte.

Eines Morgens rief sie während meiner Frühschicht im Krankenhaus an und schlug ein Treffen für den Nachmittag vor. Sie würde mich vom Dienst abholen, und wir würden in unser Stammcafé gehen, ich solle mir eine Ausrede für Mutter ausdenken, die nichts davon wissen müsse. Ihre Ankündigung erfüllte mich mit freudiger Erwartung. Es musste sich um etwas Besonderes handeln, wenn meine Schwester fast zwei Stunden Autofahrt auf sich nahm, nur um mit mir Kaffee zu trinken. Wobei man natürlich auch sagen muss, dass sie gern und viel Auto fuhr, nur eben nicht in ihre Heimatstadt Bödersbach, von ihr nur noch abfällig als „das Kaff" bezeichnet. Dies ist einer der vielen Punkte, in denen wir uns voneinander unterscheiden. Ich mag unseren kleinen beschaulichen Kurort mit dem historischen Stadtkern sehr gern und habe es nie bereut, hier geblieben zu sein. Lydia dagegen strebte fort, solange ich denken kann.

Trotz aller Verschiedenheit zwischen uns mochte ich meine Schwester sehr gern und hatte immer ein enges

Verhältnis zu ihr gehabt. Es tat mir Leid, sie so viel seltener zu sehen, seit sie in Gießen lebte.

Während unserer Schulzeit hingen wir wie siamesische Zwillinge aneinander, und das, obwohl Lydia fast drei Jahre älter ist als ich. Trotzdem unternahmen wir viel gemeinsam und ihre Freundinnen, die sich anfangs abfällig darüber äußerten, die kleine Schwester immer mitzuschleppen, akzeptierten meine Anwesenheit schließlich.

Lydias Zuwendung tat mir in vielerlei Hinsicht gut. Ich war eher schüchtern und fand nicht leicht Anschluss an Gleichaltrige. So aber konnte ich von Lydias Beliebtheit profitieren.

Zu Hause war Lydia mein Bollwerk gegen die Streitereien unserer Eltern. Anders als ich ging sie sehr gelassen damit um und verstand es meisterhaft, Vater zu besänftigen und Mutter Zugeständnisse abzuringen. Nie habe ich so recht begriffen, wie sie das bewerkstelligte.

Als Lydia mit 20 heiratete und von zu Hause fortzog, vermisste ich sie schmerzlich. Bald darauf eskalierte unsere häusliche Situation. Mutter blieb nach einem bösen Sturz und mehreren Operationen in ihrer Bewegungsfähigkeit eingeschränkt und konnte sich nur an Krücken fortbewegen. Vaters Alkoholkonsum nahm bedenklich zu und führte drei Jahre später zu seiner Invalidisierung, die offiziell wegen Magenkrebs und fortgeschrittener Leberzirrhose erfolgte. Bald darauf wurde er zum Pflegefall. Dass ich mich neben meiner Ausbildung zur Krankenschwester und später während meiner Berufstätigkeit um ihn kümmerte, brachte mich oft an den Rand meiner Belastbarkeit. Mutter war nur am

Lamentieren und Vater wurde durch seine Krankheit immer schwieriger und launischer, ich konnte ihm nichts recht machen. Nur gegenüber meiner Schwester blieb er umgänglich, und so war ich froh über jeden ihrer Besuche.

Nach seinem Tode fand sich ein Testament an, in dem er Lydia als Alleinerbin eingesetzt hatte. Ich gebe zu, dass ich etwas betroffen war. Meine Schwester ist nicht das leibliche Kind meines Vaters, sie stammt aus der ersten Ehe unserer Mutter. Lydia war knapp zwei Jahre alt, als meine Eltern heirateten. Mutter war sehr stolz darauf, dass Vater beide Kinder gleich behandelte und keine Unterschiede in seiner Zuneigung erkennen ließ. Ich hatte allerdings oft mit einem winzigen Anflug von Neid bemerkt, dass er Lydia mir sogar vorzog. Vermutlich lag das an ihrem anschmiegsamen Wesen, mit dem sie jeden für sich einnahm. Ich war dagegen nie ein Mensch, dem die Herzen der Anderen spontan zufliegen. Das jedoch vom eigenen Vater gewissermaßen schriftlich bestätigt zu bekommen, ist schon hart. Allerdings war ich dann auch wieder in der Lage, das Ganze zu relativieren. In meinem Beruf als Krankenschwester musste ich oft erleben, wie bitter ungerecht alte oder kranke Menschen gegen sie pflegende Angehörige werden können. Da wird die Wut über die eigene Hilfsbedürftigkeit auf den Pflegenden projiziert und das Enterben ist ein durchaus probates Mittel der Rache. Nun hatte es eben auch mich getroffen. Meine Schwester dagegen, die bei ihren seltenen Besuchen auf jede Laune von Vater eingegangen war, rutschte so ganz automatisch in die Rolle der guten Tochter. Daraus konnte ich ihr wirklich keinen Vorwurf machen.

Lydia war von dem Testament völlig überrascht und tröstete Mutter und mich, indem sie es als bedeutungslos abtat. Das Erbe, das sie laut Testament antreten sollte, bestand aus dem halben Haus und Grundstück meiner Eltern. Meine Mutter hatte das Haus von ihren Eltern geerbt und meinen Vater mit ins Grundbuch eintragen lassen, damit er sich stärker für die Erhaltung verantwortlich fühlen sollte, wie sie immer betonte.

Eigentlich hatte Mutter nach Vaters Tod zunächst wieder allein über das Haus verfügen wollen, doch schriftlich festgelegt hatten die Eltern nichts. Meine juristisch versierte Schwester machte deshalb den Vorschlag, sich auf Grundlage des ja nun einmal vorhandenen Testamentes an Vaters statt neben Mutter als Miteigentümerin eintragen zu lassen. Das sei die unbürokratischste und kostengünstigste Variante, betonte sie. Durch das Kostenargument war Mutter sofort überzeugt und meine Schwester versicherte, dass die Eintragung natürlich nur pro forma erfolge und alles in Mutters Hand bliebe.

Lydia und ich waren uns einig über den in nächster Zukunft notwendigen Verkauf und bemühten uns beide darum, Mutter zu überzeugen, die in diesem Punkt leider ziemlich uneinsichtig war. Der langsame Verfall des Hauses hatte schon begonnen, als es noch meinen Großeltern gehörte und meinen Eltern war es nicht gelungen, ihn aufzuhalten. Das schmale Gehalt meines Vaters reichte für die Erhaltung einfach nicht aus, geschweige denn für Modernisierungen. Nur die notwendigsten Reparaturen wurden ausgeführt, wie zum Beispiel Ausbesserungen des Daches. Als dann noch die beiden Straßen, die das Grundstück an der Frontseite und an einer Längsseite begrenzen, ausgebaut wurden, und meine Eltern in beiden Fällen hohe Gebühren entrichten mussten, gab ihnen das finanziell wohl den Rest. Doch meine Mutter verweigerte den aus Vernunftsgründen gebotenen Verkauf ihres

Elternhauses hartnäckig und mein Vater resignierte irgendwann. Das Haus verfiel immer mehr, was durch das langsam zuwuchernde Grundstück gnädig verdeckt wurde. Von außen sah das alles noch richtig romantisch aus, nur näher kommen durfte man nicht.

Als Lydia und ich noch klein waren, störte uns das nicht weiter. Wir liebten das alte, villenartige Haus und das fast einen Hektar große verwilderte Grundstück war für uns ein herrlicher Abenteuerspielplatz. Erst mit dem Älterwerden begriffen wir die Probleme. Wir litten unter der unzuverlässigen, veralteten Heizungsanlage, unter häufig verstopften Toiletten, weil die Rohre zu eng waren, und unter herabfallendem Putz. Ab und zu starteten die Eltern mit uns Einsätze, um dem gröbsten Wildwuchs auf dem Gelände zu Leibe zu rücken. Doch nach Mutters Unfall und mit dem Fortschreiten von Vaters Erkrankung blieb alles an mir hängen. Da ich es natürlich nicht bewältigen konnte, verwahrloste das Anwesen immer mehr, was die Aussicht auf einen günstigen Verkauf natürlich erheblich trübte.

Schließlich bot sich jedoch eine einmalige Gelegenheit. Ein Investor wollte auf dem Grundstück ein Pflegeheim errichten und bot einen fantastischen Quadratmeterpreis. Fast zeitgleich wurden am Ortsrand ehemalige Scheunen zu einer wunderschönen Wohnanlage ausgebaut. Ich war öfter dort vorbeigegangen und hatte die Baufortschritte bewundert. Ebenerdig entstanden altersgerechte Wohnungen, die hohen Dachgeschosse mit rustikalem altem Gebälk wurden zu lichtdurchfluteten Atelierwohnungen. Wie hatte ich von so einer Wohnung geträumt! Und nun rückte alles in greifbare Nähe. Wenn wir das Grundstück mit dem inzwischen abrissreifen Haus verkauften, konnten wir zwei Wohnungen für mich und für Mutter erwerben.

Lydia unterstützte den Plan, doch es gab inzwischen ein neues Hindernis. Mutter hatte die alte Pudeldame einer Bekannten, die umgezogen war und den Hund nicht mitnehmen konnte, übernommen. Sie und der Hund bildeten inzwischen ein unzertrennliches Gespann und Mutter verweigerte den Verkauf des Hauses mit dem Argument, dass Pudeldame Kira den Auslauf auf dem Grundstück brauche. Solange Kira lebe, werde sie hierbleiben.

Ich mochte den Hund auch und hätte es nicht übers Herz gebracht, Mutter zu überreden, ihn wegzugeben. Doch mir war natürlich klar, dass der Investor sein großzügiges Angebot kaum bis zu Kiras Ableben aufrechterhalten würde. Das kam dann jedoch schneller als erwartet. Ein Virus raffte die Hündin, deren Immunsystem wohl nicht mehr dagegen ankam, hinweg.

Mutter war untröstlich, doch nunmehr zum Verkauf des Grundstücks bereit, schon wegen der traurigen Erinnerung an ihre Kira, die darauf lasten würde. Welche traumatischen Erinnerungen ich mit dem Haus verband, hatte sie offenbar komplett vergessen.

Aber das war jetzt nicht mehr wichtig. Lydia und ihr Ehemann Dietrich halfen nun tatkräftig, alles in die Wege zu leiten. Der von Dietrich gründlich geprüfte Kaufvertrag wurde unterzeichnet, und ich ließ mich für den Kauf von zwei Wohnungen vormerken. Mutter bekäme eine altersgerechte Erdgeschosswohnung und ich gleich um die Ecke eine Dachwohnung. Die erste eigene Wohnung mit 33 Jahren! Ich war vor Vorfreude total aus dem

Häuschen und machte jeden Tag nach der Arbeit einen Umweg, um die Baufortschritte zu beobachten. Die Verkaufssumme des Grundstückes würde ausreichen, um beide Wohnungen zu finanzieren. Mutters Wohnung würde auf Lydias Namen gekauft und so unmittelbar zu Lydias Eigentum werden, auf das sie nach Mutters Tod allein Zugriff hätte. Ich bekäme das Geld für meine etwas preiswertere Wohnung und wäre so endgültig abgefunden. Die Überschusssumme von rund 50 000 Euro sollte ebenfalls Lydia erhalten, weil sie ja im Gegensatz zu mir keinen sofortigen Nutzen aus ihrem Erbteil zöge. Ich fand die Regelung gerecht. Und ich war Lydia und Dietrich unendlich dankbar, vor allem auch für ihre Bemühungen, Mutter von dieser Lösung zu überzeugen. Die bestand nämlich mit großer Halsstarrigkeit darauf, mit mir gemeinsam eine etwas größere Wohnung zu beziehen und Lydia auszuzahlen. Sie fürchte sich allein in der ebenerdigen Wohnung vor Einbrechern, sie könne nachts stürzen und ohne Hilfe sein, so ging es in einem fort. Hatte ich all ihre Argumente mühsam entkräftet, begann sie einfach zu weinen. Obwohl sie mir leidtat, blieb ich fest. Diese Wohnung war meine einzige Chance auf ein selbstbestimmtes Leben. Ich wollte Mutter nicht die alleinige Schuld geben, doch sie hatte ihren unbestreitbaren Anteil daran, dass ich noch alleinstehend war und keinen festen Freundeskreis hatte.

Im Januar wurde der Kaufvertrag für das Grundstück unterzeichnet, im Juni würden unsere neuen Wohnungen bezugsfertig sein. Solange konnten wir in unserem Haus bleiben, der Investor bemühte sich noch um die Baugenehmigung, und würde vor dem Sommer nicht mit Arbeiten auf unserem Grund und Boden beginnen können. Bis Ende Januar zitterte ich, es könnte im letzten Moment noch etwas schiefgehen. Am 9. Februar kam die erlösende Nachricht von unserer Bank: Die Kaufsumme war auf dem Konto eingegangen. Voll überschwänglicher Freude rief ich sofort Lydia an, und als zwei Tage später ihre Besuchsankündigung kam, dachte ich an nichts anderes als an einen fröhlichen Schwesternnachmittag mit Prosecco und Kuchen. In froher Erwartung verließ ich an diesem Tag die Klinik und ausgelassen winkte ich Lydia zu, als ich ihren großen, silberfarbenen BMW um die Ecke biegen sah.

Im Gegensatz zu mir liebte es Lydia aufzufallen und trug durch ihre Aufmachung dazu bei. So war es auch an diesem Tag. Ihre Haut war intensiv solariumsgebräunt, das schwarze Haar trug sie aufgesteckt und an den Ohren glänzten große, goldene Clips. Sie stöckelte auf gefährlich hohen Absätzen daher, locker umweht von einem orangefarbenen Mantel mit großem Schalkragen. Zwei vorbeigehende Männer drehten sich kurz nach Lydia um und ich bemerkte, wie meine Schwester aus den Augenwinkeln heraus ihrerseits kontrollierte, ob sie Aufmerksamkeit erregt hatte. Das Ergebnis schien sie zu befriedigen, ein Lächeln spielte um ihre Lippen, während sie weiter auf mich zustöckelte. Als sie mich umarmte, nahm mir der Duft ihres schweren Parfüms fast den Atem.

Ich wäre den kurzen Weg zum Café gern zu Fuß gegangen, denn das Wetter war für einen Februartag ungewöhnlich mild, doch Lydia bestand darauf zu fahren. Wir brauchten kaum fünf Minuten bis wir da waren. Auf dem von malerisch ins Wasser hängenden Trauerweiden gesäumten Teich vor dem Café schwammen mehrere Schwäne. Vermutlich hatten sie in diesem Jahr wegen der anhaltend warmen Temperaturen ihr Winterquartier überhaupt nicht bezogen.

In der Gaststube steuerte ich einen Fensterplatz an, von dem aus man die Schwäne beobachten konnte. Doch Lydia zog mich zu einem Tisch in einer Nische, die für die übrigen Gäste nicht einsehbar war. Da begann ich zu ahnen, dass es um etwas wirklich Bedeutungsschweres gehen würde.

Lydia ist ein Mensch, der seine Gefühle perfekt beherrscht. Ich habe das immer an ihr bewundert. Seit unserer Begrüßung hatte sie die ganze Zeit über fröhlich und entspannt gewirkt. Erst als wir unbeobachtet waren, änderte sich plötzlich ihr Gesichtsausdruck.

„Es ist etwas passiert, ich brauche deine Hilfe", sagte sie mit dramatischer Stimme und sah mich eindringlich an. Da ich sie nur erschrocken anstarrte und nichts fragte, fuhr sie fort. „Dietrich hat mich verlassen. Ich brauche dringend Geld, du kannst die zweite Wohnung jetzt nicht kaufen."

Mir war, als würde mir der Boden unter den Füßen weggezogen. „Nein" stammelte ich nur, „das kannst du nicht verlangen. Du weißt, wie wichtig diese Wohnung für mich ist." Ich sprach nicht weiter, weil ich Angst hatte, in Tränen auszubrechen.

Lydia legte mir beschwichtigend die Hand auf den Arm. Sie trug zu ihrem leuchtend türkisfarbenen Pullover ein Uhrenarmband in der gleichen Farbe. Eine merkwürdige Unruhe und Gereiztheit ergriffen bei diesem Anblick Besitz von mir und ich fragte mich nicht zum ersten Mal, weshalb mich dieser Modetick meiner Schwester derart aufregte. Lydia hatte inzwischen begonnen, auf mich einzureden. Sie erzählte, dass sich Dietrich schon seit längerer Zeit immer stärker von ihr abgewandt, sie aber stets gehofft habe, ihre Ehe noch retten zu können. Deshalb habe sie Mutter und mir nichts gesagt. Das Ende sei auch für sie ganz überraschend gekommen. Dietrich habe sich vermutlich unter dem Druck seiner Tochter Carola, die ihm sonst die Enkel wieder entzogen hätte, für seine erste Familie entschieden. Sie sei furchtbar enttäuscht, und vor allem könne sie unter diesen Umständen nicht mehr in der Kanzlei arbeiten. So sei sie also ohne Mann, ohne Wohnung und ohne Arbeit. Zurzeit wohne sie bei Bekannten, die sie freundlicherweise vorübergehend aufgenommen hätten, bis sie etwas Eigenes gefunden hätte.

„Ulrike, es tut mir so furchtbar leid, und ich würde es nie von dir verlangen, wenn ich das Geld nicht dringend bräuchte." Sie sah mich mit einem flehenden Ausdruck an.

Inzwischen hatte ich die Sprache wieder gefunden und begann nach Gegenargumenten zu suchen. Doch was ich auch vorbrachte, wischte sie mit einer Handbewegung fort. Nein, sie erhalte keinen Unterhalt von Dietrich und wolle auch keinen. Seine Familie habe sie immer als Parasitin betrachtet, nun, da Dietrich sie verlassen habe, müsse sie ihren Stolz wahren. Sie wolle auf eigenen Beinen stehen. Die 50 000 Euro aus dem Grundstücksverkauf, die sie sofort erhalten solle, würden hinten und vorn nicht reichen. Schließlich brauche sie auch ein Auto. Meinen Blick aus dem Fenster zu ihrem BMW quittierte sie mit einem Kopfschütteln. Den werde sie Dietrich noch in dieser Woche zurückgeben, nur für die heutige Fahrt habe sie ihn noch nutzen wollen.

„Ulrike, ich verlange doch nichts Unmögliches von dir. Du beziehst gemeinsam mit Mutter eine schöne geräumige Wohnung, in der ihr euch bei Bedarf aus dem Weg gehen könnt. Sie wird auf dich eingetragen und nach Mutters Tod hast du sie für dich allein."

Ich starrte Lydia entgeistert an. Unsere Mutter war 60, und bis auf ihre Gehbehinderung und ihre ausgeprägte Hypochondrie, die ihr stets neue Leiden vorgaukelte, ziemlich gesund.

Lydia hatte meinen Blick verstanden und lenkte verlegen ein, dass sich ja eventuell schon früher eine andere Lösung ergeben würde.

„Eventuell?" brauste ich jetzt auf. „Darauf möchte ich mich nicht verlassen. Immer habe ich zurückgesteckt, jetzt bin ich mal an der Reihe. Lydia", sagte ich beschwörend, „ich habe doch schon einiges für die Familie getan. Ich habe Vater jahrelang gepflegt..."

Lydia verschränkte die Arme und lehnte sich zurück. „Er war *dein* Vater", sagte sie spitz.

„Ja", konterte ich, „aber du hast ihn immerhin beerbt."

Lydias Augen wurden ganz schmal. „Eben.", sagte sie gedehnt. „Deshalb verlange ich jetzt auch nur, was mir zusteht."

Plötzlich herrschte unverhüllte Feindseligkeit zwischen uns. Meine Schwester stand ruckartig auf und verließ das Café. Als ich bezahlt hatte und ihr nach draußen nacheilte, konnte ich nicht einmal mehr die Rücklichter ihres BMWs sehen.

Am Abend tat mir alles nur noch schrecklich leid, und ich gab mir selbst die Schuld an unserem Streit. Lydia war ja wirklich zu bedauern. Nun war schon ihre zweite Ehe gescheitert und sie stand mit leeren Händen da. Es war mir unverständlich, dass meine schöne Schwester so viel Pech mit ihren Ehemännern hatte. Ihre erste Ehe war Lydia sehr jung eingegangen, gleich nach dem Abitur hatte sie einen Klassenkameraden geheiratet und war mit ihm gemeinsam zum Studium nach Gießen gegangen. Die Ehe lief nicht besonders gut, Thomas und Lydia waren einfach zu verschieden: Er still und in sich gekehrt, meine Schwester temperamentvoll und lebenshungrig. Man hätte es anders erwartet, doch schließlich war er es, der sie verließ.

Ihre zweite Ehe mit Dietrich Tanner schien gut zu gehen. Obwohl deutlich älter als Lydia, war Dietrich äußerst dynamisch und unternehmungslustig. Und er vergötterte Lydia. Es wollte mir nicht so recht in den Kopf, dass er sie nun verlassen haben sollte. Ich hätte genauer nachfragen sollen, vermutlich war Lydia ja auch zu mir gekommen, um sich auszusprechen. Aber ich war kaum auf ihre Gefühle eingegangen und hatte nur meine Probleme gesehen. Dabei war es verdammt fair von ihr gewesen, zunächst allein mit mir zu reden. Mutter wäre doch mit Begeisterung auf ihren Vorschlag angesprungen, und ich hätte keine Chance gehabt.

In der Nacht tat ich kein Auge zu und grübelte über eine Lösung nach, die sowohl Lydia als auch mir gerecht werden würde. Gegen Morgen meinte ich eine Variante gefunden zu haben: Lydia könnte mir das Geld für meine Wohnung leihweise überlassen. Ich würde jeden Monat so viel zurückzahlen, wie es mein Krankenschwesternge-halt erlaubte, und Lydia hätte so eine regelmäßige

Einnahme. Zumutbar wäre ihr diese Absprache aber sicher nur, wenn sich dafür ihr Anteil am Gesamterbe erhöhen würde.

Ich verfluchte die Tatsache, dass sich Lydia im Zorn von meinem Schwager Dietrich Tanner getrennt hatte. Ihm wäre die Ausarbeitung eines Vertrages zu Lydias und meiner Zufriedenheit ein Leichtes gewesen, und ihm vertraute ich voll und ganz. So aber würden sich die Verhandlungen zwischen Lydia und mir eventuell hinziehen, bis meine Traumwohnung anderweitig verkauft und für mich verloren wäre.

Als ich morgens meinen Frühdienst antrat, muss ich nach der durchgrübelten Nacht keinen erfreulichen Anblick geboten haben. Meine Kollegin Martina, die wie immer frisch und rosig wirkte, sah mich erschrocken an. Martina ist nicht nur meine Kollegin, sondern auch meine einzige und beste Freundin. Sie ist ein durch und durch positiver Mensch, ihr ganzes Wesen strahlt Wärme und Heiterkeit aus. Von ihrem runden, mit Sommersprossen übersäten Gesicht, das von krausem rotem Haar umrahmt wird, geht ein Leuchten aus, das jeden sofort für sie einnimmt. Die Patienten lieben Martina. Und auch ich verspürte bei ihrem Anblick sofort Erleichterung und nutzte die erste sich bietende Gelegenheit, ihr mein Herz auszuschütten.

Lange Vorreden waren nicht nötig, Martina kennt meine Verhältnisse genau. Das einzige Problem zwischen uns beiden ist ihre Abneigung gegen Lydia. Dabei war Martina ursprünglich mit Lydia befreundet gewesen. Ich wusste nicht genau, was sie so gegen Lydia erbittert hatte und wollte es eigentlich auch nicht wissen. Beide waren mir sehr wichtig, ich wollte nicht Partei ergreifen müssen.

Leider wurde Martinas Aversion auch jetzt wieder spürbar. Sie pfiff leise durch die Zähne: „Sieh mal an, jetzt will das Schwesterherz ihr angebliches nur-pro-forma-Erbe doch antreten. Und das auch noch sofort..."

Ich wiegelte ab. „So ist es doch gar nicht. Lydia beansprucht nach wie vor nur die Hälfte vom Erbe meiner Eltern." Martina sah mich merkwürdig an. „Na gut", lenkte ich ein, „vielleicht ein wenig darüber hinaus, nähme sie jedoch Vaters Testament wörtlich, dann könnte sie noch mehr verlangen."

Ich hätte das unselige Testament nicht erwähnen sollen. Martina war nämlich ernsthaft der Meinung, Lydia hätte es meinem Vater diktiert, einen seiner häufigen, gegen mich gerichteten Wutanfälle geschickt ausnutzend. Sie gab ihrer Verwunderung darüber Ausdruck, wie mein zeitweise schon ziemlich verwirrter Vater ein formal fehlerfreies Testament aufsetzen konnte. Schließlich würden sehr vielen Menschen bei der Abfassung ihres letzten Willens Fehler unterlaufen, die im Nachhinein für viel Ärger sorgten.

Ich hatte Lydia immer gegen diese Verdächtigung verteidigt. Und ich wollte auch jetzt nicht darüber reden, mir ging es nur darum, Lydia eine praktikable Lösung vorzuschlagen, und das möglichst bald. Die Zeit drohte mir davonzulaufen.

Martina ging die Sache dann auch resolut an. „Fahr zu ihr", sagte sie. „Am besten gleich morgen. Da ist Freitag und ihr habt das Wochenende vor euch. Wenn sie nicht mehr in der Kanzlei arbeitet, muss sie doch Zeit für dich haben. Und du hast auch Zeit, die Oberschwester runzelt schon die Stirn über die Unsumme von Überstunden, die sich bei dir angesammelt haben."

„Die wollte ich für Mutters und meinen Umzug aufsparen", wandte ich ein.

„Solange kannst du unmöglich umziehen, wie du inzwischen auf dem Zeitkonto hast. Und wenn du das mit Lydia jetzt nicht auf die Reihe bekommst, brauchst du für deinen Umzug überhaupt keine freien Tage mehr, weil er nämlich ins Wasser fällt."

Martina hatte Recht. Als ich das Krankenhaus am frühen Nachmittag verließ, lagen drei freie Tage vor mir.

Meine Mutter reagierte wenig erbaut auf die Ankündigung, ich müsste für ein bis zwei Tage wegfahren. Doch meine Begründung, Lydia habe mich kurzfristig um Hilfe bei der Vorbereitung einer Veranstaltung in der Kanzlei gebeten, änderte ihre Meinung schlagartig. Und bei der Ankündigung, Martina würde täglich vorbeischauen, stieg ihre Laune merklich an. Denn Martina würde es erfahrungsgemäß nicht beim Schauen lassen, sie würde ausgiebig mit Mutter schwatzen und sich zu ein paar Runden Rommé überreden lassen. Martina nahm sich immer Zeit für Mutter, denn sie war alleinstehend wie ich und nie in Eile. Dass ein so patenter Mensch wie Martina keinen Partner fand, verstärkte meine ohnehin vorhandenen Zweifel an der Männerwelt noch.

Lydia hatte meinen telefonisch angekündigten Besuch erst abwehren wollen, dann aber doch noch widerwillig zugestimmt. Allerdings gab sie vor, erst am späten Nachmittag Zeit für mich zu haben. Mir war es recht, ich würde also den Zug um 15 Uhr nehmen, der planmäßig um 16:45 Uhr in Gießen ankam. Nach einigem Überlegen legte Lydia fest, ich solle vom Bahnhof aus mit einem Taxi zur Adresse ihrer Bekannten, bei denen sie zurzeit wohne, kommen. Sie würde zusteigen und gemeinsam mit mir zu einem Restaurant fahren. Mir wäre eine Aussprache in häuslicher Atmosphäre lieber gewesen, doch ich sah ein, dass das in einem fremden Haus wohl nicht passend war. Typisch für Lydia fand ich den Vorschlag mit dem Taxi. Nur keinen Schritt zu Fuß gehen, auch jetzt nicht, da sie ihr Auto offenbar tatsächlich an Dietrich zurückgegeben hatte.

Eigentlich wäre ich gern schon zu einem früheren Zeitpunkt gefahren, da das nun aber nicht ging, beschloss ich den Rest meines freien Tages sinnvoll zu planen. Dank meiner kollegialen Beziehungen zu den jeweiligen Sprechstundenhilfen vereinbarte ich kurzfristig für 10 Uhr einen Zahnarzttermin und für 13 Uhr eine gynäkologische Untersuchung. Ehrlich gesagt ließ ich die Vorsorge ziemlich schleifen und schob Zeitmangel als Begründung vor. In Ordnung fand ich das nicht, schon gar nicht für jemanden, der selbst im Gesundheitswesen tätig ist. Als ich am Morgen gegen 9:30 Uhr das Haus verließ, hatte ich meine kleine Reisetasche schon bei mir.

Der Tag begann dann allerdings nicht gut für mich. An einer Kreuzung kam mir ein Jugendlicher auf Inlineskatern in hohem Tempo entgegen. Ich versuchte auszuweichen und er auch, leider zu knapp. Er erwischte mit voller Wucht meine Tasche, die im hohen Bogen davonflog. Ich wurde zur Seite geschleudert und wäre wohl gestürzt, hätte mich ein hilfsbereiter Passant nicht aufgefangen. „Lerne erstmal bremsen, das ist das Wichtigste beim Skaten", rief er dem Jungen zu, dem das offensichtlich äußerst peinlich war. Er brachte mir schuldbewusst meine

Tasche, der auf den ersten Blick nichts weiter passiert war. Erst viel später würde ich feststellen, dass mein in der Seitentasche steckendes Handy den Vorfall nicht überstanden hatte.

Bei meinen Arztterminen lief alles glatt, ich aß zwischendurch noch eine Kleinigkeit zu Mittag, kaufte Pralinen für Lydia, die ich schön verpacken und mit einem „Tut mir leid"-Aufkleber versehen ließ und war pünktlich am Bahnhof. Der Zug war nicht ganz so pünktlich, doch die 20 Minuten Verspätung, mit denen ich schließlich in Gießen ankam, fand ich noch erträglich.

Ich stieg in ein Taxi und gab die Adresse an. Obwohl es bereits dunkel war, erkannte ich die Gegend, durch die wir fuhren. Lydias Bekannte wohnten offenbar ganz in der Nähe von Dietrichs Kanzlei. Meine Schwester hatte es bei ihrem Umzug demnach nicht weit gehabt, denn bisher lebte sie gemeinsam mit Dietrich in einer geräumigen Wohnung direkt über den Kanzleiräumen. Das Taxi hielt vor einer gepflegten Villa. Sie war ganz schlicht im Bauhausstil errichtet und sorgfältig restauriert. Zwischen den Büschen versteckte Scheinwerfer tauchten ihre Fassade in blendendes Licht. Ich bat den Taxifahrer kurz zu warten. Als sich auf mein Klingeln nichts regte, drückte ich unentschlossen gegen die Klinke der Tür zum Vorgarten. Zu meiner Erleichterung sprang sie auf, doch als ich auf das Haus zuging, sah ich mich plötzlich von dem misstrauischen Taxifahrer verfolgt. Offenbar missdeutete er meine Absicht, um das Haus herumzugehen, als Fluchtversuch. Verstimmt holte ich meine Tasche aus dem Taxi und zahlte.

Inzwischen hatte ich festgestellt, dass im ganzen Haus kein Licht brannte. Lydia schien nicht da zu sein. Während ich noch darüber grübelte, ob sie meine geringfügige Verspätung derart verärgert haben könnte, dass sie mich ohne Nachricht versetzte, hörte ich plötzlich eine Stimme: „Hallo Sie, was machen Sie denn da?"

Ich schaute mich suchend um, konnte jedoch niemanden entdecken.

„Hallo, zu wem wollen Sie?", ließ sich die Stimme erneut vernehmen. Sie kam offenbar von links, wo eine mannshohe Hecke das Grundstück begrenzte. Jetzt bemerkte ich, dass sich die Hecke an einer Stelle bewegte. Zwischen den beiseite geschobenen Zweigen wurde ein Gesicht erkennbar.

„Guten Abend", sagte ich höflich, „ich möchte zu Lydia Tanner, ich bin mit ihr verabredet."

„Lydia Tanner, ist das die Dame die neuerdings bei Professor Rittweger wohnt?" Die Person hinter der Hecke war auf ihrer Seite ein Stück tiefer ins Grundstück hineingegangen und ich folgte ihr. Hier wurde die Hecke niedriger und ein Bewegungsmelder ließ eine Laterne neben der Terrasse anspringen. Nun konnte ich deutlich erkennen, dass ich einer sehr gepflegten Dame um die 70 gegenüberstand. Ihr Gesichtsausdruck spiegelte eine Mischung aus Misstrauen und Neugier.

„Lydia Tanner ist meine Schwester", sagte ich.

„Wohnt sie jetzt für ständig bei Professor Rittweger?", wollte die aufmerksame Nachbarin nun wissen.

Ich antwortete ausweichend, und da die interessierte Dame mir leider nichts dazu sagen konnte, wo sich Lydia im Moment aufhielt, hätte ich das Gespräch gern beendet. Doch so leicht ließ sie mich nicht davonkommen. Nachdem ich ihr auf ihre Frage hin erzählt hatte, dass ich aus Bödersbach stamme, war sie nicht mehr zu bremsen. Ich erfuhr alles über die Kuraufenthalte, die sie und ihr Mann regelmäßig dort absolviert hatten, über ihre Krankheiten, über ihre Ehe, und über den Tod ihres Mannes vor zwei Jahren.

„Gleich sechs", rief sie plötzlich, „da muss ich aber rein! Und was machen Sie jetzt?", wollte sie wissen.

„Warten", sagte ich schlicht, „zum Glück ist es ja nicht kalt."

Mit einer abschließenden Bemerkung über das unmögliche Winterwetter, das einen ganz krank mache, verschwand sie im Haus. Ich ging noch tiefer in das Grundstück hinein, hinter mir erlosch die Terrassenbeleuchtung. Unter einem riesigen Rhododendron, der eine Art Laube bildete, stand eine Bank. Im rückwärtigen Zaun befand sich eine kleine Pforte, die ebenfalls unverschlossen war. Plötzlich sprang die Terrassenlampe wieder an. Ich eilte nach vorn, in der Hoffnung Lydia sei gekommen. Doch dann entdeckte ich nur eine Katze, die in den Bodendeckern rund um die Terrasse nach Mäusen jagte. Ich sah ihr eine Weile zu und ließ mich schließlich auf der Bank unter dem Rhododendron nieder. Dort fand mich Lydia vor, als sie gegen 19 Uhr endlich doch noch kam.

Sie wirkte völlig entgeistert, als ich aus der Dunkelheit heraus in ihren Gesichtskreis trat, so als habe sie überhaupt nicht mehr an mich gedacht. Statt ihre Abwesenheit zu erklären, begann sie mich sofort mit Vorwürfen zu überhäufen. Was ich mir dabei gedacht hätte, den ganzen

Tag telefonisch nicht erreichbar zu sein. Sie hätte mir wegen eines anderen wichtigen Termins eigentlich absagen wollen. Und welche Rücksichtslosigkeit es sei, sie nun hier in einem Haus zu überfallen, in dem sie selbst nur zu Gast sei. Einen Moment lang glaubte ich, sie würde mich draußen stehen lassen. Nachdem sie mich dann doch noch hineingebeten hatte – ganz kurz, wie sie betonte, ließ sie mir keine Zeit, mich umzusehen. Nur flüchtig nahm ich das gediegene Interieur der Villa wahr: Parkett, Marmorkamin und wenige, futuristisch anmutende Möbelstücke. Alles wirkte sehr edel und sehr unterkühlt. Ich hockte mich auf die Kante eines unbequemen schwarzen Ledersessels und fühlte mich unbehaglich.

Wir kamen überhaupt nicht dazu, ein Gespräch zu beginnen, denn nicht einmal fünf Minuten später kam Professor Roland Rittweger nach Hause. Lydia hatte ihn offenbar noch nicht erwartet, denn von ihrer Begrüßung in der Diele schnappte ich etwas von einem ausgefallenen Termin auf. Dann sprach meine Schwester längere Zeit flüsternd auf ihn ein und mir war klar, dass sie meine Anwesenheit erklärte und diese Erklärung keine freundliche war.

Roland Rittweger ließ sich jedenfalls nichts anmerken und begrüßte mich überaus höflich. Ich war über sein gutes Aussehen erstaunt, obwohl er nicht mein Typ war. Er hatte etwas Gelacktes, das mich eher abstieß. Doch er war genau der Typ Mann, den Lydia bevorzugte, das fiel mir damals schon auf. Entschlossen griff ich nach meiner Tasche und erklärte, jetzt nicht weiter stören und mir ein Hotelzimmer suchen zu wollen. Lydia und ich könnten dann morgen reden. Zu meiner und auch zur Überraschung meiner Schwester ließ Roland Rittweger das nicht zu und bot mir das Gästezimmer an. Ich verspürte plötzlich eine bleierne Müdigkeit und nahm dankbar an. Nach einem gemeinsamen, angespannten Abendessen, bei dem Lydia und ich uns eher förmlich über den Gesundheitszustand unserer Mutter unterhielten, ging ich zu Bett.

Auch im Gästezimmer war alles schlicht und edel, die Einbauschränke, das unberührt wirkende Bett, die Lampen. In einer Ecke standen Lydias teure, bordeauxrote Lederkoffer. Offenbar bewohnte sie dieses Zimmer und hatte es vermieden, sich hier wohnlich einzurichten. Nichts außer den Koffern deutete auf ihre Anwesenheit hin.

Ich fragte mich nicht, wo Lydia nun eigentlich schliefe. Es war mir gleich, ob und wann Roland Rittwegers Frau wohl nach Hause käme. Ich schlief tief und traumlos, bis mich Geschirrgeklapper aus der unteren Etage weckte. Erschrocken stellte ich mit einem Blick auf die Uhr fest, dass es fast neun Uhr war. Derart hatte ich seit meiner Schulzeit nicht mehr verschlafen. Mein anstrengender Dienst im Krankenhaus und die beiden durchgrübelten Nächte hatten ihren Tribut gefordert. Vermisst hatte man mich anscheinend jedoch noch nicht. Mir fiel ein, dass Wochenende war und Lydias Bekannte vermutlich zu Hause wären.

Als ich nach einer kurzen Morgentoilette nach unten ging, traf ich Lydia in der hypermodernen Küche allerdings allein an. Sie goss mir nach einer kühlen Begrüßung schweigend Kaffee ein und griff nach der Zeitung. Ich nahm mir die Beilage. Beide stellten wir uns lesend, beide sammelten wir in Wahrheit nur Argumente für die unvermeidliche Auseinandersetzung. Krampfhaft suchte ich nach einem versöhnlichen Anfang, der das Eis zwischen uns brechen könnte.

In meine Gedanken hinein ertönte der Türgong. Lydia erhob sich unwillig und betätigte die Gegensprechanlage, ich hörte eine männliche Stimme, hörte Lydia die Tür öffnen und kurz darauf ihren erschrockenen, lauten Ruf: „Ulrike, komm doch mal her!"

Vor der Tür stand ein junger, verlegener Polizist in Uniform.

„Dietrich ist tot!", rief Lydia jetzt, und auf ihrem Gesicht zeichnete sich eher Erstaunen als Erschrecken ab. Sie stellte mich kurz als ihre Schwester vor und der Polizist sprach mir murmelnd „Herzliches Beileid" aus.

„Wie ist denn das passiert?", fragte Lydia.

Dazu könne er nichts Genaues sagen, erwiderte der Polizist, dem die Situation sichtlich Unbehagen bereitete.

Wo ihr Mann jetzt sei, wollte Lydia wissen.

„In der Gerichtsmedizin. Es gibt Unklarheiten bezüglich der Todesursache." setzte er erklärend hinzu. Mehr könne er leider nicht sagen. Um sich endlich zurückziehen zu dürfen, wünschte der junge Polizist „einen schönen Tag noch", um im gleichen Moment zu bemerken, wie unpassend das wohl war. Seine Ohren leuchteten signalrot, als er um die Hausecke verschwand.

„Einen schönen Tag noch", sagte Lydia grimmig, „ich möchte mal wissen, wer diese Leute psychologisch schult." Dann schien sie sich der Situation erst richtig bewusst zu werden. „Was da jetzt auf mich zukommt! Ich bin noch seine Frau, ich bin für die Beisetzung verantwortlich." flüsterte sie. Plötzlich legte sie den Arm um mich und zog mich an sich. „Du bleibst doch Ulrike, ich brauche dich jetzt."

„Selbstverständlich", erwiderte ich und nahm sie nun meinerseits in die Arme. Dem traurigen Anlass zum Trotz durchströmte mich ein warmes Glücksgefühl, weil meine Schwester mir wieder gut war.

Mir blieb nicht viel Zeit zum Nachdenken, Lydias Tatkraft riss mich gleich wieder mit sich fort. „Wir gehen jetzt zur Kanzlei, ich muss wissen was passiert ist!", bestimmte sie. Lydia griff nach ihrem Mantel, jenem flauschigen, leuchtend orangeroten Gebilde, das sie auch bei unserem Treffen in Bödersbach getragen hatte. Plötzlich hielt sie inne und schlüpfte stattdessen mit großer Selbstverständlichkeit in meinen schlichten, marineblauen Dufflecoat. „Mein Mann ist schließlich tot.", sagte sie entschuldigend und hielt mir den leuchtenden Fummel hin. „Nimm den. Wir haben doch fast die gleiche Größe." Aber nicht den gleichen Geschmack, dachte ich und legte mir nur mein großes Umschlagtuch über den Pullover. Schließlich herrschten wieder geradezu frühlingshafte Temperaturen. Die wenigen Querstraßen bis zur Kanzlei legten wir fast im Laufschritt zurück. Schon von weitem sahen wir den Polizeiwagen, das Absperrband und den Menschenauflauf vor dem Gebäude.

Die Kanzlei mit der darüberliegenden Wohnung befand sich in einer Jugendstilvilla und war von hohen Kastanien umgeben. Wir mischten uns unter die davor versammelten Menschen. Ein Mann erklärte den andächtig lauschenden Gaffern gerade, was geschehen war: „Erschossen!", sagte er, „Er hat den Anwalt erschossen."

„Verzeihung, wer hat den Anwalt erschossen?" Es war tatsächlich Lydia, die das ganz ruhig und sachlich fragte.

„Der Ehemann", erwiderte der Angesprochene, ein etwa 40 Jahre alter bärtiger Mann, der die Weste der Stadtreinigung trug. „Also der Anwalt hat die Frau vertreten, wegen der Scheidung und dem Geld und von wegen Sorgerecht für die Kinder und so, - ja und ihr Alter hat ihn dann abgeknallt." Der Mann wirkte, als würde ihn dieser tragische Ausgang eines Scheidungskrieges mit einer gewissen Befriedigung erfüllen.

Lydia wollte offenbar noch etwas fragen, doch in dem Moment flammte vor ihrem Gesicht ein Blitzlicht auf. Ein Fotoreporter, den wir nicht bemerkt hatten, hielt die Kamera direkt auf sie gerichtet. Empört drehte sich Lydia um, und ich hatte Mühe, ihr zurück zur Villa der Rittwegers zu folgen. Zum Glück heftete sich der Reporter nicht an unsere Fersen.

Für den Rest des Vormittags wagten wir die Wohnung nicht mehr zu verlassen und hingen unseren Gedanken nach. Ich rief zwischendurch Martina an. Sie versprach, Urlaub für mich zu beantragen und Mutter ganz schonend über Dietrichs Tod zu informieren. Zu Martina hatte ich volles Vertrauen, sie würde das besser hinkriegen, als ich es vermocht hätte.

Dietrichs Tod nahm mich ziemlich mit. Ich hatte meinen Schwager gemocht, er war ein humorvoller, warmherziger Mann gewesen. Wie hatte ihm nur jemand so etwas antun können?

Lydia ging viel gefasster damit um. Sie stellte Spekulationen an, wer der gewalttätige Mandant gewesen sein könnte, ohne zu einem Ergebnis zu kommen.

Über unseren Zwist in der Wohnungsangelegenheit fiel kein Wort. Das wäre jetzt taktlos gewesen. Aber eventuell würde Dietrichs Tod und die Tatsache, dass Lydia wohl erben dürfte, ihre finanzielle Situation entscheidend verbessern. Dann gäbe es neue Hoffnung für mich. Ich schämte mich unendlich für diese egoistischen Gedanken.

Am späten Nachmittag erschienen zwei Kriminalbeamte, ein älterer, seriös wirkender Herr mit Goldrandbrille, der eher wie ein Versicherungsvertreter aussah, und eine noch recht junge, attraktive Frau mit schulterlangem dunklem Haar. Sie stellten sich als Ermittler in der Mordsache Tanner vor. Ich erschrak vor diesem amtlichen Ausdruck, erst jetzt nahm das bisher Unwirkliche für mich Gestalt an.

Lydia bat sie in den eleganten Wohnraum und bot Kaffee an, den sie jedoch freundlich ablehnten. Sie befragten Lydia zunächst nach Dietrichs Gewohnheiten, wollten wissen, wie lange er freitags üblicherweise in der Kanzlei sei und ob er abschließe, wenn er keine Mandanten mehr erwarte.

Lydia ließ sich mit der Antwort Zeit und wählte ihre Worte sorgsam. Das sei gar nicht so einfach zu beantworten, meinte sie schließlich. Normalerweise ende die Bürozeit freitags um 14 Uhr, das Kanzleipersonal gehe dann auch aus dem Hause. Wenn Dietrich gewöhnlich als letzter die Kanzlei verlasse, schließe er ab. Doch komme es oft vor, dass er länger arbeite oder später in die Kanzleiräume zurückkehre, da seine Wohnung ja direkt darüber liege. Manchmal sei er sogar noch nach 22 Uhr in sein Büro gegangen, um beispielsweise etwas in einer bestimmten Akte nachzusehen. Von festen Gewohnheiten könne da also keine Rede sein. Auch sei es äußerst unzweckmäßig gewesen, direkt über der Kanzlei zu wohnen. Mandanten, die meinten ein unaufschiebbares Anliegen zu haben, hätten sich dann einfach an der Wohnungstür gemeldet und Dietrich habe nie jemanden abgewiesen. „Ich fand das jedenfalls äußerst lästig, es sollte eine strikte Trennung zwischen Beruf und Privatleben geben", schloss Lydia das Thema ab. Der Beamte reagierte darauf mit einem kleinen resignierten Lächeln, das sich wohl auf seine eigenen Erfahrungen mit dieser Trennung bezog.

Ob Dietrich Feinde gehabt habe und wie das Arbeitsklima in der Kanzlei gewesen sei, wollte er nun als nächstes wissen.

Wieder wählte Lydia ihre Worte mit Bedacht. Ihr Ehemann sei ein sehr angesehener Anwalt und verträglicher Mensch gewesen. Sicher habe es auch Mandanten gegeben, die mit dem Ausgang ihres Prozesses nicht zufrieden waren und ihn dafür mitverantwortlich machten, doch habe er das immer gütlich regeln können. Von Feindschaften könne da nicht die Rede sein, obwohl man natürlich nie wisse, was in bestimmten Menschen vorgehe. „Aber", unterbrach sich Lydia an dieser Stelle leicht irritiert „wieso fragen Sie das eigentlich? Sie haben den Täter doch, und soweit ich gehört habe, soll es sich um einen Mandanten handeln."

Der Beamte runzelte die Stirn. „Wie auch immer Sie das erfahren haben wollen, es entspricht nicht den Tatsachen. Der Fall ist durchaus nicht aufgeklärt. Daher muss ich Sie auch bitten, meine Fragen möglichst ausführlich zu beantworten."

Lydia brauchte einen Moment, um diese Auskunft zu verdauen. „Wo waren wir stehengeblieben?", musste sie sich erst orientieren. „Ach ja, das Arbeitsklima in der Kanzlei. Zu meiner Zeit war es in Ordnung. Aber Sie müssen bedenken, dass ich seit vier Wochen nicht mehr dort arbeite. Falls es neuere Entwicklungen gab, kann ich nichts dazu sagen."

An dieser Stelle musste ich heftig schlucken. Seit vier Wochen arbeitete Lydia nicht mehr in der Kanzlei? So lange war sie also schon von Dietrich getrennt. Bei mir hatte sie jedenfalls den Eindruck erweckt, als sei der Bruch zwischen ihnen erst vor wenigen Tagen erfolgt. Warum hatte Lydia es so lange verschwiegen? Dieser Beweis ihres mangelnden Vertrauens nagte heftig an mir und ich hatte Mühe, mich auf das zu konzentrieren, was sie nun über die einzelnen Mitarbeiter der Kanzlei ausführte. Es war ziemlich nichtssagend, Lydia achtete offenbar sehr darauf, niemanden bloßzustellen. Die Beamten mussten den Eindruck gewinnen, meine Schwester sei eine in ihrem Urteil äußerst zurückhaltende und jedem Klatsch und Tratsch abholde Person.

Ich wusste, dass sie auch ganz anders sein konnte und die Portraits der Mitarbeiter, die sie mir gegenüber in der Vergangenheit gezeichnet hatte, waren wesentlich facettenreicher und auch wesentlich boshafter gewesen. Da war zunächst einmal Sarah, die dienstälteste, ganztags beschäftigte Anwaltsgehilfin. Sie war wie Lydia Mitte 30 und ein ätherisch zartes Wesen mit blasser Haut, hellen Augen und leicht gewelltem, langem, rotblondem Haar. Mit ihren ruhigen Bewegungen wirkte sie wie eine Nixe, die im fahlen Mondlicht aus einem Weiher steigt. Lydia fand sie jedoch langweilig und zu langsam, weshalb sie Sarah abwechselnd als Schlaftablette oder als Trantüte bezeichnete. Lydia liebte es, andere mit Spitznamen zu belegen, natürlich ohne deren Wissen und nur im vertrauten Kreis. Katrin hieß bei Lydia nur die Kokotte. Sie war nach Lydias Heirat mit Dietrich eingestellt worden und teilte sich eine Stelle mit ihr. Katrin war ein niedliches, dunkelhaariges Persönchen mit einem hübschen, ein wenig puppenhaft wirkendem Gesicht. Angeblich wäre sie gern Model geworden, was bei ihren nur 1,58 m Körpergröße jedoch nicht im Bereich des Möglichen lag. Lydia machte sich gern darüber lustig, indem sie behauptete, Katrin sei gerade Mal einen halben Kopf größer als ein Dackel. Und sie sei fürchterlich eifersüchtig auf meine sie an Attraktivität weit übertreffende Schwester.

Die Sekretärin Frau Goldschmidt war um die 50 und ein mütterlicher Typ. Wegen ihrer vorsichtigen, betulichen Art hatte Lydia sie „die Bedenkenträgerin" getauft.

Den Referendar Peter Gersdorf bezeichnete sie wegen seiner Schüchternheit dem weiblichen Geschlecht gegenüber mitleidslos als „Klemmi", außerdem sei er in Katrin verliebt, was von seinem schlechten Geschmack zeuge. Am vernichtendsten war jedoch Lydias Urteil über die Reinigungskraft Frau Saalfelder, eine korpulente Frau mit strohblond gefärbtem Haar, das störrisch nach allen Seiten abstand. Sie war schrecklich klatschsüchtig und nach Lydias Ansicht auch hinterhältig. Wegen ihres Hanges zur Verleumdung hatte Lydia sie mit dem hässlichen Spitznamen „Mundgully" belegt. Sie wäre sie gern losgeworden, was aber daran scheiterte, dass sich keine andere zuverlässige Putzfrau finden ließ, die zu den gleichen Konditionen gearbeitet hätte. Frau Saalfelder war gründlich und belastbar, sie putzte die Kanzleiräume in der Woche schon ab fünf Uhr morgens, um den laufenden Betrieb nicht zu stören. Nur samstags kam sie erst um sechs Uhr, und da hatte sie auch den toten Dietrich gefunden, wie wir jetzt nebenbei erfuhren. Nähere Umstände erwähnte der Kommissar jedoch nicht. Dafür interessierte er sich für die Umstände der Trennung zwischen Lydia und Dietrich und ihr Verhältnis danach zueinander.

Lydia betonte, dass die Trennung einvernehmlich und freundschaftlich erfolgt sei. „Obwohl", setzte sie mit nachdenklicher Stimme hinzu, „ein wenig Bitterkeit ist natürlich auch dabei. Schließlich hofft man ja auf eine lebenslange Beziehung und ist enttäuscht, wenn so ein Entwurf dann scheitert." Es habe letztendlich vor allem an Dietrichs Exfrau und seiner Tochter gelegen, setzte sie ungefragt hinzu. Von einer Beziehung danach könne zwischen Dietrich und ihr noch nicht so richtig die Rede sein, dafür war die Trennung zu frisch. Es hätte sich aber sicher mit der Zeit alles gefügt, doch nun sei ja leider keine Gelegenheit mehr dazu. Lydia schaute zu Boden und zerdrückte eine Träne im Augenwinkel. Die Beamten wahrten einen Moment lang pietätvolles Schweigen. Dann erst stellten sie die Frage, wer Dietrich beerben würde.

„Seine Tochter Carola" antwortete Lydia ohne zu zögern. „Sie ist sein einziges Kind und so war es schon bei unserer Eheschließung vereinbart worden. Ich habe Dietrich Tanner schließlich nicht aus materiellen Erwägungen geheiratet." Lydia legte ihren ganzen Stolz in diesen Satz. Es war nicht erkennbar, ob sie damit Eindruck gemacht hatte. In einem abschließenden Tonfall fragte der Kommissar Lydia nun, wo sie gestern Abend zwischen 17 Uhr und 18:30 Uhr gewesen sei.

„Hier zu Hause", erwiderte sie ohne zu zögern, „meine Schwester kann das bestätigen." Reflexartig nickte ich. Immer wieder habe ich mich später gefragt, warum ich nicht anders reagiert hatte. Weshalb ich nicht sagte: „Nein Lydia, da irrst du dich, du warst doch unterwegs." Wollte ich sie unterschwellig schon damals nicht verraten? Oder war es die alte Unterwürfigkeit aus unserer Kindheit, einer Zeit, in der ich Lydia stets bestätigte und deckte und damit nicht schlecht fuhr. Immer wieder hatte ich damals zu Lydias Ausreden auf die strengen Nachfragen unserer Eltern zustimmend genickt, und nun hatte ich es als erwachsene Frau wieder getan. Wie hartnäckig können solche Kindheitsmuster eigentlich sein?

Schon im Hinausgehen stellte die junge Beamtin fast beiläufig noch eine letzte Frage. Wie Dietrich seinen Kaffee getrunken habe, wollte sie wissen.

„Türkisch und schwarz", antwortete Lydia knapp. „Und daran hat sich bestimmt nichts geändert."

„Was sollte *diese* Frage denn nun eigentlich?", fragte sie mich pikiert, als die Beamten schon zur Tür hinaus waren. Ich war zu erschöpft, um Lydia meinerseits zu fragen, was *ihre* Lüge denn zu bedeuten hatte. Meine Schwester kam mir plötzlich fremd vor, mir wurde klar, wie wenig ich eigentlich über sie wusste. Mit dem Mord an Dietrich hatte Lydia jedoch mit Sicherheit nichts zu tun, und die Kriminalbeamten würden wir wohl nicht wiedersehen.

In diesem Punkt irrte ich mich. Als sie zwei Tage später wiederkamen und diesmal ziemlich streng auf das falsche Alibi hinwiesen, zitterte ich wie ein Kind, das bei einer Lüge ertappt worden war.

Nachdem sie Lydia mitgeteilt hatten, dass sie des Mordes an ihrem Ehemann verdächtig und vorläufig festgenommen sei, machten sie mich auf mein Recht zur Aussageverweigerung aufmerksam.

Ich wollte trotzdem zu einer Erklärung ansetzen und meinen Irrtum entschuldigen, doch Lydia schnitt mir mit einem wütenden Blick das Wort ab. Immer noch zitternd packte ich ein paar Sachen für sie zusammen. „Du bist bald wieder hier", tröstete ich sie. In Wahrheit musste ich eher mich trösten. In mir begann sich der schreckliche Verdacht breitzumachen, meine Schwester könnte doch etwas mit dem Mord an Dietrich zu tun haben.

Lydia:

Meine Schwester konnte natürlich nicht ahnen, in welche Verlegenheit mich ihr spontaner Besuch gestürzt hatte. Das Verhältnis zwischen Roland und mir war zu diesem Zeitpunkt nicht ganz unproblematisch, und ich war dadurch zutiefst verunsichert und enttäuscht.

Als ich vor vier Wochen mit nur drei Koffern bei Roland eingezogen war, erlebte ich das als eine lang ersehnte Befreiung. Ich befand mich in einem rauschhaften Glückszustand und war fest überzeugt, Roland würde meine Gefühle teilen. Stattdessen zeigte er sich reserviert, zweifelnd und krämerhaft. Er sprach über die Zerstörung seines Rufes, ohne zu bedenken, wie sehr er mich dadurch kränkte. Egoistisch beharrte er auf all seinen Gewohnheiten und dachte offenbar nicht daran, mir Platz in seinem täglichen Leben einzuräumen.

Am meisten traf mich jedoch seine Bemerkung, ich müsse von Dietrich Trennungsunterhalt beziehen. Nicht nur ich mit meiner juristischen Vorbildung, auch Roland wusste zweifellos, dass kein Ehemann verpflichtet ist, die neue Lebenspartnerschaft seiner Noch-Ehefrau zu finanzieren. Ich wollte keinen Unterhalt von Dietrich, ich wollte vom ersten Tage an vor aller Welt offen mit Roland zusammenleben. Er wünschte das aber offenbar nicht und traf mich damit tief. Manchmal hatte ich sogar das Gefühl, er wäre froh, wenn ich wieder ginge. Ich fühlte mich wie ein tollpatschiger Lehrling in der Probezeit, der unbedingt auf die Stelle angewiesen ist. Krampfhaft bemühte ich mich, Roland alles recht zu machen. Ich hatte nicht gelogen, als ich meinem Verteidiger gegenüber behauptete, nicht mit Roland zusammenzuleben. Die Perspektive unserer Partnerschaft war völlig unklar.

Gelogen hatte ich auch nicht, was den Verlauf meiner Ehe mit Dietrich betraf. Dietrich war mir damals als mein Retter erschienen. Nachdem sich mein erster Mann Thomas Gondschar plötzlich von mir getrennt hatte, fühlte ich mich verraten, schutzlos und ausgeliefert, und fürchtete weitere Bloßstellungen durch ihn und Ulla, die dann allerdings zum Glück ausblieben. Dietrich baute mich richtig wieder auf. Er werde nie begreifen, wie man eine so tolle Frau wie mich verlassen könne, sagte er. Natürlich war mir klar, dass er schon lange für mich schwärmte. An eine ernsthafte Beziehung mit ihm hatte ich jedoch bis zu diesem Zeitpunkt nie gedacht. Es ergab sich ganz plötzlich zwischen uns, er tröstete mich, ich lehnte mich an. Als er mir nach unserer ersten gemeinsamen Nacht ritterlich einen Heiratsantrag machte, war ich zunächst verblüfft. Doch dann erkannte ich die Chance und nahm an.

Die erste Zeit unserer Ehe war tatsächlich glücklich. Dietrich behandelte mich wie eine Kostbarkeit, er bewunderte und verwöhnte mich. Es gefiel mir, wie er mir die Welt zeigte, auch wenn ich gern ein paar Museen und Galerien weniger und dafür mehr vom Nachtleben der von uns bereisten Weltstädte gesehen hätte. Dietrich war äußerst großzügig, er schenkte mir nicht nur den BMW, sondern erlaubte mir auch den Kauf edler, teurer Garderobe. Nachdem ich in dieser Beziehung ziemlich unter dem Geiz meines ersten Mannes gelitten hatte, genoss ich meine neue finanzielle Freiheit in vollen Zügen.

Ich gab meine Tätigkeit in der Kanzlei nicht auf, obwohl Dietrich mir das angeboten hatte. Allerdings arbeitete ich nur noch halbtags und bekleidete nun eine andere Position. Ich war für die Organisation der Arbeitsabläufe der anderen Mitarbeiter zuständig und prägte das Gesicht unserer Kanzlei neu. Das fing schon bei der äußeren Gestaltung an. Neues, elegantes Mobiliar wurde angeschafft, Bilder und Kunstgegenstände wurden in den Räumen platziert. Für unsere Vernissagen gewann ich interessante Künstler und bekannte Musiker. Durch mein Wirken erlebte die Kanzlei eine ungeheure Aufwertung. Dietrich konnte stolz auf mich sein.

Enttäuscht war ich zunächst darüber, dass Dietrich sein wunderschönes Eigenheim seiner Frau überließ. Ich hatte gehofft, dort mit ihm zu leben. Stattdessen einigte er sich mit den Mietern, die die Wohnung über der Kanzlei bewohnten. Das Haus gehörte Dietrich ebenfalls, und nach dem Auszug der Mieter ließ er die Wohnung für uns herrichten. Es waren schöne große Räume und es versöhnte mich etwas, dass ich sie ganz nach meinen Vorstellungen einrichten durfte. Als alles fertiggestellt war, arrangierte ich eine große Einweihungsparty. Dietrich stöhnte manchmal ein wenig über die Häufigkeit, mit der wir Abendgesellschaften veranstalteten, doch er lobte auch mein Organisationstalent. Seine Exfrau hatte auf diesem Gebiet offenbar wenig Fähigkeiten bewiesen. Indem er mich heiratete, hatte Dietrich sich in jeder Beziehung verbessert.

Ich vermisste kaum etwas in den ersten zwei Jahren unserer Ehe. Dass Dietrich sich bemühte, mir auch seine sexuelle Leistungsfähigkeit tatkräftig zu beweisen, war mir eher lästig. Ich erfand Ausreden und Dietrich meinte lachend, da habe er nun eine so viel jüngere Frau und müsse sich doch bescheiden. Aber er ließ mich weitgehend in Ruhe.

Unser Hawaii-Urlaub im dritten Jahr unserer Ehe markierte den Wendepunkt. Diesmal hatte ich das Urlaubsziel allein ausgewählt. Mir war nach Sonne, Wasser und Beach-Party zumute, nicht nach endlosen Besichtigungen, wundgelaufenen Füßen und frühem Zubettgehen. Dietrich erfüllte meinen Wunsch, doch der Urlaub geriet zum Fiasko. Zum ersten Mal wurde mir richtig bewusst, mit einem alten Mann verheiratet zu sein. In seinen teuren Maßanzügen machte Dietrich immer noch eine gute Figur. In der Badehose wirkte er lächerlich. Mit seinem weißen, wabbeligen Fleisch und dem unverkennbaren Bauchansatz bildete er einen unschönen Kontrast zu den muskelbepackten, braungebrannten jungen Männern, die sich am Strand tummelten. Noch eklatanter war jedoch die Veränderung in seinem Wesen. War er auf unseren Städtereisen der gebildete Fremdenführer und eloquente Plauderer gewesen, so gab es hier nichts, was sein Interesse weckte. Griesgrämig wie eine alte Eule hockte er mit einem Buch auf der Strandliege unter dem Sonnenschirm, ängstlich den direkten Kontakt mit der Sonne meidend. Plötzlich wurde er auch noch eifersüchtig und nahm mir meine harmlosen Flirtereien mit jungen Männern übel. Als einer von ihnen, in der ganz offensichtlichen Absicht meinen Mann zu provozieren, fragte, ob er denn das Fräulein Tochter mal an die Strandbar entführen dürfe, reagierte mein Mann völlig unsouverän. Er warf mir niveauloses Verhalten vor, obwohl ich überhaupt nichts für die Szene konnte.

Nach dem Urlaub war nichts wie früher. Die Verehrung und Rücksichtnahme, die mein Mann mir gegenüber stets an den Tag gelegt hatte, waren verschwunden. Es schien sogar, als würde er es jetzt bewusst darauf anlegen, mich zu verletzen. Der eklatanteste Beweis dafür war die demonstrative Versöhnung mit seiner Tochter Carola.

Carola hatte mich von Anfang an nicht gemocht und das auch nicht sonderlich gut verborgen. Dennoch wahrte sie zunächst den Schein und pflegte einen lockeren Kontakt mit mir und Dietrich. Mir war Carola aus vollem Herzen zuwider. Sie verkörperte sowohl den Prototyp des verwöhnten Einzelkindes reicher Eltern, als auch den der maßlos ehrgeizigen Karrierefrau: Studium in der Schweiz, vier Sprachen fließend, Golf und Segeln in der Freizeit. Dietrich hatte Unsummen in sie investiert. Mit 30 wurde sie Mutter und als müsse sie auch auf diesem Gebiet ihre besonderen Kapazitäten nachweisen, gleich von Zwillingen. Ich hoffte nur, seine neue Großvaterrolle würde Dietrich von der Idee abbringen, mit mir noch ein Kind zu wollen.

Zum Eklat kam es auf der Weihnachtsfeier der Kanzlei. Ich hatte wie jedes Jahr alles liebevoll vorbereitet: Stilvolle Tischdekoration, Gebäck und Baumkuchen aus der besten Konditorei und kleine Geschenkpäckchen für die Mitarbeiter. Anwesend waren die beiden Anwaltsgehilfinnen Sarah und Katrin, unsere Sekretärin Frau Goldschmidt, unser früherer Referendar Michael Lindt und sein Nachfolger Peter Gersdorf, der im kommenden Jahr zu uns stoßen würde, außerdem unsere Reinigungskraft Frau Saalfelder. Carola aber, die sich noch im Mutterschaftsurlaub befand, war gewissermaßen der Stargast. Sie spielte sich sofort in den Mittelpunkt und gab fürchterlich an. Schon jetzt plante sie ihren beruflichen Wiedereinstieg und brüstete sich mit tollen Jobangeboten und Aufstiegschancen. Mir ging sie fürchterlich auf die Nerven und ich wandte ein, man könne durchaus andere und lohnendere Ziele im Leben verfolgen.

Welche das denn meiner Meinung nach wären, fragte sie spitz. Ob sie sich lieber einen reichen älteren Mann suchen und sich von ihm aushalten lassen solle?

Alle am Tisch starrten uns beide konsterniert an, nur Frau Saalfelder kicherte laut, als hätte Carola einen guten Witz erzählt. Ich fragte ganz ruhig, ob noch jemand Kaffee wünsche und würdigte Carola keines Blickes mehr. Doch hinterher, nachdem alle gegangen waren, tobte ich. Carola müsse sich in aller Form bei mir entschuldigen, forderte ich, und Dietrich war der gleichen Meinung. Da er bei seiner Tochter mit dieser Forderung auf Granit biss, brachen wir die Beziehung zu ihr ab. Zwei Jahre lang herrschte Funkstille und ich war froh darüber. Dann nahm Dietrich nach unserem Hawaii-Urlaub den Kontakt wieder auf, ohne mich zu fragen.

Er erwähnte es nur ganz beiläufig. „Man muss auch verzeihen können", sagte er auf meinen Protest hin. Dabei sah er mich an, als sei ich diejenige, die seiner Verzeihung bedürfe. Er behandelte mich zunehmend wie ein Kind, in das man einst große Hoffnungen gesetzt hatte, von dem man nun aber enttäuscht war. Seine Bewunderung für mich schwand, es schien ihm nun geradezu Vergnügen zu bereiten, in meinen angeblichen Wissenslücken herumzustochern. Und mit seiner Bewunderung schwand seine Großzügigkeit, ständig warf er mir Verschwendung vor. Ich wurde immer unglücklicher.

Wenn im Herzen Leere herrscht, findet sich in der Regel bald eine neue Liebe, die diesen Platz auszufüllen trachtet. Für mich kam sie in Gestalt eines umwerfend gutaussehenden Mannes, den ich nur ein paar Straßen von der Kanzlei entfernt eines Morgens in sein Cabrio steigen sah. Er war vom legeren Jackett bis zu den handgenähten

Schuhen exquisit gekleidet, blond gesträhnt und dezent gebräunt, und er strahlte mit seinen grünen Augen und sinnlichen Lippen einen hinreißenden, jungenhaften Charme aus. Es mag kitschig klingen, aber ich war wie vom Blitz getroffen. In den folgenden Wochen benahm ich mich wie ein verliebtes Schulmädchen. Täglich erreichte und verließ ich die Kanzlei nun auf Umwegen, immer in der herzklopfenden Hoffnung, mein Idol zu treffen. Bald wusste ich, dass er Professor Roland Rittweger hieß und ein angesehener Historiker und Mittelalterexperte war. Ich war beeindruckt. Von der Tatsache, dass er verheiratet war, wollte ich mich dagegen nicht beeindrucken lassen.

Ich ging nun systematisch vor und schrieb mich an der Uni als Gasthörerin ein. Seine Vorlesungen waren gut besucht und ich registrierte mit Unbehagen, wie er von den Studentinnen angehimmelt wurde. Roland war so etwas wie der Popstar unter den Historikern, er sprach über das Mittelalter, als würde er regelmäßig selbst mit Harnisch und Lanze für die Dame seines Herzens in die Schranken reiten. Und alle im Hörsaal anwesenden Frauen wünschten sich dann, diese Dame zu sein.

Auch ich wünschte es mir, doch es gelang mir zunächst nicht, seine Aufmerksamkeit zu erregen, und ihn unter einem Vorwand anzusprechen, war mir dann doch zu plump.

Für meine Bemühungen, mehr über ihn zu erfahren, erwies sich eine Aushilfskraft in der Bibliothek der historischen Fakultät als ergiebige Quelle. Sie war ein altjüngferlicher Typ und wirkte ebenso angestaubt, wie die alten Folianten in den Regalen, über die sie mit Argusaugen wachte. Ich fragte nach ein paar Quellen, lobte überschwänglich ihre Kompetenz, und schon fraß sie mir aus der Hand. Als ich sie zum Dank für ihre Hilfe zu einem Kaffee einlud, erzählte sie mir alles über Roland Rittweger. Es war höchst aufschlussreich für mich.

Rolands Frau war ebenfalls Professorin und eine gefragte Expertin für Kunstgeschichte mit dem Spezialgebiet Ägypten. Zurzeit weilte sie für ein Jahr als Gastdozentin in Kairo. Die Ehe stand auf der Kippe. Frau Professor Rittweger hatte zwar über kleinere Eskapaden ihres Mannes hinweggesehen, dann sei es jedoch zu einem ziemlichen Skandal gekommen. Eine Studentin hatte das Ende ihrer Affäre mit Roland Rittweger nicht akzeptieren wollen und sich zur Stalkerin entwickelt. Sie habe eine Schwangerschaft vorgetäuscht, private Feiern durch ihr Auftauchen gestört und nachts bis zu 20 Mal bei den genervten Eheleuten angerufen. Man musste ihr Treiben schließlich durch eine einstweilige Verfügung unterbinden. Frau Professor Rittweger habe mit Scheidung gedroht, die endgültige Entscheidung darüber jedoch bis nach ihrem Ägyptenaufenthalt vertagt. Jetzt sei sie bereits seit fünf Monaten fort.

Mir blieben also sieben Monate und ich war fest entschlossen, sie zu nutzen.

Letztendlich habe ich Roland doch angesprochen, mich ganz seriös als Juristin vorgestellt, die zur Gerichtsbarkeit im Mittelalter forscht, und um Literaturhinweise gebeten. Natürlich würde ich die einschlägige Literatur kennen, vielleicht könne er mir aber einige weniger bekannte Quellen nennen. Er konnte, und das war es dann auch schon wieder. So schwer hatte es mir noch kein Mann gemacht.

Ich startete einen letzten Versuch mit der Kaffeeeinladung als Dankeschön für die erwiesene Hilfe, und endlich sprang der Funke über. Statt Kaffee wurde Wein getrunken, und wir wurden ein Paar.

Heute frage ich mich, ob denn mein himmelhoch jauchzendes Glück darüber wirklich eine Grundlage in der Realität hatte oder nur meiner überspannten Wahrnehmung entsprang. Roland war sehr darauf bedacht, unser Verhältnis nicht publik werden zu lassen. Wir gingen selten gemeinsam aus, und wenn überhaupt, dann lediglich zum Essen in abgelegene Lokale, wo Roland keine Kollegen und Bekannten vermutete. Ich durfte sein Haus nur nach Einbruch der Dunkelheit und dann auch nur durch die Gartenpforte und über die rückwärtige Terrassentür betreten. Die Heimlichkeit und Seltenheit dieser gemeinsamen Stunden steigerte mein Verlangen nach ihm noch. Und doch muss ich seine Schwächen schon damals registriert haben, sonst könnte ich jetzt nicht darüber reflektieren.

Roland war eitel und seine Selbstverliebtheit ging so weit, dass er sich beim Sex mehr auf die vorteilhafte Präsentation seines makellosen Körpers als auf mich konzentrierte. Ich war meinerseits so sehr bestrebt ihm zu gefallen, dass ich mich unmöglich fallen lassen konnte. Wir führten im Bett einen komplizierten Tanz miteinander auf, bei dem jeder den Anderen mit besonders schönen Figuren zu beeindrucken versuchte.

Dass ich tatsächlich voller Bewunderung für Roland war und dem immer wieder Ausdruck verlieh, band ihn vermutlich an mich. Er war süchtig nach Verehrung.

Doch ich war glücklich und wollte nur eins: Für immer mit Roland zusammenleben.

„Beim ersten Mal hatte sie einen Jüngling geheiratet und beim zweiten Mal einen alten Mann", ging mir ein auf meine Lieblingsheldin Scarlett O'Hara gemünztes Zitat nicht mehr aus dem Sinn. Es traf auch auf mich zu. Und beide Male waren meine Ehen von Notsituationen diktiert worden. Diesmal war alles anders, diesmal würde ich nur meinem Gefühl folgen. Roland und ich sprachen über unsere gemeinsame Zukunft, und wieder fiel mir überhaupt nicht auf, dass eigentlich nur ich davon sprach und Roland lediglich zustimmte. Gleich wenn seine Frau aus Ägypten zurück wäre, sollte er ein klärendes Gespräch mit ihr führen, so hatte ich es bestimmt. Der Zeitpunkt rückte immer näher, und auch ich traf heimlich Vorbereitungen für meinen Aufbruch in ein neues Leben.

Rolands Frau kehrte an einem Montag aus Kairo zurück. Am Abend zuvor telefonierten Roland und ich noch einmal kurz miteinander. Wir vereinbarten, dass Roland mich anrufen würde, sobald er sich mit seiner Frau ausgesprochen habe. Über weitere Details hatten wir uns noch nicht verständigt. Ich ging selbstverständlich davon aus, zu Roland zu ziehen, schließlich gehörte das Haus ihm. Und er würde es ganz gewiss nicht seiner Ehefrau überlassen, wie Dietrich es damals getan hatte. Kinder hatten die Beiden zum Glück nicht, was alles noch unkomplizierter machte. Von Männern mit Kindern hatte ich die Nase voll.

Nachdem ich eine Woche in einem Zustand permanenter Erwartung verbracht und immer noch nichts von Roland gehört hatte, hielt ich es nicht mehr aus. Ich war kurz davor, unsere Abmachung zu brechen und ihn anzurufen, als mir der Zufall zu Hilfe kam.

Als ich am Freitagnachmittag mit meinem BMW nach Hause fuhr und dabei bewusst den Umweg durch Rolands Straße nahm, sah ich seine Frau das Haus verlassen. Noch nie zuvor war ich ihr persönlich begegnet, doch ich erkannte sie sofort. In Rolands Arbeitszimmer gab es einige Fotografien von ihr. Sie war ein auffälliger Typ und mich überraschte unangenehm, um wieviel attraktiver sie in Wirklichkeit aussah. Ihre Haut wies einen warmen Goldton auf, der wunderbar mit dem dicken, honigfarbenen Haar harmonierte, das sie zu einem schlichten Knoten gebunden trug. Außerdem war sie größer, als ich sie mir vorgestellt hatte und hielt sich sehr gerade. Zielsicher ging sie zu einem Wagen auf der gegenüberliegenden Straßenseite, umarmte die Fahrerin kurz und die Beiden fuhren los. Ohne bestimmte Absicht folgte ich dem Wagen in sicherem Abstand. Die Fahrt führte zu einem chinesischen Restaurant, das sich in einer Einkaufspassage im dritten Stock eines Geschäftshauses befand. Eine Gruppe von vier Männern erwartete die beiden Frauen bereits, nach einer ausgelassenen Begrüßung verschwanden alle durch die Drehtür ins Innere des Gebäudes.

Inzwischen hatte ich mir die Sache zusammengereimt. Rolands Frau würde in der kommenden Woche ihre Tätigkeit an der Universität wieder aufnehmen und gab vermutlich eine Art Einstand für die Kollegen. Zwei der Männer waren mir bekannt vorgekommen, ich musste ihnen in der Historischen Fakultät bereits begegnet sein. Die Wahl des Lokals beruhte offenbar auf einem Mehrheitsbeschluss, denn von Roland wusste ich, dass seine Frau im Gegensatz zu ihm chinesisches Essen nicht sonderlich schätzte.

Der Plan, den ich ganz spontan fasste, war simpel und ich war mir seines Gelingens durchaus nicht sicher. Ich beschloss Roland anzurufen und ihn unter einem dringenden Vorwand in das chinesische Lokal zu bitten. Wenn seine Frau uns zusammen sähe, wäre das endlich der Anstoß für das von mir ersehnte und vermutlich noch nicht erfolgte Gespräch zwischen ihnen.

Roland meldete sich bereits beim ersten Klingeln seines Handys. Aus dem Stimmengewirr im Hintergrund schloss ich auf eine Besprechung. Er murmelte eine Entschuldigung, eine Tür klappte, und dann konnte ich mit ihm sprechen. Glücklicherweise lehnte er mein Ansinnen nicht ab, vertröstete mich aber. Frühestens in einer Stunde würde er dort sein. Es wurden fast eineinhalb Stunden daraus, in denen ich bangte und mit den Fingern nervös auf dem Lenkrad herumtrommelte. Würde die Gruppe lange genug in dem Restaurant bleiben? Vielleicht hatten sie noch andere Pläne und wollten vorher nur kurz etwas essen.

Als ich Rolands dunkles Cabrio endlich um die Ecke biegen sah, waren sie noch nicht wieder aufgetaucht. Roland und ich waren bereits zwei oder drei Mal in der Gaststätte gewesen, der Chinese zählte für ihn zu den sicheren Lokalitäten, er würde hier keine Kollegen und schon gar nicht seine Frau vermuten.

Erleichtert registrierte ich bei ihm keinen Anflug von Verärgerung über meinen Anruf, Roland schien glücklich, mich wiederzusehen. „Hast du es vor Sehnsucht nicht mehr ausgehalten?", flüsterte er mir zu, während er mich äußerlich höchst förmlich mit einem Kopfnicken begrüßte. Erst im Fahrstuhl küssten wir uns leidenschaftlich. Einer vagen Eingebung folgend lehnte ich mich gegen die Wand, schob meinen engen, geschlitzten Rock, den ich zu einer eleganten roten Kaschmirjacke trug, weit nach oben und schlang mein der Tür zugewandtes Bein um Rolands Hüfte. Als der Fahrstuhl unmittelbar darauf hielt, täuschte ich ein Straucheln vor, zog Roland fester an mich, und verhinderte so, dass er sich von mir lösen konnte. Von der inzwischen geöffneten Tür aus musste das wie heißer Sex im Fahrstuhl aussehen.

Aus den Augenwinkeln hatte ich die auf den Fahrstuhl wartende Personengruppe sofort wahrgenommen. Nun sah ich zu meinem Entzücken, dass es sich tatsächlich um Frau Professor Rittweger und Begleitung handelte. Ihre Gesichtszüge wirkten wie erstarrt, nur der jüngste der Männer grinste anzüglich. Es war schon immer eine meiner Stärken gewesen, in entscheidenden Situationen absolut die Kontrolle zu behalten und dadurch gelang es mir, meiner perfekten Inszenierung nun gewissermaßen noch die Krone aufzusetzen. Mit einem strahlenden Lächeln verkündete ich in die eisigen Mienen hinein: „Oh pardon, wir feiern heute unseren Hochzeitstag!"

Frau Professor Rittweger fing sich als erste: „Eine glückliche Ehe noch!", sagte sie sarkastisch und ging sehr steif und sehr gerade an uns vorbei auf die Treppen zu, gefolgt von ihrem in tiefes Schweigen versunkenen Anhang.

Jetzt erst sah ich Roland an und bemerkte sein kreidebleiches, schmerzverzerrtes Gesicht. „Mein Gott, war das eine humorlose Person", gab ich mich, meine Rolle perfekt durchhaltend, verwundert.

„Vor allem war das meine Frau", stieß Roland jetzt hervor und wirkte völlig kopflos. Ich stand in der inzwischen geöffneten Tür, um den Fahrstuhl am Losfahren zu hindern, während Roland sich noch nicht vom Fleck gerührt hatte. Erst als eine neue Gruppe Restaurantbesucher auf den Fahrstuhl zukam, entschloss er sich auszusteigen. Ich musste ihn förmlich vorwärts bugsieren. Erst am Tisch vor unseren Menüs sitzend, die wir beide nicht anrühren sollten, erging ich mich in fassungslosem Bedauern. Roland musste natürlich einräumen, dass ich weder seine Frau noch die gemeinsamen Kollegen kennen konnte und mir kein Vorwurf zu machen sei. Auf meine zaghaften Versuche, die positive Seite des endlich Klarheit schaffenden Vorfalls anzudeuten, reagierte er gereizt. Schließlich habe er nicht die Absicht, zum Gespött der Fakultät als Skandalprofessor herumzulaufen.

Heute ist mir klar, dass er den Bruch mit seiner Frau niemals von sich aus herbeigeführt hätte. Seine vagen Versprechen mir gegenüber galten nur für den Fall einer erklärten Trennungsabsicht ihrerseits. Vermutlich hätte er mich nur immer wieder vertröstet.

Am Sonntag teilte Roland mir mit, seine Frau sei ausgezogen und werde umgehend die Scheidung einreichen, und bereits am Montag zog ich bei ihm ein. Am Ziel meiner Wünsche war ich damit jedoch noch nicht angekommen, wie ich bald feststellen musste. Doch ich war entschlossen zu kämpfen, ich würde mich ihm unentbehrlich machen und alles vermeiden, was er als Belastung empfinden könnte. Dafür brauchte ich auch finanzielle Bewegungsfreiheit und an dem Tag, an dem meine Schwester nochmals mit mir reden wollte, war mir zu meinem großen Entsetzen gerade klar geworden, wie dringend ich tatsächlich Geld brauchte.

Ulrike hatte in mehrfacher Hinsicht den denkbar un-
günstigsten Zeitpunkt für ihren Besuch gewählt. Am
Vorabend war es zwischen Roland und mir auch noch
beinahe zu einer ernsthaften Auseinandersetzung gekommen. Es ging um seinen bevorstehenden 40. Geburtstag. Ich plante eine große Feier in seinem Haus, bei der
ich erstmals offiziell als seine neue Partnerin in Erscheinung treten wollte. Dafür wurde es meiner Meinung nach
höchste Zeit, in den zurückliegenden Wochen waren wir
noch nie gemeinsam aufgetreten, was mir jetzt erst richtig
zu Bewusstsein kam.

Roland hatte sich zunächst ausweichend zu meinen
Vorschlägen geäußert und konfrontierte mich dann mit
dem fertigen Plan, seinen 40. mit Kollegen als reinen
Herrenabend zu begehen, wovon ich ausgeschlossen
bleiben sollte. Meine Enttäuschung darüber machte sich
in Tränen Luft, auf die Roland jedoch nur verstimmt
reagierte. Ich war klug genug, die Diskussion an dieser
Stelle erst einmal zu beenden, doch die Atmosphäre
zwischen uns blieb angespannt. Als er Ulrike am nächsten
Tag spontan das Gästezimmer anbot, waren mir seine
Beweggründe sofort klar: Er wollte nicht mit mir allein
sein, um das Gespräch vom Vorabend nicht fortsetzen zu
müssen. Die sich daraufhin zwischen uns beiden ausbrei-
tende Eiseskälte hatte nur insofern ihr Gutes, dass Ulrike
Roland wirklich lediglich für einen Bekannten halten
musste.

Am Sonnabendmorgen ging er mit lässiger Selbstverständlichkeit zum Golfen und gab dabei noch vor, mir
damit einen Gefallen zu tun. So könne ich in Ruhe mit
meiner Schwester reden, meinte er. Meine Stimmung
hatte einen absoluten Tiefpunkt erreicht, als Ulrike
schließlich die Küche betrat. Ich hatte das Gefühl,

schlimmer könnte es nicht mehr kommen. Dabei begann der eigentliche Alptraum gerade erst.

Ulrike:

Die Tage nach Lydias Verhaftung waren ein einziger Alptraum. Erst aus der wieder einmal erstaunlich gut informierten Presse erfuhr ich, was tatsächlich mit Dietrich geschehen war. Keineswegs war er erschossen worden, sondern einem Giftanschlag zum Opfer gefallen. Der tödliche Cocktail war ihm in einer Tasse Kaffee verabreicht worden. Ich wusste, wie Dietrich seinen Kaffee mochte, türkisch, schwarz und enorm stark, ein Gebräu, hervorragend dafür geeignet, jeden anderen Geschmack zu überdecken. Nun erst begriff ich, weshalb sich die freundlichen Kriminalbeamten schon beim ersten Gespräch für Dietrichs Getränke- und Zubereitungsvorlieben interessiert hatten.

Die näheren Umstände der Beibringung des Giftes, hieß es weiter, ließen eindeutig auf Fremdverschulden schließen. Und wer die Schuldige war, daran bestand für die Boulevardblätter, die mit reißerischen Aufmachern erschienen, kein Zweifel. Gift sei die typische heimtückische Mordmethode der Frauen, hieß es in fast jedem Artikel, als sei damit schon irgendetwas bewiesen. Ein Blatt entblödete sich nicht zu bemerken, die Schwester der Hauptverdächtigen sei Krankenschwester. Zwar wurde nicht behauptet, ich könnte das Mordgift besorgt haben, doch das konnte sich der geneigte Leser selbst zusammenreimen.

Genüsslich wurde im Privatleben meiner Schwester herumgewühlt. Attraktiv, schon einmal geschieden, kinderlos - selbst scheinbar objektive Attribuierungen erhielten im Zusammenhang mit der übrigen Darstellung einen negativen Beigeschmack. Besonders herausgestellt wurden die 24 Jahre Altersunterschied zwischen Lydia und Dietrich und die Tatsache, dass sie ihn kürzlich wegen eines Jüngeren verlassen habe. Bezeichnenderweise gab es nicht den geringsten Hinweis auf Professor Rittweger. Weder seine Initialen noch sein Beruf wurden aufgeführt. Später erfuhr ich, dass er gleich am Tage von Lydias Verhaftung die Anwaltskanzlei eingeschaltet hatte, die ihn bereits gegen die liebeskranke Studentin vertreten hatte. Mit der Androhung drakonischer Strafen verhinderte sie sofort und auch später jede eingehendere Berichterstattung über ihn. Bei seiner Vernehmung würde er dann aussagen, mit meiner Schwester auf ihr Betreiben hin nur eine flüchtige Affäre und nie die Absicht zu einem dauerhaften Zusammenleben gehabt zu haben. Lydia hätte zufrieden sein können, bestätigte er doch im Kern ihre eigenen Aussagen. Andere Personen bewiesen weniger Zurückhaltung als Professor Rittweger, die Reinigungskraft Frau Saalfelder entwickelte sich regelrecht zum Medienstar und gab Interviews am laufenden Band. Detailbesessen beschrieb sie die Garderobe und den Schmuck Lydias, stellte Überschlagsrechnungen über die Häufigkeit und Höhe ihrer Ausgaben an, und schilderte wortreich Dietrichs wachsenden Unmut darüber. „Die Verschwendungssucht der schönen Witwe" war der eine ganze Seite füllende Artikel überschrieben.

Frau Saalfelder mochte geschwätzig und nicht mit überragenden geistigen Voraussetzungen gesegnet sein, sie verfügte jedoch zweifellos über eine scharfe Beobachtungsgabe. Es habe durchaus Menschen gegeben, die Lydia nicht mochten, breitete sie für eine andere Zeitschrift aus, doch diese habe meine Schwester „bis aufs Messer" bekämpft und skrupellos aus dem Weg geräumt. Frau Saalfelder erwähnte Dietrichs Tochter Carola, die jahrelang keinen Kontakt zum Vater gehabt hätte, und die frühere Sekretärin Fräulein Helmchen, die Lydia angeblich zu gut durchschaut habe und deshalb die Kanzlei verlassen musste. In diesem Zusammenhang führte der Autor des Artikels gleich noch aus, Carola habe wegen des gewaltsamen Todes ihres Vaters einen Nervenzusammenbruch erlitten und befinde sich in einer Klinik.

Von Lydias Zwist mit Carola wusste ich natürlich, und auch an den Namen der Sekretärin erinnerte ich mich, Lydia hatte ihren Weggang damals mit Genugtuung erwähnt. Das war allerdings noch vor ihrer Ehe mit Dietrich gewesen.

Zur Illustration der Artikel gab es zwei Fotos meiner Schwester, die immer wieder auftauchten. Das eine zeigte sie am Tage von Dietrichs Tod hinter der Polizeiabsperrung vor der Kanzlei. Ihr Gesichtsausdruck schwankte zwischen Neugier und Erstaunen, ich erinnerte mich, dass sie aufgenommen worden war, als sie sich von dem Stadtreinigungsmitarbeiter gerade seine Tatversion erzählen ließ. Ich wurde zum Glück fast völlig von ihm verdeckt.

Das zweite Foto war vor ca. fünf Jahren anlässlich der Eröffnung von Dr. Holger Hagedorns Kanzlei aufgenommen worden. Lydia liebte dieses Foto und zeigte es gern herum, weil sie darauf so gut getroffen war. In der Zeitung war es auch abgebildet gewesen, mit einem Bericht über die gelungene Vernissage, mit der Holger damals den Start in seine berufliche Selbständigkeit als Anwalt verbunden hatte. Es war eine Gruppenaufnahme, die drei Ehepaare zeigte. Ganz links stand Dietrichs erste Frau Edelburg, eine schlanke gutaussehende Frau mit sportlichem Kurzhaarschnitt, dann folgten Dietrich und Lydias damaliger Ehemann Thomas Gondschar. Neben

Thomas bildete Lydia den strahlenden Mittelpunkt des Bildes. Sie trug ihr Haar hochgesteckt, lange Ohrgehänge, die ihr fast bis zu den Schultern reichten, und ein bodenlanges Abendkleid. Ihre Haare und Augen wirkten noch dunkler, als sie es in Wirklichkeit waren und verliehen ihrer Erscheinung etwas Südländisches. Das lange schwarze Kleid streckte ihre Gestalt und kaschierte, dass sich ihre Figur von der Taille abwärts etwas zu kräftig fortsetzte. Neben ihr posierten Holger und seine Frau Ulla für den Fotografen. Holger wirkte wie ein großer schlaksiger Junge, und auch Ulla sah mit ihrem langen Haar sehr jung und mädchenhaft aus.

Für die aktuellen Veröffentlichungen hatten die Zeitungen in schöner Übereinstimmung einen Bildausschnitt gewählt, der nur Lydia mit den drei Männern zeigte und die Frauen links und rechts einfach wegließ. Das Foto wirkte dadurch ganz anders. Lydias Mittelpunktstellung wurde noch deutlicher und die drei Männer schienen in einem von ihr erzeugten Spannungsfeld zu stehen. Lydia hatte offenbar gerade etwas Originelles geäußert und sah kokett und Beifall heischend zu dem sie um Haupteslänge überragenden Holger auf. Er erwiderte ihren Blick sichtlich amüsiert und überrascht. Thomas stand einen halben Schritt hinter Lydia, auch er sah sie mit einem Lächeln an, doch er wirkte eher müde, fast ein wenig resigniert. Allerdings hatte das nicht viel zu besagen, es war eine Miene, die ich bei Thomas oft beobachtet hatte und hinter der sich wohl nur Verlegenheit verbarg. Thomas mochte keine Veranstaltungen dieser Art, keine Fototermine und keinen Smalltalk.

Dietrich dagegen wirkte elastisch wie eine gespannte Feder, er neigte sich zu Lydia hinüber, hing mit einem hingerissenen Gesichtsausdruck an ihren Lippen und verdeckte Thomas dadurch sogar etwas. Nie zuvor war mir diese Konstellation so aufgefallen.

Natürlich kommentierte die Presse das Foto entsprechend. Dass die schöne Frau Tanner überall sofort im Mittelpunkt gestanden hätte, hieß es, dass ihr zweiter Ehemann Dr. Tanner ihr völlig verfallen gewesen sei, und dass der erste Ehemann, Herr Thomas G., ihren Verlust nie verwunden habe. Nur über Holger schrieben sie nichts. Dabei hätte es durchaus eine Geschichte zu erzählen gegeben, nur passte sie nicht ins aktuelle Bild, das sich die Leser von Lydia machen sollten. Denn in dieser Geschichte war Lydia die Betrogene und Verlassene gewesen. Eine Zeit lang hatte eine enge Freundschaft zwischen Lydia, Thomas, Holger und Ulla bestanden, die beiden Ehepaare unternahmen viel gemeinsam. Einmal war ich mit allen zusammen in Gießen in einer Bar gewesen, als ich Lydia und Thomas mal wieder übers Wochenende besuchte. Damals fiel mir gleich auf, wie gut sich Thomas und Ulla verstanden. Irgendwann soll dann aber mehr zwischen ihnen daraus geworden sein, und Thomas hatte sich von Lydia getrennt.

Meine Mutter und ich hatten uns gut mit Thomas verstanden, doch Mutter war über seinen Verrat an Lydia so erbittert, dass sie jeden weiteren Kontakt strikt ablehnte. Ich hätte mich nicht so rigoros verhalten, im Gegensatz zu Mutter wusste ich, dass die Ehe zwischen Thomas und Lydia nicht mehr glücklich gewesen und meine Schwester daran nicht unschuldig war. Doch Mutter und Lydia entschieden damals einfach für mich mit, und ich fügte mich.

Obwohl Thomas unmittelbar darauf wieder nach Bödersbach zog und wir uns ab und zu über den Weg liefen, fiel kein persönliches Wort mehr zwischen uns. Zwei oder drei Mal traf ich ihn in Begleitung von Ulla, erfuhr dann aber, dass die Beiden nicht zusammenlebten. Ulla war wohl zu ihrem Mann zurückgekehrt. Wie es dazu gekommen war, interessierte mich nicht weiter. Und auch sonst interessierte sich niemand für diese Geschichte, hätte Lydia Thomas verlassen, wäre es sicher anders gewesen.

Mich beunruhigten diese ganzen Veröffentlichungen vor allem wegen unserer Mutter. Martina, die ich deshalb anrief, beruhigte mich umgehend. „Mach dir keine Sorgen, ich habe das im Griff", sagte sie. „Deine Mutter hat auf die Nachricht von Dietrichs möglicherweise gewaltsamem Tod – so vorsichtig habe ich das erstmal ausgedrückt – mit einem Herzanfall reagiert. Rein psychosomatisch, wie immer. Wir haben vorsichtshalber ein EKG ableiten lassen, mit dem üblichen Ergebnis. Um ihr Herz würde sie mancher Zwanzigjährige beneiden. Ich habe die Situation allerdings ausgenutzt und ihr jede Aufregung untersagt, keine Zeitungen, kein Fernsehen. Zum Glück hält sie sich mustergültig daran, und zum Trost habe ich ihr aus der Klinik stapelweise Liebesromane herangeschafft. Du weißt schon, diese Heftchen, *Fürstenliebe* und so. Sie wirkt ganz zufrieden damit."

Natürlich wusste ich, wovon Martina sprach. Wenn unsere Patienten entlassen wurden, ließen sie diese Lektüre meistens zurück, und wir gaben sie dann auf Wunsch an die Neuzugänge weiter. Auf die Idee, sie für meine Mutter mitzunehmen, war ich noch nie gekommen. Jetzt war ich glücklich über Martinas Idee. Alles was Mutter ablenken und erfreuen konnte, war einfach ein Segen.

Ich kündigte meine Heimkehr für den übernächsten Tag an. Meine Hoffnung, dass Lydia ganz schnell wieder freikommen würde, hatte sich inzwischen zerschlagen. Lydias Verteidiger Dr. Hoffmann, auf den meine Schwester inzwischen große Stücke hielt, hatte alles versucht, um die Glaubwürdigkeit der wichtigsten Belastungszeugin zu erschüttern, eben jener Anwohnerin, die Lydia beim Verlassen der Kanzlei gesehen haben wollte. Es hatte zwei Gegenüberstellungen gegeben, eine davon unter realistischen Bedingungen auf der Straße vor der Kanzlei. Doch auch aus der gleichen Entfernung und unter den gleichen Lichtverhältnissen wie an jenem Abend erkannte sie Lydia zweifelsfrei wieder.

Mir graute vor meinem nächsten Besuch, denn nun konnte ich nicht mehr umhin, meiner Schwester einen weiteren schweren Schock zu versetzen. Ich hatte damit bis zu ihrer Entlassung warten wollen, um so die Wucht des Schlages durch den Triumph über ihre Freilassung geschickt zu mildern. Das war nun leider nicht möglich. Lydia wusste zwar, dass ich gleich nach ihrer Verhaftung in ein Hotel gezogen war, sie hatte nie nach Professor Rittweger gefragt und mit Gleichmut hingenommen, nichts von ihm zu hören. Vermutlich redete sie sich sogar ein, er verhielte sich aus Rücksichtnahme so, wolle sie durch die offene Preisgabe ihres Verhältnisses nicht belasten.

Natürlich wusste ich inzwischen, wie sie zueinander gestanden hatten. Mir war aufgegangen, dass seine Frau nicht mehr im Hause lebte, und Lydia ihren Platz im Ehebett eingenommen hatte. Übermäßig überrascht war ich darüber nicht gewesen. Es gab eigentlich keine Phase in Lydias erwachsenem Leben, in der sie ohne Partner gewesen wäre. Auch in diesem Punkt unterschieden wir uns grundlegend voneinander. Bereits mit 20 hatte sie zum ersten Mal geheiratet, nach ihrer Scheidung von Thomas sofort mit Dietrich zusammengelebt, und bei der Trennung von ihm war eben der schöne Roland zur Stelle gewesen. Nur war der sich seiner künftigen Rolle wohl noch nicht sicher. Die Spannungen und gegenläufigen Bestrebungen in seiner Beziehung zu Lydia waren mir nicht entgangen. Am Abend des Tages, an dem wir von Dietrichs Tod erfahren hatten, und uns der Gedanke, Lydia könne damit belastet werden, noch fernlag, kam es bereits zu einer gewaltigen Gefühlseruption.

Professor Rittweger kam spät heim, er hatte bereits von dem Vorgefallenen gehört. Lydia war verstimmt, ihre wiederholten Bemühungen, ihn im Laufe des Tages telefonisch zu erreichen, waren vergeblich gewesen. Doch auch jetzt gab er ihr nicht die Unterstützung, auf die sie wohl gerechnet hatte. Er wirkte besorgt und beunruhigt darüber, dass die Polizei bereits in seinem Hause gewesen war. Seine Analyse der neuen Situation wirkte kühl und sachlich. „Du bist immer noch seine Frau und für die Polizei der wichtigste Ansprechpartner", gab er Lydia zu bedenken. „Es wäre unter diesen Umständen einfach besser, wenn du in eure gemeinsame Wohnung zurückkehrst."

Die Heftigkeit von Lydias Reaktion überraschte mich. Sie brach sofort in Tränen aus und beschuldigte Roland, sie in dieser schwierigen Situation im Stich zu lassen. Erstaunlicherweise ließ er sich durch ihre Verzweiflung nicht aus der Ruhe bringen und beharrte auf den praktischen Vorteilen seines Vorschlages. Lydia werde schließlich auch die Beerdigung organisieren und das Erbe regeln müssen, meinte er. Dazu benötige sie Unterlagen und die seien doch wohl alle in der Wohnung. Erst als

Lydia behauptete, überhaupt keine Schlüssel zu der Wohnung mehr zu besitzen, in der sich sicher längst Dietrichs Exfrau breitgemacht habe, gab er auf. Lydia beruhigte sich langsam und bestand auch auf meinem Bleiben im Hause, was mir zunehmend weniger behagte.

Sofort nach Lydias Verhaftung teilte ich Roland Rittweger deshalb mit, mir umgehend ein Hotelzimmer suchen zu wollen. Er stimmte sichtlich erleichtert zu, trug dann jedoch zu meinem Erstaunen Lydias drei schwere Koffer in die Diele hinunter. „Nehmen Sie die Sachen Ihrer Schwester bitte gleich mit", beantwortete er meinen fragenden Blick. Obwohl sein Wagen vor der Tür stand, rief er mir ein Taxi.

„Ich wünsche Ihnen und Ihrer Schwester viel Glück und Kraft", sagte er abschließend mit unverbindlichem Lächeln, nachdem ich ihm für seine Gastfreundschaft gedankt hatte. Soviel Distanziertheit erschien mir unfassbar, er vermied es offensichtlich sogar, Lydias Namen in den Mund zu nehmen.

„Wollen Sie das meiner Schwester nicht persönlich sagen?", konnte ich mir dann doch nicht zu fragen verkneifen.

Er würdigte mich keiner Antwort. „Adieu", sagte er mit einem leichten Kopfnicken und zog die Tür hinter sich zu.

Ich wählte meine Worte mit Bedacht, als ich Lydia von dieser offenkundig endgültigen Verabschiedung erzählte. „All deine Sachen sind jetzt bei mir im Hotel", fing ich vorsichtig an, „sag mir, falls du etwas brauchst."

Ihr Blick ging ins Leere, als habe sie mich nicht verstanden und nur am leichten Zittern ihrer Unterlippe erkannte ich, dass es sich anders verhielt.

„Professor Rittweger wünscht dir Glück und Kraft", fügte ich leise hinzu.

Da hatte sich Lydia bereits gefangen. Anmutig richtete sie sich auf und sprach die folgenden Worte so akzentuiert, als wolle sie die uns überwachende Beamtin zum Mitschreiben auffordern: „Ich bin Professor Rittweger sehr dankbar für die vorübergehende Aufnahme. Hoffentlich hat er durch mich keine Unannehmlichkeiten gehabt, das würde ich sehr bedauern."

Die Selbstbeherrschung meiner Schwester hatte für mich in manchen Situationen schon immer etwas Unheimliches gehabt. Dies war wieder einmal so ein Moment. Und genau von diesem Moment an begann Lydias neue Rolle: Sie wurde mit Leib und Seele Dietrichs Witwe. Von nun an trug sie nur noch Schwarz. Sie gab sich bedrückt und sprach von der guten Zeit, die sie mit Dietrich gehabt habe. Sie dachte laut darüber nach, ob die Ehe nicht doch noch zu retten gewesen wäre.

Ich fand ihr Verhalten aufgesetzt und peinlich, wurde dann aber wieder von Unsicherheit befallen: Warum sollte Lydia es nicht ehrlich meinen? Es war doch möglich, dass der feige Abgang ihres letzten Liebhabers Dietrichs Qualitäten plötzlich wieder in einem ganz neuen Licht erstrahlen ließ.

Lydia begann sich Gedanken um die Beerdigung zu machen, obwohl Dietrichs Leichnam noch nicht zur Bestattung freigegeben war. Vermutlich war es für ihr emotionales Gleichgewicht von Bedeutung, sich auszumalen, wie sie, deren Unschuld dann inzwischen erwiesen wäre, hoch erhobenen Hauptes ihren Gatten zu Grabe tragen würde.

Meine Sorge um sie wuchs mit jedem Besuch bei ihr, je mehr ich den Eindruck gewann, dass sie zunehmend den Bezug zur Realität verlor. Nur um sie nicht aufzuregen, ging ich auf all ihre Forderungen ein. Sie verlangte von mir, ihr schwarze Kleidungsstücke zu kaufen, von deren Schnitt und Qualität sie genaue Vorstellungen hatte.

„Die Reporter werden sich bei meiner Entlassung wie Geier auf mich stürzen", sagte sie. „Ich will dann entsprechend gekleidet sein."

Lydia wusste genau, wie verhasst mir der Kauf von Bekleidung war. Alles was ich brauchte, Jeans und schlichte Shirts, ließ ich mir von Versandhäusern schicken. Seit Jahren hatte ich kein Konfektionsgeschäft betreten und kannte den Grund meiner Abneigung nur zu genau. Zwei Mal in meinem Leben hatte ich mit Freude und Ausdauer eine Garderobe für mich ausgewählt, und beide Male endete es mit einem Fiasko. Mein Tanzstundenballkleid hatte ich an dem ersehnten Abend, den ich statt im festlich geschmückten Ballsaal heulend und einsam auf meinem Zimmer verbrachte, vor Verzweiflung mit der Schere zerstückelt und dafür von meiner aufgebrachten Mutter hinterher noch Ohrfeigen kassiert.

Mein Brautkleid wurde von mir am Tag nach der Beerdigung meines Verlobten in den Müllcontainer gestopft. Mutter habe ich vorgelogen, ich hätte es zum An- und Verkauf gebracht, doch obwohl ich nicht abergläubisch bin, wollte ich keiner anderen Braut zumuten, ein Kleid zu tragen, an dem so viel Unglück und Tränen klebten.

Lydia hingegen kann Stunden mit Auswählen und Anprobieren zubringen und selbst jetzt kannte ihre Detailbesessenheit keine Grenzen. Ich könnte ihr schon einmal schwarze Uhrenarmbänder in verschiedenen Breiten und Qualitäten besorgen, forderte sie mich auf. Dieser Tick von ihr nervte mich besonders. Begonnen hatte es in einem Sommer in unserer Kindheit, als wir beide je ein Set geschenkt bekamen, das aus einer billigen Uhr und fünf verschiedenfarbigen Armbändern bestand. Mir war das Wechseln der Bänder zu mühselig gewesen, doch Lydia machte einen regelrechten Kult daraus. Sie gab das nie wieder auf, und selbst während ihrer Ehe mit Dietrich, als sie teure Markenuhren zu tragen begann, entwertete sie die noch mit ihren bunten Armbändern, von denen sie inzwischen ein ganzes Warenlager besitzen musste.

Natürlich erfüllte ich ihren Wunsch gewissenhaft. Im Uhrengeschäft wurde ich plötzlich von einer eigenartigen Unruhe befallen, eine Erinnerung versuchte mit aller Macht an die Oberfläche meines Bewusstseins zu drängen. Kurz bevor ich sie fassen konnte, sprach mich die Verkäuferin an und zerriss so den hauchdünnen Faden, der mich für einen Moment mit der Vergangenheit verbunden hatte. Beim Verlassen des Geschäfts beschlich mich das bedrückende Gefühl, etwas ungeheuer Wichtiges knapp verpasst zu haben.

Lydia:

Dass die Gegenüberstellungen mit der Belastungszeugin nicht dazu beigetragen hatten, meine Unschuld zu beweisen, war ein schwerer Schlag für mich, doch er warf mich nicht zu Boden. Ganz im Gegenteil erwachte jetzt erst mein Kampfgeist. Bisher hatte ich mich treiben lassen, war von der baldigen Aufklärung ohne mein Zutun überzeugt gewesen. Nun nahm ich die Dinge selbst in die Hand. Auf den nächsten Besuch meines Verteidigers Dr. Hoffmann war ich auf das Gründlichste vorbereitet, ich hatte mir sogar Notizen gemacht, um nichts zu vergessen.

Er schien erfreut über meine Initiative und ging in unserem folgenden Gespräch geduldig auf alles ein, erläuterte selbst jene Punkte noch einmal ausführlich, in denen es seiner Ansicht nach keine offenen Fragen mehr gab.

Der Tathergang ließ eindeutig auf ein Fremdverschulden schließen. Dietrich war vor seinem Schreibtisch liegend gefunden worden. Er war unter Krämpfen gestorben, die ihn von seinem Stuhl geworfen hatten, auf dem er vermutlich gesessen hatte, als er den verhängnisvollen Cocktail in Form eines starken türkischen Kaffees, vermischt mit gut einem Gramm Zyankali - dem Sechsfachen der tödlichen Dosis – zu sich genommen hatte.

Könnte er sich diesen letzten Trank nicht selbst zubereitet haben, hatte ich mich und Dr. Hoffmann immer wieder gefragt, doch der hatte abgewinkt.

Das Fehlen eines Abschiedsbriefes habe nichts zu bedeuten, viele Selbstmörder würden ohne letzte Erklärung aus dem Leben gehen und die Hinterbliebenen mit quälenden Fragen zurücklassen. Ausschlaggebend war vielmehr, dass das starke Gift unmittelbar zu einer Atemlähmung geführt und innerhalb von Sekunden den Tod herbeigeführt haben musste. Dietrich hätte nicht mehr die Zeit und die Kraft gehabt, sich durch Vorzimmer und Flur hindurch zur Küche zu begeben, die Tasse abzuspülen, abzutrocknen und wegzuräumen und den Kaffeesatz ebenso im Mülleimer zu entsorgen wie das sorgfältig abgespülte Tablettenröhrchen, in dem sich das Gift befunden hatte. Genau das war aber geschehen und demnach hatte jemand die Hand im Spiel gehabt, der wohl die Absicht verfolgte, einen natürlichen Tod vorzutäuschen. Der Plan hätte durchaus gelingen können, wäre die Notärztin weniger umsichtig gewesen. Ein Mann von Anfang 60, beruflich stark beansprucht und von persönlichen Problemen gebeutelt – da denkt man doch sofort an einen Herztod, wenn der plötzlich leblos an seinem Arbeitsplatz gefunden wird. Und wenn der herbeigerufene Arzt dann noch übermüdet oder anderweitig nicht bei der Sache ist, wird der Schein schnell auf natürlichen Tod ausgestellt. „Würde auf jedem Grab eines unerkannten Mordopfers eine Kerze brennen, dann würden unsere Friedhöfe nachts leuchten wie Las Vegas", zitierte Dr. Hoffmann einen Spruch, den ich schon des Öfteren gehört hatte. Ich ließ das jedoch nicht erkennen, gab mich überrascht und beeindruckt. Männer brauchen Bewunderung zur Pflege ihres Egos, und da ich Dr. Hoffmann brauchte, geizte ich nicht damit.

„Zum Glück war die diensthabende Ärztin gut ausgeschlafen und ausgebildet, und unter Schnupfen litt sie auch nicht, so dass sie sofort den für eine Zyanidvergiftung charakteristischen Bittermandelgeruch wahrnahm und die Polizei rief.", fuhr Dr. Hoffmann fort.

„Wieso zum Glück?", dachte ich empört, Pech war das für mich, mein lieber Karsten (in Gedanken nannte ich ihn längst beim Vornamen). „Du solltest mal ein bisschen mehr mit deiner Mandantin fühlen." Gleich darauf rief ich mich zur Ordnung, die Angelegenheit war leider zu ernst.

Dietrichs Tod war am Freitag, dem 13.2., zwischen 17 Uhr und 18:30 Uhr eingetreten, genau in der Zeit, für die mir ein Alibi fehlte. Frau Saalfelder hatte ihn am Samstagmorgen um 6 Uhr gefunden. Natürlich hatte sie auch dazu bereits ein ausführliches Zeitungsinterview gegeben.

Schon durch die konkreten Umstände wurde nach Meinung der Polizei der Kreis der Tatverdächtigen stark eingegrenzt. Zornige Mandanten kochen ihrem Anwalt nicht erst einen Kaffee, wenn sie ihn umbringen wollen. Da wäre die Schussvariante, die ja auch sofort als Gerücht die Runde gemacht hatte, wirklich plausibler gewesen.

Bei allen Personen, die Zugang zur Kanzlei hatten und mit Dietrich ebenso vertraut waren wie mit seinen altmodischen Kaffeevorlieben (die Espressomaschine war nur für das Personal angeschafft worden, Dietrich bestand auf seinem türkischen Gebräu) waren routinemäßig die Alibis überprüft worden. Karsten Hoffmann fragte mich, ob ich sie noch einmal im Einzelnen hören wollte, doch ich winkte ab. Er ignorierte das und ging sie im Schnelldurchlauf durch: Sarah war mit ihrem Mann und ihren Kindern zu Hause gewesen und hatte Besuch von den Schwiegereltern gehabt. Katrin war mit mehreren Freunden erst beim Italiener und dann im Kino gewesen. Peter

Gersdorf weilte zur Tatzeit bereits in seinem knapp hundert Kilometer entfernten Heimatort, wo er das Wochenende bei seinen Eltern verbrachte. Frau Goldschmidt war ebenfalls verreist, und zwar zu ihrer Tochter, die ihr erstes Kind erwartete. Frau Saalfelder hatte mit ihrem Mann einen Einkaufsbummel gemacht und dann mit ihm bei IKEA zu Abend gegessen. Carola lag in der Klinik und ihre Mutter war den ganzen fraglichen Zeitraum über bei ihr gewesen. Gegen 17 Uhr hatte Dietrich angerufen und sich nach dem Befinden seiner Tochter erkundigt, das sagten sowohl die Stationsschwester als auch Edelburg Tanner aus. Zu dem Zeitpunkt war er also noch am Leben gewesen.

Carolas angeschlagener Zustand erweckte bei mir kein Mitleid. „Sieh mal an", dachte ich, „die taffe Carola entpuppt sich als Sensibelchen das zusammenbricht, wenn mal was nicht nach seinen Vorstellungen läuft. Ja Carola, nur die Harten kommen in den Garten, das wusste schon mein Großvater." Ich war hart und würde mir meinen Platz an der Sonne zurückerkämpfen, selbst wenn es im Moment nicht so gut für mich aussah.

Dr. Hoffmann kam auf das Mordgift zu sprechen. Zum wiederholten Male beteuerte ich, zu keinem Zeitpunkt im Besitz von Zyankali gewesen zu sein. Und auch meine Schwester hätte es mir nicht beschaffen können, so etwas steht ja nun wirklich nicht in Krankenhäusern herum.

Carola Tanner hatte in diesem Zusammenhang eine interessante Aussage gemacht. Im Juli vergangenen Jahres hätte ihr Vater ihr ein Röhrchen mit einer Substanz gegeben und um eine chemische Analyse gebeten. Carola ließ sie in einem der Labore ihrer Firma durchführen und bekam das Ergebnis sofort mitgeteilt: Eindeutig Kaliumcyanid, also Zyankali. Sie habe sich nichts dabei gedacht, ihr Vater hatte von einem diskreten Auftrag eines Mandanten gesprochen, das für ihn überprüfen zu lassen. Wenn es um Mandanten ging, habe sie selbstverständlich keine weiteren Fragen gestellt, da ihr Vater es mit seiner Schweigepflicht sehr genau nahm. Doch nach seiner Ermordung erscheine der Auftrag nun in einem ganz anderen Licht.

Ich zuckte gleichgültig mit den Achseln. Was immer Carola damit andeuten wollte, mich betraf es nicht. Alles was durch ihre Aussage offenbar wurde, war doch, dass sowohl Dietrich als auch sie selbst im Gegensatz zu mir Zugang zu Zyankali gehabt hatten. Das empfand ich sogar als entlastend für mich. Dr. Hoffmann stimmte mir darin zu.

Wir waren nun am entscheidenden Punkt angelangt, bei der mich belastenden Zeugenaussage. Die Anwohnerin, die mich zum kritischen Zeitpunkt zwischen 18:30 Uhr und 18:45 Uhr beim Verlassen der Kanzlei gesehen haben wollte und mich in der Gegenüberstellung zweifelsfrei wiedererkannt hatte, sei glaubwürdig. Das habe er eingehend überprüft, versicherte Dr. Hoffmann.

„Was heißt in dem Falle glaubwürdig?", fragte ich gedehnt.

„Frau Schmidtbauer, 45 Jahre alt, von Beruf Lehrerin, guter Leumund, als überaus gewissenhaft und zuverlässig beschrieben.", erwiderte Dr. Hoffmann.

Bei Nennung des Berufes hatte ich verächtlich mit den Mundwinkeln gezuckt, doch er ging nicht darauf ein. „Gut", sagte ich, „ich habe lange nachgedacht und bin zu anderen Schlussfolgerungen gekommen." Jetzt hatte ich seine gespannte Aufmerksamkeit.

„Am Anfang", so fuhr ich fort, jedes Wort sorgfältig wählend, „habe ich an einen Irrtum geglaubt. Man meint, eine Person zu einem bestimmten Zeitpunkt gesehen zu haben und irrt sich ungewollt im Tag." Ich erinnerte ihn in diesem Zusammenhang an einen spektakulären Fall, der erst vor kurzem durch die Presse gegangen war. Ein Mann war der Ermordung seiner Ehefrau dringend verdächtig, doch er hatte ein einwandfreies Alibi. Der Fahrer eines Überlandbusses bezeugte, er sei am Tatabend Fahrgast auf seiner mehrstündigen Tour gewesen. Jahre später wurde der Ehemann dann durch eine inzwischen technisch möglich gewordene DNA-Analyse doch noch zweifelsfrei überführt. Der Busfahrer hatte sich geirrt, der Mann war am Tage vor der Tat auf seiner Strecke mitgefahren. „Diese Variante ist in meinem Fall eher unwahrscheinlich", räumte ich ein, „zwar war ich am Tag vor Dietrichs Tod letztmalig in der Kanzlei, aber das war vormittags, das wird sie wohl kaum verwechselt haben."

„Konnte sie auch nicht, weil sie zu dem Zeitpunkt in der Schule war.", bestätigte Dr. Hoffmann.

„Aber die Frau kannte mich offensichtlich, ich bin ihr schon früher aufgefallen, obwohl ich sie nicht kenne."

„Vielleicht haben sie sie gelegentlich gesehen, eine mittelgroße, blonde Frau mit einem großen, schwarzen Hund. Sie war auch an dem fraglichen Abend mit ihm unterwegs, ein wunderschöner Hovawart übrigens." Karsten Hoffmann sah mich fragend an.

„Ein Hova-was?", fragte ich irritiert zurück. Ich kann einen Dackel von einem Schäferhund unterscheiden, das reicht mir. Für Hunde habe ich nichts übrig, für Katzen übrigens ebenso wenig. Und die Frau war mir nie aufgefallen.

„Sie sagten, sie seien zu anderen Schlussfolgerungen gelangt", griff Dr. Hoffmann den unterbrochenen Gesprächsfaden wieder auf.

„Ja", sagte ich, „und diese Schlussfolgerungen besagen messerscharf, dass die Frau bewusst lügt." Ich lehnte mich zurück.

Dr. Hoffmann schaute skeptisch. „Frau Tanner, bei den meisten Verbrechen tauchen angebliche Zeugen auf, die sich nur wichtig machen wollen. Geltungssucht, Einsamkeit, man kennt die Gründe. Aber das trifft hier nicht zu. Die Zeugin ist sich der Tragweite ihrer Aussage bewusst und sie wird vereidigt werden. Eine Falschaussage unter Eid ist kein Kavaliersdelikt, das tut kein halbwegs intelligenter Mensch ohne Not. Und die Frau ist intelligent."

Ich ließ mich nicht beirren. „Sie tut es aber doch", sagte ich, „also muss sie ein starkes Motiv haben."

„Und welches?", wollte mein Verteidiger, nun wieder ganz Ohr, wissen.

„Rache", sagte ich schlicht. „Sehen Sie, anfangs dachte ich, sie handelt selbständig und aus einem primitiven Impuls heraus. Sie wusste wer ich war, und es ist kein Wunder, dass ich ihr aufgefallen bin. Meine Position, mein Wagen, meine Garderobe, das stach hervor und so etwas weckt bei Frauen heftige Neidgefühle. Es war sicher nicht unbekannt, dass Dietrich sich für mich scheiden ließ, da kocht bei der braven Haus- und Ehefrau die Entrüstung hoch. Warum also die Chance, mir eins auszuwischen, ungenutzt verstreichen lassen? Aber nein, warten Sie, ich kenne ihren Einwand. So ein Impuls ist irgendwann verpufft, bis zur Falschaussage reicht die Kraft da sicher nicht aus. Daher glaube ich, ihre Motive waren tiefgründiger. Sie muss im Auftrag von jemandem gehandelt haben. Von jemandem, der mich so hasst, dass er vor nichts zurückschreckt. Vielleicht ist sie demjenigen gefühlsmäßig verbunden oder verpflichtet, vielleicht ist auch Geld im Spiel." Ich machte eine effektvolle Pause.

„Und wer soll derjenige sein?"

„Carola Tanner, die Tochter meines verstorbenen Mannes."

Es folgte ein längeres Schweigen. Zumindest erwog er ernsthaft, was ich gesagt hatte. Anlässlich der Auswertung des Ergebnisses der Gegenüberstellung hatte es zwischen Karsten Hoffmann und mir eine heftige Auseinandersetzung gegeben, weil er mir indirekt ein Geständnis nahe gelegt hatte. Daraufhin hatte ich geschrien, auf einen Anwalt, der mir nicht traue, verzichten zu können. Wir hatten uns jedoch einander schnell wieder angenähert, denn ich wollte nicht wirklich auf ihn verzichten. Meine langjährigen Erfahrungen mit Anwälten reichten aus, seine Qualitäten richtig einzuschätzen. Dr. Hoffmann hatte Ehrgeiz und Biss, er war jung und unverbraucht und wollte sich profilieren. Das sind gute Voraussetzungen für ein erfolgreiches Mandat. Außerdem hatte er keinerlei Verbindung zu meinem Mann gehabt, was auf die meisten anderen für meine Verteidigung in Frage kommenden Anwälte leider zutraf. Schließlich war Dietrich für längere Zeit Präsident der Anwaltskammer gewesen.

Unter Tränen hatte ich Dr. Hoffmann beim Leben meiner Mutter und meiner Schwester geschworen, ihn niemals anzulügen. Seitdem lief es wieder bestens zwischen uns.

„Sie vermuten also eine Verbindung zwischen Carola Tanner und der Zeugin Frau Schmidtbauer. Dabei muss bedacht werden, dass sich Carola Tanner zum Zeitpunkt der Ermordung ihres Vaters bereits seit vier Tagen in stationärer Behandlung befand. Mit Rücksicht auf ihren Zustand hat man ihr seinen Tod tagelang verschwiegen. Als sie es schließlich erfuhr, hatte die Zeugin ihre Aussage längst gemacht. An eine Instruktion seitens Fräulein Tanners ist also nicht zu denken."

„Es sei denn, die Mutter ist für sie aktiv geworden, oder die Verbindung zwischen Frau - ich suchte einen Moment lang nach dem Namen – Schmidtbauer und Carola war so eng, dass eine ausdrückliche Aufforderung überflüssig war. Die Zeugin nutzte die einmalige Chance und wurde von sich aus aktiv."

„Man sollte diese Möglichkeit nicht völlig ausschließen, allerdings ist bei der aktuellen Sachlage eine Überprüfung durch die Polizei nicht durchsetzbar." Mein Anwalt sah mich mit einem Ausdruck tiefen Bedauerns an.

„Damit habe ich auch nicht gerechnet.", sagte ich hoheitsvoll. „Ich habe Geld und kann private Ermittlungen finanzieren. Ihre Aufgabe wäre es, jemanden dafür zu finden."

Karsten Hoffmann zögerte. „Ich kenne jemanden.", meinte er dann. „Er ist gut, aber er ist nicht Matula. Das bedeutet vor allem, er arbeitet ausschließlich mit legalen Mitteln, was wiederum den großen Vorteil hat, dass seine Beweise vor Gericht verwertbar sind. Allerdings ist seine Arbeit zeitaufwändig und wahrhaftig nicht billig."

„Ich habe Geld", wiederholte ich noch einmal, „es kommt mir nicht darauf an."

Dr. Hoffmann nickte zufrieden. Meine finanzielle Situation war bereits Gegenstand ausführlicher Erörterungen zwischen uns gewesen. Ich hatte deutlich machen können, dass ich mich keineswegs in einer finanziellen Notsituation befunden hatte und somit nicht darauf angewiesen war, meinen Mann zu beerben. Mein Anteil aus dem Grundstücksverkauf betrug immerhin 200 000 Euro, über die ich sofort frei verfügen konnte. Ich war bereit, dieses Geld großzügig zu meiner Entlastung einzusetzen und erweiterte den Auftrag des Detektivs deshalb gleich noch: „Und der Detektiv möchte, wenn er schon einmal dabei ist, auch gleich noch eine mögliche Verbindung zwischen der Zeugin und Fräulein Ines Helmchen abklären."

Dr. Hoffmann sah mich stirnrunzelnd an und erwartete offenbar eine Erklärung.

Ich seufzte. „Das mit Fräulein Helmchen ist eine recht tragische Geschichte. Sie war bereits seit über 20 Jahren Dr. Tanners Sekretärin, als ich meine Tätigkeit in der Kanzlei aufnahm. Sie gehörte zu den Frauen, die ganz in ihrer Arbeit aufgehen und scheinbar kein Privatleben haben. Dann passierte eines Tages etwas äußerst Unangenehmes. Dr. Tanner hatte einen langjährigen wichtigen Mandanten, der als Manager in einem bedeutenden

Unternehmen tätig war. Er beriet ihn in Finanzangelegenheiten und vertrat ihn gegen seine geschiedene Frau, die sich bei der Scheidung von ihm übervorteilt fühlte, was nicht einer gewissen Grundlage entbehrte. Jedenfalls wurden dieser Ehefrau eines Tages anonym kopierte Unterlagen zugestellt, mit deren Hilfe sie nicht nur die Forderungen an ihren Mann neu untermauerte, sondern ihn auch noch wegen Steuerhinterziehung anzeigte. Der Mandant veranstaltete einen riesigen Wirbel, als sich herausstellte, dass es sich um Kopien genau der Unterlagen handelte, die er kurz zuvor Dr. Tanner vertraulich übergeben hatte. Eine handschriftliche Anmerkung am Rande einer Seite machte sie eindeutig identifizierbar.

Nur Dr. Tanners langjährige Bekanntschaft mit dem Mandanten verhinderte eine Anzeige wegen Parteiverrats. Dr. Tanner versprach ihm, den Vorfall schonungslos aufzuklären und Konsequenzen zu ziehen. Wir standen alle irgendwie unter Generalverdacht, es war eine bedrückende Zeit. Ja, und dann erfuhr ich durch puren Zufall, stellen Sie sich vor, beim Friseur war das, dass eine enge Freundschaft zwischen Fräulein Helmchen und der Exfrau unseres Mandanten bestand. Keiner hatte etwas davon geahnt, man traute ihr ja kaum zu, überhaupt so etwas wie private Freundschaften zu haben. Natürlich habe ich es Dr. Tanner gesagt, was sollte ich tun, schließlich entlastete ich damit alle übrigen Kollegen und beendete eine unhaltbare Situation. Fräulein Helmchen wurde fristlos gekündigt, doch statt ihren Fehler zu bereuen, richtete sie ihre ganze Wut gegen mich."

„Dass eine so langjährige und sicher erfahrene Mitarbeiterin einer Kanzlei so etwas tut." Dr. Hoffmann schüttelte verwundert den Kopf.

Ich zuckte die Achseln: „Wirklich kaum zu glauben. Aber sie war wohl sehr einsam und die Freundschaft zu der Frau hatte dadurch ein ganz anderes Gewicht. Außerdem muss sie sich durch die totale Abschottung ihres Privatlebens sicher gefühlt haben."

„Wie lange ist das jetzt her?", fragte Dr. Hoffmann.

Ich musste nicht lange nachdenken: „Sieben Jahre."

„So lange schon! Und da glauben Sie, dass die Frau immer noch auf Rache sinnt?"

Ich sah meinen Anwalt mitleidig an. Er mochte ein kluger Kopf sein, doch von der weiblichen Psyche verstand er offenbar nicht viel. Jedenfalls nicht, was die unglaubliche Überlebensfähigkeit von Rachegelüsten betraf.

Er deutete meinen Blick richtig. „Also gut", sagte er, „ich werde mich darum kümmern. Ich hoffe, Sie haben es sich gut überlegt."

Oh ja, das hatte ich. Immer wieder waren meine Gedanken um die Ereignisse jenes heißen Sommers vor sieben Jahren gekreist, in dem sich so viel ereignet hatte: Ich arbeitete seit knapp einem Jahr in der Kanzlei von Dr. Tanner, als Jutta Milius als neue Referendarin zu uns kam. Sie war ein absolut verrücktes Huhn mit Ökotick, eine Karikatur von einer Grünen: Birkenstocklatschen, ausgeleierte Pullover und Müsli zum Frühstück. Anfangs ließ ich sie einfach links liegen, doch dann bemerkte ich mit Unbehagen eine wachsende Sympathie zwischen Fräulein Helmchen und ihr. Irgendwie passten sie ja auch zueinander. Fräulein Helmchen war eine typische graue

Maus, die ebenfalls nichts von weiblichem Chic verstand, und außerdem pflegte sie ständig irgendwelches Grünzeug, die Kanzlei sah schon aus wie ein Gewächshaus. Besonders störend fand ich ihre Angewohnheit, mickrige Senker in Flaschen und Konservengläsern zu kultivieren, die sie auf den Fensterbrettern platzierte. Einfach unmöglich sah das aus. Geäußert hätte ich das aber nie, denn Fräulein Helmchen genoss Dr. Tanners absolutes Vertrauen und hatte dadurch eine gewisse Macht. Meine Versuche, mich mit ihr gutzustellen, fanden keine besonders lebhafte Resonanz, was vermutlich an ihrem Misstrauen lag. Alte Jungfern sind bekanntlich immer ein bisschen wunderlich, und sie war außerdem zweifelsfrei hoffnungslos in Dr. Tanner verliebt. Dass er sichtlich von mir gefesselt war, erregte zwangsläufig ihre Eifersucht, doch ich vermied tunlichst alles, was sie zusätzlich provozieren könnte. Um sie sanft zu stimmen, lobte ich sogar ihre hässlichen Pflanzen.

Ihre plötzliche Nähe zu Jutta Milius empfand ich als Gefahr, ich mag es generell nicht, wenn in meiner Umgebung Koalitionen geschmiedet und dann eventuell hinter meinem Rücken Informationen ausgetauscht werden. Also schloss ich mich nun ebenfalls enger an Jutta an und so kam es, dass wir uns eines Tages in der Mittagspause zu dritt auf dem Wege zu Juttas vorübergehendem Domizil befanden. Etwas ganz Tolles, Ungewöhnliches, Einmaliges habe sie für ein halbes Jahr anmieten können, hatte sie uns neugierig gemacht. Es sei von der Kanzlei aus gut zu Fuß zu erreichen, ein wichtiges Kriterium für sie, da sie kein Auto besitze. Wir müssten es uns unbedingt ansehen.

Sie führte uns in eine kleine Sackgasse, die an einer Wiese endete. Das letzte Grundstück lag ein wenig hinter der Häuserfront und war nicht mehr an die gepflasterte Straße angeschlossen. Es war so dicht bewachsen, dass es unbebaut erschien. Hinter Jutta her bahnten wir uns den Weg durch Büsche und Gestrüpp, bis wir plötzlich vor einer massiven Finnhütte standen. Sie wirkte nicht sonderlich gepflegt und das ganze Grundstück machte im trüben Licht des verregneten Tages einen düsteren Eindruck, doch Jutta platzte fast vor Stolz. „Unten Küche und Dusche, oben ein geräumiges Zimmer, was brauche ich mehr!" sagte sie. „Und rundum herrlich urwüchsige, unberührte Natur." Jutta begann uns nun auf alle möglichen Pflanzen hinzuweisen, die offenbar selten waren und von denen ich noch nie gehört hatte. Fräulein Helmchen stimmte in den Jubel darüber ein und ich entschuldigte mich achselzuckend mit meinem mangelnden Talent fürs Gärtnern.

Die Beiden glaubten wohl, ich würde mich langweilen, in Wahrheit war ich total fasziniert von dem Grundstück, wenn auch aus anderen Gründen. Ein alter Kindheitstraum schien auferstanden zu sein, Gefühle von Glück, Geborgenheit und stillem Triumph meldeten sich zurück. Dies war sie: Die Zuflucht meiner Kindheit, der Ort meiner Sehnsucht, der mir so fehlte.

„Leider ist es nur für ein paar Monate." hörte ich Jutta sagen und in mir flackerte der irrsinnige Wunsch auf, dieses Grundstück für mich zu erwerben, der sich auch in den kommenden Tagen und Wochen nicht besänftigen ließ. Der Zufall kam mir zu Hilfe. Aus persönlichen Gründen musste Jutta viel früher als geplant die Stadt verlassen. Hals über Kopf brach sie ihre Zelte ab und jammerte darüber, ihren Vermieter nicht persönlich informieren zu können, da der sich auf einer Urlaubsreise befände. Spontan versprach ich, alles für sie regeln zu wollen, und sie war mir dankbar dafür.

Der Vermieter der Finnhütte hieß Maximilian Scholz und verabredete sich nach seiner Rückkehr aus dem Urlaub zur Abnahme und Schlüsselübergabe mit mir auf dem Grundstück.

Es war ein unerträglich heißer Sommertag. Ich trug ein leichtes weißes Leinenkleid und ärgerte mich, meine Sonnenbrille vergessen zu haben, denn das gleißende Licht und die flirrende Hitze ließen alle Konturen verschwimmen. Vor dem Grundstück stand ein riesiger schwarzer Mercedes. Der Vermieter war offenbar schon da. Der Mann, den ich dann auf dem Grundstück antraf, wollte aber so gar nicht zu der noblen Karosse passen. Er war etwa in meinem Alter, mittelgroß und sehr braungebrannt. Dunkles, wirres Haar hing ihm bis zu den braunen Augen und seinen vollen, spöttischen Mund krönte ein kleiner Schnurrbart. Bekleidet war er mit zerknautschten Shorts, Sandalen und einem T-Shirt, das mehrere unverkennbare Schmierölflecken aufwies. Ich mag durchgestylte Männer und rümpfte gewissermaßen innerlich die Nase über seinen Aufzug. Er stieß bei meinem Anblick einen anerkennenden Pfiff aus, was mich noch weniger für ihn einnahm. Manieren hatte er also auch nicht.

Betont förmlich stellte ich mich vor und formulierte dann mit wohlgesetzten Worten, unsere Kanzlei habe ein eventuelles Interesse, die Räumlichkeiten auch künftig für Mitarbeiter in der Ausbildung anzumieten. Er zeigte sich von meiner Rede kein bisschen beeindruckt. Mit schräg auf die Schulter gelegtem Kopf blinzelte er mich an und schnalzte missbilligend mit der Zunge, als habe er ein Kind beim Lügen ertappt. „Wofür brauchen Lady Chatterly die Hütte denn?", fragte er schelmisch. „Für gelegentliche Treffen mit dem Wildhüter?"

Ich dulde normalerweise keine Unverschämtheiten und wollte scharf erwidern, doch plötzlich brach der Impuls in sich zusammen. Gleichzeitig lachten wir beide los, er schlang den Arm um meine Taille und wir taumelten den Weg zum Haus entlang wie zwei nektartrunkene Falter. Eigentlich ist dieses Bild viel zu poetisch, denn mit romantischem Blümchensex hatte das, was wir kurz darauf miteinander taten, wenig zu tun. Es war völlig unverblümt, ziemlich grob, sogar etwas vulgär. Und es war ungeheuer befreiend und befriedigend.

Als ich den Garten Stunden später verließ, hatte ich einen höchst ungewöhnlichen Mietvertrag geschlossen. Nichts Schriftliches zwischen uns, lautete der Pakt. Ich war im Besitz des Schlüssels für das Haus, das ich uneingeschränkt nutzen durfte. Zu einem großen Holzschuppen, der sich mit schweren Riegeln gesichert und durch dichtes Gestrüpp fast unsichtbar an der rückwärtigen Grundstücksgrenze befand, hatte ich keinen Zugang. Hier würde Max, wie ich ihn künftig nur nannte, öfter anzutreffen sein, mich aber nicht stören.

Neben und hinter dem Schuppen standen einige Autos herum, die sich gerade in der Übergangsphase vom Schrotthaufen zum Oldtimer befanden. Ich vermutete im Inneren des Schuppens daher ein rostzerfressenes Ersatzteillager und staunte nicht schlecht, als ich zum ersten Mal zufällig einen Blick hineinwerfen konnte. Der Raum war penibel sauber und technisch auf das Modernste ausgestattet.

Die Miete sollte ich in einer Art Geheimfach außen am Schuppen deponieren, das Max mir zeigte. Dort sollte ich im Bedarfsfalle auch den Schlüssel hinterlegen, als Zeichen, falls ich unseren Vertrag kündigen wolle. Weitere Formalitäten seien nicht nötig. Über diesen toten Briefkasten haben wir später auch kurze Mitteilungen ausgetauscht.

Zwischen uns begann eine einzigartige Beziehung, die als Verhältnis zu bezeichnen einfach nicht den Kern treffen würde. Wir trafen uns manchmal monatelang nicht, dann plötzlich wieder mehrmals innerhalb weniger Tage. Zwischen uns herrschte ein Einvernehmen und eine Vertrautheit, wie ich sie bisher nur mit meinem Vater gekannt hatte und danach nie wieder. Max und ich waren wie Geschwister, der Sex zwischen uns hatte etwas Inzestuöses, was ihn noch verruchter und leidenschaftlicher machte. Er war der einzige Mann, der mir Befriedigung verschaffen konnte, der Einzige, bei dem ich mich nicht verstellen musste. Meine Beziehung zu Max hatte weder Zweck noch Ziel. Sie existierte nur in den Grenzen dieses verwilderten Grundstücks. Nie haben wir uns an einem anderen Ort getroffen, und sind einander bei zufälligen Begegnungen ausgewichen wie Fremde. Ich wusste, dass Max verheiratet war, als Hausmeister an einer Gesamtschule arbeitete, und dass er sein Gehalt vermutlich mit Kleinkriminalität aufbesserte, es störte mich jedoch überhaupt nicht. Nicht im Traum wäre ich auf die Idee gekommen, mit ihm leben zu wollen. Er hatte andere Frauen neben mir, so wie ich andere Männer hatte, wir sprachen äußerst offen darüber und empfanden das als erregend.

Nur wenn ich ernsthaft in einen anderen Mann verliebt war, ruhten meine Kontakte zu Max. Ich bin nicht stolz auf meine Affären, doch meine Ehe mit Thomas Gond-schar, meinem ersten Ehemann, war zu dem Zeitpunkt nur noch eine Farce und ich war innerlich nur zu bereit für eine neue Bindung.

Dabei unterliefen mir natürlich Fehler, es gab Episoden, die ich am liebsten aus meinem Gedächtnis tilgen würde. Friedhelm war so eine Episode, ich hätte mich niemals mit ihm einlassen dürfen.

Unsere Kanzlei vertrat Friedhelm in einem Kunstfehler-prozess, er war ein gefragter Schönheitschirurg mit eigener Praxis. Gleich bei seinem ersten Termin bei uns begann er um mich herumzuscharwenzeln, was sich in der Folgezeit noch verstärkte. Obwohl er Geld wie Heu hatte, geschieden war und gar nicht mal so schlecht aussah, konnte ich mich nicht recht für ihn erwärmen. Irgendetwas an seinem Auftreten stieß mich ab, er war ziemlich distanzlos und konnte regelrecht ordinär werden. Ich hätte meinem Instinkt vertrauen und ihn abweisen sollen. Doch schließlich weckte die Einladung zu einem exklusiven Abendessen meine Neugier und ich ließ mich von ihm ausführen.

Wegen Thomas musste ich mir keine Sorgen machen, er akzeptierte, dass ich regelmäßig „mit Freundinnen" ausging und auch des Öfteren bei ihnen übernachtete. Es wäre ihm niemals eingefallen das nachzuprüfen. Hätte ich noch das geringste Interesse an ihm gehabt, wäre seine Ignoranz fast schon kränkend gewesen. So aber genoss ich meine Freiheit.

Friedhelm kam sehr schnell zur Sache und wollte nach dem Abendessen „noch einen Kaffee mit mir trinken". Ich hatte leider zu viel Alkohol getrunken, nur damit kann ich mir erklären, dass ich ihn mit in meine Zuflucht nahm, deren Wohnraum ich mit einer Fülle von Dekostoffen, Kissen und Duftkerzen inzwischen in ein kleines, lauschiges Paradies verwandelt hatte. Danach trafen wir uns, vor allem auf sein Betreiben hin, noch mehrmals dort. Meine Gefühle ihm gegenüber blieben jedoch indifferent, und vielleicht hätte ich sogar gänzlich auf eine Fortsetzung der Beziehung verzichtet, wenn ich nicht das ungute Gefühl gehabt hätte, er könnte bei einer zu abrupten Abweisung unangenehm werden. Die Unannehmlichkeiten ereilten mich dann allerdings von einer ganz anderen Seite.

Es war an einem ruhigen Vormittag ohne Mandanten, als ich mit Fräulein Helmchen allein in der Kanzlei war und sie die Flaute nutzte, um hingebungsvoll ihr Grünzeug zu pflegen. Weil es einfach mal wieder an der Zeit war, raffte ich mich zu einem Kompliment über ihren grünen Daumen auf.

„Danke", murmelte sie, ohne mich anzusehen, „aber auch Sie haben ja nun wohl doch noch ihre Liebe zum Gärtnern entdeckt. Und lassen sich dabei sogar von einem Schönheitsexperten beraten."

Ich erstarrte. Die alte Hexe hatte mir tatsächlich nachspioniert. Sie musste einen ungeheuren Aufwand an Zeit und Energie in ihre Nachforschungen investiert haben, denn Friedhelm und ich waren äußerst vorsichtig gewesen. Die Empörung darüber ließ mich viel zu schnell eine Erklärung heraussprudeln: „Unterstellen Sie mir bitte nichts, Fräulein Helmchen. Auf dem Grundstück war ich nur im Auftrag von Jutta, die mich bat nachzusehen, ob sie dort einen Karton mit Studienunterlagen vergessen habe, den sie seit dem Umzug vermisst. Und Dr. Schlüter berät mich wegen der Erkrankung meines Mannes." Im gleichen Moment wurde mir bewusst, wie blödsinnig das klang, schließlich war Friedhelm Schönheitschirurg. „Er hat mir einen Kardiologen empfohlen, den er persönlich gut kennt.", setzte ich deshalb hinzu. Ich ärgerte mich über mich selbst, weil ich soeben eine Regel gebrochen hatte. „Wenn du zu Lügen gezwungen bist", hatte mein Vater mir eingeschärft, „dann drücke dich so knapp und vage wie möglich aus. Je stärker du eine Geschichte ausschmückst, umso unglaubwürdiger wird sie." An Fräulein Helmchens mitleidigem Blick erkannte ich, dass sie mir kein Wort abnahm. „Und ich verbitte mir in Zukunft prinzipiell jede Einmischung in mein Privatleben!", setzte ich dadurch verunsichert mit ziemlicher Schärfe hinzu.

Fräulein Helmchen nickte mir zum Zeichen des Einverständnisses kühl zu, und von da an war das Klima zwischen uns frostig. Obwohl sie mich betont korrekt behandelte, fürchtete ich sie von nun an. Niemand macht sich solche Mühe, die Geheimnisse anderer auszuforschen, wenn er nichts damit im Schilde führt. Ich war mir sicher, dass sie mich aus der Kanzlei ekeln wollte und ich ihr dabei zuvorkommen müsste.

Leider wusste ich fast nichts Persönliches über sie, und vorsichtige Nachfragen unter den Kolleginnen brachten keine brauchbaren Resultate. Dumm war die Helmchen nicht, mit ihrer Verschlossenheit schien sie einen undurchdringlichen Schutzwall um sich errichtet zu haben. Mir fehlte jeder Anhaltspunkt und es war ein absoluter Schuss ins Blaue, mit dem ich schließlich einen Volltreffer landete.

Eines Tages besorgte ich in einer abgelegenen Gärtnerei, die ich nie zuvor betreten hatte und an der mich mein Weg zufällig vorbeiführte, Blumen für einen Geburtstag. Der Name der Gärtnerei weckte eine Erinnerung in mir, Fräulein Helmchen hatte ihn einmal im Gespräch erwähnt. Ganz beiläufig erzählte ich der dicklichen, gutmütig wirkenden Angestellten, die gerade meinen Strauß zusammenstellte, eine Kollegin habe mir ihre Gärtnerei empfohlen. Ob sie sie wohl kenne?

Die Frau wurde richtig lebhaft: Aber sicher kenne sie Fräulein Helmchen. So eine gute und langjährige Kundin! Und sie verstehe ja so viel von Pflanzen!

Ich konnte sie kaum bremsen, wagte aber, erfreut über ihre Redseligkeit, einen weiteren Vorstoß. Ich hätte da gerade das Problem im Auftrag aller Kollegen ein Geschenk für Fräulein Helmchen besorgen zu müssen und wisse leider so wenig über ihre Interessen – von Pflanzen mal abgesehen. Diesmal solle es nämlich ausnahmsweise etwas anderes sein. Sonst würden wir in solchen Fällen immer die Angehörigen befragen, doch Fräulein Helmchen lebe ja leider allein.

Mit vor Anstrengung gerunzelter Stirn versuchte die Gärtnerin mir zu helfen, weit davon entfernt, das geringste Misstrauen zu entwickeln. „Aber dann fragen Sie doch Frau Michaelis, ihre Freundin!", schlug sie mir schließlich strahlend vor.

„Bleib ruhig", sagte ich meinem plötzlich wild klopfenden Herzen, „den Namen gibt es öfter." Doch wenig später hatte ich mit Nachdruck bestätigt bekommen, dass es sich sowohl um die Exfrau unseres wichtigsten Mandanten, als auch um eine wirklich sehr enge Freundin von Fräulein Helmchen handele.

Der Rest war einfach zu bewerkstelligen. Ohne Probleme kopierte ich die Akten des Mandanten, und schickte sie der Exfrau, deren Anschrift sich in unseren Unterlagen befand, anonym zu. Dann wartete ich in Ruhe den Ausbruch des Skandals ab, zeigte mich wie alle anderen erst ratlos und dann tief betroffen, als das Bauernopfer Fräulein Helmchen gebrochen ihren Arbeitsplatz räumte. Innerlich empfand ich jedoch ein heißes Triumphgefühl. Ich hatte gewonnen und die Feindin aus dem Felde geschlagen.

Vielleicht hätte es Fräulein Helmchen Genugtuung bereitet, wenn sie erfahren hätte, in welchem Fiasko meine Beziehung mit Friedhelm endete. Auf meine beiläufig und ohne größere emotionale Beteiligung geäußerte Frage, wie es mit uns weitergehen solle, hatte er nach einem kurzen Moment verblüfften Schweigens mit brüllendem Gelächter geantwortet. Was ich denn erwarten würde, gluckste er hervor, einen Heiratsantrag etwa? Er sei glücklich von einer Frau geschieden, die ihm regelmäßig Hörner aufgesetzt habe, fuhr er dann etwas ruhiger fort. Ob ich etwa glaube, er würde nun auf eine hereinfallen, die sich dadurch empfehle, dass sie ihren Mann nicht nur äußerst geschickt betrüge, sondern zu diesem Zwecke sogar ein regelrechtes Liebesnest unterhalte? Er lachte noch spöttisch, als er unmittelbar darauf von mir aus diesem Liebesnest geworfen wurde. Ich kochte vor Wut, aber eine nützliche Lektion hatte ich trotzdem von ihm gelernt. Weder Holger noch Roland haben je von der Existenz meiner Zuflucht erfahren.

Ulrike:

Inzwischen war es April geworden, doch es lag kein Frühling in der Luft. Der milde, trübe Winter, der keiner gewesen war, setzte sich einfach übergangslos fort, so als habe das Wetter beschlossen, sich den Aufwand mit den unterschiedlichen Jahreszeiten zu ersparen und stattdessen durchgängig eine Melange anzubieten. Mir blieb jedoch wenig Zeit, mich mit Betrachtungen darüber aufzuhalten, ich hatte alle Hände voll zu tun. Mir und meiner Mutter stand der Umzug aus unserem Haus in eine nunmehr doch gemeinsame Wohnung bevor. Wir hatten uns für eine sehr schöne Dreieinhalbzimmerwohnung entschieden, lichtdurchflutet, ebenerdig und altersgerecht. Mutter bekäme ein Schlafzimmer mit daran anschließendem großem, behindertengerechtem Bad. Das geräumige Wohnzimmer mit offener Küche würden wir mit Mutters Möbeln einrichten. Gut, dass es so viel Platz bot, denn Mutter wollte sich von nichts trennen. Für mich war das kleinere Schlafzimmer mit einem ebenfalls kleinen, aber zweckmäßigen Duschbad vorgesehen, außerdem würde ich in dem halben Zimmer, das mehr eine Nische zwischen Flur und Wohnzimmer war, meinen alten Schreibsekretär und meine Bücherregale unterbringen. Jetzt war es von Vorteil, dass ich nicht mehr besaß, bis jetzt hatte ich ja mit unseren alten Kinderzimmermöbeln gelebt, die nun auf den Sperrmüll wandern würden.

Ich hatte mir untersagt, der reizenden Dachwohnung, die ich ursprünglich beziehen wollte, noch weiter nachzutrauern. Die Situation ließ keinen anderen Weg zu, und es wäre müßig gewesen, deshalb mit dem Schicksal zu hadern. Lydias schwierige, ungeklärte Situation erforderte finanziellen Spielraum, den sie durch ihren Anteil am

Gewinn aus dem Grundstücksverkauf nun erhielt. Wir alle hofften zunächst auf die Arbeit des Detektivs, und nach ihrer Entlassung würde sich Lydia ein neues Leben aufbauen müssen. Sie tat mir schrecklich leid und ich bewunderte die Energie, mit der sie den Kampf aufnahm.

Überraschende Energien wurden auch bei unserer Mutter freigesetzt. Sie, die immer wehleidig und leidend gewesen war, und sonst bereits unter geringen Belastungen zusammenzubrechen drohte, war wie ausgewechselt. Wegen ihrer schmerzenden Gelenke war sie kaum noch vor die Haustür gegangen. Alle meine Erklärungen, der Bewegungsmangel würde die Beschwerden verschlimmern, waren auf taube Ohren gestoßen, all meine Appelle, täglich doch wenigstens eine kleine Strecke spazieren zu gehen, waren von ihr abgeprallt. Nun aber drehte sie, sorgfältig gekleidet und zurechtgemacht, täglich ihre Runden, auf einen Stock gestützt und die Schmerzen tapfer ignorierend. „Sollen die Leute etwa glauben, ich verstecke mich? Dafür gibt es keinen Grund, meine Tochter ist unschuldig.", sagte sie stolz. Sie fühlte sich sogar gewappnet, neugierigen Fragen und dummen Kommentaren entgegenzutreten, doch strahlte sie so viel Würde aus, dass kaum jemand ihr zu nahe trat.

Ich besuchte Lydia so oft es möglich war. Wir hatten einen skurrilen Streit wegen Dietrichs Beerdigung gehabt. Unmittelbar nach der Freigabe des Leichnams hatte ich plötzlich einen Anruf von Dietrichs erster Frau erhalten, die mich sehr höflich um ein Gespräch bat. Ich traf auf eine gutaussehende, gepflegte Frau mit gewinnendem Auftreten. Ohne Umschweife machte sie mir den Vorschlag, Dietrichs Beerdigung zu übernehmen. „Wieso überrascht Sie das?", fragte sie auf meinen erstaunten Blick hin. „Dietrich und ich waren fast 25 Jahre verheiratet und wir haben gute Zeiten miteinander gehabt. Wir haben eine gemeinsame Tochter und mein ehemaliger Mann hat sie und mich nach der Scheidung und für den Fall seines Todes gut abgesichert. Auch aus Letzterem erwachsen uns Verpflichtungen, dafür zu sorgen, ihn mit Würde unter die Erde zu bringen. Schließlich ist Ihre Schwester verhindert." Sie sagte das ganz neutral, ohne jeden erkennbaren Hintersinn „Und da sie sich bereits von Dietrich getrennt hatte, wird die emotionale Bindung nicht so groß sein, dass sie einer solchen Regelung nicht zustimmen könnte. Würden Sie bitte mit Ihrer Schwester sprechen und mir dann mitteilen, ob sie einverstanden ist."

Ehrlich gesagt, ich war erleichtert. Meine Besuche bei Lydia und ihre ständigen Aufträge, die notwendige Räumung des Hauses und der Umzug, die Sorge, ob sich der Verdacht gegen Lydia ausräumen ließe – und das alles bei voller Berufstätigkeit – forderten mich bis an den Rand meiner Kräfte. Die Beerdigung von Dietrich konnte und wollte ich nicht allein organisieren. So empfand ich Edelburg Tanners Angebot als großherzig und seine Annahme als einen Akt der Vernunft.

Leider sah Lydia das völlig anders. Sie geriet sogar richtig in Wut, bestand darauf, ihren Mann allein zu beerdigen und seine Exfrau nicht dabei haben zu wollen – in Ausübung ihres Hausrechtes als Witwe. Mir klappte der Kiefer nach unten. „Hausrecht auf dem Friedhof? Bist du noch bei Trost, Lydia?", fragte ich.

„Ja das bin ich, und ich kenne meine Rechte. Im Übrigen brauchst du dich um nichts zu kümmern. Ich werde ihn erst dann beisetzen lassen, wenn meine Unschuld erwiesen und ich auf freiem Fuß bin."

„Ja und was soll bis dahin mit ihm geschehen?", fragte ich fassungslos.

„Das ist kein Problem." Lydia hatte offenbar schon alles durchdacht. „Wir veranlassen jetzt die Kremierung ohne Trauerfeier und die Urne kann dann erst einmal in der Leichenhalle untergestellt werden."

Und so geschah es. Hätte Lydia sich einer sofortigen Beisetzung nicht in den Weg gestellt, hätten sich die Dinge für sie vielleicht noch zum Guten wenden können.

Ich widmete mich jedenfalls erst einmal weiterhin den Umzugsvorbereitungen. Es ist kein einfaches Unterfangen, ein Haus zu räumen, in dem eine Familie seit drei Generationen gelebt hat. Unglaublich, was sich so ansammelt, wenn immer der Platz vorhanden war, nicht mehr benötigte Dinge erst einmal abzulegen oder unterzustellen. Bereits nach Vaters Tod hatte ich mehrere Aktionen gestartet und das Haus entrümpelt. Es war jedoch trotzdem immer noch genug vorhanden, um mich fast zur Verzweiflung zu treiben, ich wusste kaum, wo ich anfangen sollte.

Meine Mutter, die mir nur im Sitzen helfen konnte, nahm sich den Inhalt der Schränke vor. Da saß sie nun, zwischen Bergen von Tischwäsche, die noch von meiner Großmutter stammte, angefangenen und nie beendeten Handarbeiten, Kartons mit Wolle und Garnen und bemühte sich, Verwendbares von Verzichtbarem zu trennen. Immer wieder geriet sie dabei über erinnerungsträchtigen Stücken ins Sinnen. Am meisten fesselten sie die Familienfotos, die sie in einem großen Schuhkarton im Wohnzimmerbuffet aufbewahrte.

Ich wusste, dass es noch mehr Fotos gab, sorgfältig verborgen in ihrem Schlafzimmer und von kindlicher Neugier auf der Suche nach dem Versteck der Weihnachtsgeschenke längst erspäht. Es waren Bilder aus der Zeit ihrer kurzen, unglückseligen ersten Ehe, von denen sie sich trotz allem nicht zu trennen vermochte.

In ihrer Jugend war meine Mutter eine ausgesprochene Schönheit gewesen. Ihre Figur war schlank und graziös, sie hatte einen makellosen Teint und große, leuchtend blaue Augen, die ihr ebenmäßiges Gesicht beherrschten, das von einer wahren Flut herrlicher, kastanienbrauner Haare umrahmt wurde. Sie wurde entsprechend umschwärmt und es erschien als geradezu gesetzmäßig, dass sie und der attraktivste Mann weit und breit ein Paar wurden. Nur passte dieser Mann ihren Eltern überhaupt nicht.

Meine Großeltern, die ich nicht mehr kennenlernen sollte, besaßen eine gut gehende Weberei, die ihnen zu einem gehobenen Lebensstandard verhalf. Doch sie waren nicht flexibel. Und so versäumten sie erst notwendige Modernisierungen und Produktionsumstellungen, und später den rechtzeitigen Verkauf des nicht mehr rentablen Unternehmens. Als der Konkurs nicht mehr abzuwenden war, konnten sie lediglich ihr Wohnhaus und ihren Standesdünkel retten, Vermögen besaßen sie keines mehr.

Dennoch erschien ihnen der Krankenpfleger Gernot Schwarz als gänzlich ungeeignete Partie für die einzige Tochter. Doch die war bis über beide Ohren in den Mann mit der blendenden Erscheinung verliebt. Nicht einmal der ihm vorauseilende Ruf als Frauenheld und Casanova vermochte sie abzuschrecken. Gernot Schwarz war schwarzhaarig und dunkeläugig, er wirkte südländisch und spielte gern ein wenig mit diesem Image, obwohl seine Vorfahren erwiesenermaßen seit vielen Generationen aus Bayern stammten. Er und meine Mutter waren das, was man heute ein Traumpaar nennen würde, jedenfalls was die äußere Erscheinung betraf. Es gibt ein Foto, das sie eng umschlungen im Kurpark vor einem Springbrunnen zeigt. Ein Luftzug lässt das leichte Sommerkleid meiner Mutter hochwehen und eine feine Wasserfontäne über ihre Köpfe hinweg sprühen. Meine Mutter lacht so übermütig, wie ich es später niemals bei ihr gesehen habe. Geradezu entrückt vor Glück wirkt sie auf ihrem Hochzeitsbild, ganz in weiße Spitzen gehüllt und sich sanft an ihren stattlichen Ehemann schmiegend. Gegen den Willen ihrer Eltern hatte sie die Heirat durch eine Schwangerschaft erzwungen, die den ungeliebten Schwiegersohn der Schande eines unehelichen Kindes dann doch vorgezogen hatten.

Auf den zahlreichen Fotos, die sie mit der kleinen Lydia zeigen, spielt dann allerdings bereits ein wehmütiger Zug um ihre Lippen, was nicht verwunderlich ist. So unglaublich es klingt, ihr angebeteter Ehemann betrog sie bereits auf der Hochzeitsreise. Während meine Mutter unter heftigen Schwangerschaftsbeschwerden leidend auf ihrem Hotelbett ausruhte, amüsierte sich ihr frisch Angetrauter mit einer flotten, allein reisenden Urlauberin. Der Skandal wurde perfekt, als diese Dame ihn später in unserer Heimatstadt besuchte und es dort zu einem aufsehenerregenden Zusammenstoß mit seiner neuesten Liebschaft kam. Noch bevor Lydia das erste Lebensjahr vollendet hatte, wurde die Ehe auf Druck meiner Großeltern geschieden. Verwunden hat meine Mutter das allen erlittenen Demütigungen zum Trotz nie. Als ihre Eltern kurz darauf gemeinsam bei einem Verkehrsunfall ums

Leben kamen, soll sie angeblich versucht haben, sich ihrem geschiedenen Mann wieder zu nähern. Ich habe nie herausgefunden, ob das eine Tatsache oder eine eifersüchtige Fiktion ihres zweiten Ehemannes, meines leiblichen Vaters, war.

Jedenfalls stand meine Mutter nach dem Tod ihrer Eltern mit ihrem Kind ganz allein da. Sie war durch ihre Erziehung sehr unselbständig und hilflos. Als sie auf der Sparkasse erfuhr, dass die noch vorhandenen Guthaben ihrer Eltern kaum die Beerdigungskosten decken würden, erlitt sie einen Schwächeanfall. Der junge Sparkassenangestelle Helmut Lange eilte ihr zu Hilfe und begleitete sie nach Hause. Er erkundigte sich am folgenden Tag fürsorglich nach ihrem Befinden und stand ihr von nun an beratend zur Seite. Sie nahm nicht nur seine Hilfe dankbar an, sondern einige Monate später auch seinen Heiratsantrag. Da war Lydia knapp zwei Jahre alt. Genau neun Monate später kam ich zur Welt.

Die Ehe meiner Eltern war nicht glücklich. Manchmal kam es mir vor, als wären wir alle nur Marionetten in einer Aufführung, die meine Mutter eigens für Gernot Schwarz inszenierte. Denn der blieb in Bödersbach, ließ sich zum Physiotherapeuten ausbilden und betrieb eine gutgehende Praxis, die besonders von den weiblichen Kurpatienten gern frequentiert wurde. Er sah immer noch blendend aus, heiratete nie wieder und hatte ständig wechselnde Freundinnen.

Meine Mutter jedoch spielte ihm das heile, glückliche Familienleben vor. Jeden Sonntag gingen wir in den Kurpark, wo auch Gernot Schwarz mit großer Sicherheit anzutreffen war. Begegneten wir ihm beim Kurkonzert, im Café oder flanierend auf den Wegen, so ergriff hektische Betriebsamkeit von meiner Mutter Besitz. Sie sprach und lachte unnatürlich laut, tätschelte unsere Köpfe und die Hand meines Vaters und versuchte auf jede erdenkliche Weise, Aufmerksamkeit zu erregen. Je älter ich wurde, und je mehr ich ihr Gebahren durchschaute, umso peinlicher wurden mir diese Auftritte. Und umso störrischer verweigerte ich meine Mitwirkung. Lydia dagegen war eine hinreißende kleine Schauspielerin. Instinktiv erahnend, was von ihr erwartet wurde, bereicherte sie ihre Rolle um eigene Nuancen. Meiner Mutter war offenbar besonders daran gelegen, ihrem Exmann das innige Verhältnis zwischen seiner Tochter und ihrem Stiefvater zu demonstrieren. Sie wusste wohl, dass sie ihn damit verletzen konnte. Denn was immer man gegen Gernot Schwarz vorbringen mag: Lydia, die trotz seiner zahlreichen Affären sein einziges Kind blieb, hatte er geliebt.

Auch mein Vater liebte Lydia. Sie war so ganz anders als ich: Unkompliziert, vor Gesundheit strotzend und reizend anzusehen mit dem dicken dunklen Haar und den dunklen Augen. Sie hatte ein anschmiegsames Wesen, passte sich jeder Situation an und war von ansteckender Fröhlichkeit.

Ich dagegen war von zarter Konstitution, ein stilles, unscheinbares, nervöses Kind, das oft kränkelte. Meinen Eltern galt ich als schwierig und undankbar, was so sicher nicht stimmte, doch neben Lydias stürmischen Liebes- und Dankbarkeitsbekundungen verblassten meine eher schüchternen Gefühlsäußerungen.

Meinem Vater tat Lydias Anhänglichkeit auch deshalb gut, weil er Zeit seines Lebens an den Gefühlen meiner Mutter für ihn zweifelte, was ihn immer verbitterter werden ließ und unser Familienleben vergiftete. Er ließ kaum einen Tag ohne irgendeine spitze Bemerkung gegen Lydias Vater verstreichen und schien nicht einmal zu bemerken, wie sehr er damit oft auch meine Mutter traf. „Der hat dich nur geheiratet, weil er bei deinen Eltern noch Vermögen vermutete", war eine seiner häufiger angebrachten Kränkungen. Nicht nur Eifersucht, sondern zweifellos auch Neid trieb meinen Vater um. Still, fleißig, bescheiden und wenig durchsetzungsfähig war er immer der kleine Sparkassenangestellte mit dem kleinen Einkommen geblieben. Gernot Schwarz dagegen kleidete sich elegant, fuhr teure Wagen und war regelmäßig auf dem Tennisplatz anzutreffen. „Das kann unmöglich alles von seinem Gehalt kommen", giftete mein Vater. „Der nimmt die dummen Frauenzimmer aus, die ihm hinterherlaufen." Der lange Schatten des ersten Ehemannes verdunkelte die Ehe meiner Eltern immer mehr, das chronische Magenleiden meines Vaters verschlimmerte sich und in das schöne Gesicht meiner Mutter gruben sich tiefe Falten, die es wie eine tragische Maske aussehen ließen.

Ich weiß nicht mehr, wann uns Kindern eigentlich richtig aufging, wer Lydias leiblicher Vater war. Von einem bestimmten Zeitpunkt an wurde offen in der Familie darüber gesprochen, an ein vorausgehendes aufklärendes Gespräch kann ich mich nicht erinnern. Vor uns Kindern waren sich die Eltern insofern einig, dass sie sich darin übertrafen, ihn in den schwärzesten Farben zu malen. Irgendwann nannten Lydia und ich ihn deshalb in vertrauten Gesprächen nur noch den „schwarzen Mann". Wir kamen uns sehr originell vor.

Natürlich wurde Lydia der Umgang mit ihrem Vater strikt untersagt. Ihre Reaktion darauf entzückte meine

Eltern und wurde von ihnen gern weitererzählt. Sie habe den liebsten und besten Papa der Welt, hatte sie gesagt, einen anderen wolle sie gar nicht.

In Wahrheit traf Lydia ihren Vater jedoch heimlich. Ich weiß bis heute nicht, wann das begann, doch als ich es herausfand war ich neun und Lydia zwölf. An jenem heißen Tag war ich mit meiner Schulklasse in ein Schwimmbad außerhalb der Stadt gefahren. Lydia war am gleichen Tag mit ihren vier Freundinnen dort. „Das fünfblättrige Kleeblatt" nannte meine Mutter die Mädchenclique, doch das Bild traf nicht ganz zu. Eher hätte man sie mit einem bunten Kinderwindrad vergleichen können: Die vier Mädchen waren die Flügel und Lydia die Perle in der Mitte, um die sich alles ununterbrochen drehte. Sie war diejenige, mit der jede der vier anderen gern eine exklusive Freundschaft gepflegt hätte. Ab und zu unternahm Lydia dann auch mit der einen oder anderen allein etwas, wovon die restlichen drei nichts wissen durften. Sie spaltete die Gruppe und hielt sie gleichzeitig mit der ihr eigenen Anziehungskraft zusammen. Jedenfalls wunderte ich mich, die vier Mädchen ohne Lydia auf dem Rasen sitzen zu sehen. Dann entdeckte ich sie: Einträchtig mit Gernot Schwarz auf einer Bank, angeregt schwatzend und schäkernd. In dieser Zeit war ich gerade ziemlich eifersüchtig auf Lydia. Sie ging regelmäßig zum Tennis, während mir die Eltern die heißersehnten Reitstunden versagten. Ich hatte keine Ahnung, dass Lydias Vater für die Kosten aufkam. So witterte ich nun also eine Chance, die bevorzugte Lydia bei den Eltern anzuschwärzen und tat das auch. Leider nahm die Sache dann einen für mich verhängnisvollen Verlauf: Die vier Freundinnen schworen Stein und Bein, Lydia sei die ganze Zeit über nur mit ihnen zusammen gewesen, meine Mutter versetzte mir für meine Verlogenheit ein paar schallende Ohrfeigen, und mein Vater rundete die Strafmaßnahme mit Stubenarrest ab. Lydia hätte mit dem Ausgang zufrieden sein können, sie war jedoch der Meinung, die Lektion für mich noch vertiefen zu müssen. Meine einzige beste Freundin hatte mir ihre unschuldige Schwärmerei für einen älteren Jungen anvertraut, und ich hatte mich mit Lydia darüber beraten. Plötzlich war das sorgsam gehütete Geheimnis Gegenstand öffentlicher Lästereien auf dem Schulhof, ich wurde schnell als Quelle des Verrats ausgemacht und nicht nur von meiner Freundin, sondern auch von den anderen Mädchen meiner Klasse dafür verachtet und geschnitten. Als ich zu Hause vor Kummer darüber weinte, gab sich Lydia ungerührt. „Nun merkst du selbst, wie es ist, wenn man verpetzt wird." Ich habe Lydia danach nie wieder verraten. Später wurde ich sogar ihre wichtigste Vertraute. Oftmals gab ich ihr nun Rückendeckung, wenn sie sich mit ihrem Vater traf. Gemeinsam gingen wir aus dem Haus, gemeinsam kehrten wir zurück und Lydia berichtete ausführlich, was wir angeblich unternommen hatten, ich brauchte nur ab und zu bestätigend zu nicken. Lydia war nun reizend zu mir, sie gab mir sogar Geld oder kaufte mir meine geliebten Pferdezeitschriften, die von den Eltern als unnütze Kinkerlitzchen abgetan wurden. Sie waren natürlich wirklich stets knapp bei Kasse. Gernot Schwarz jedoch war großzügig gegenüber seiner Tochter, offiziell verdiente Lydia das Geld allerdings durch Dienstleistungen für eine alte Dame, die sie regelmäßig aufsuchte. Unsere Eltern waren begeistert von ihrer Tüchtigkeit und ihrer Großzügigkeit mir gegenüber. „Du wirfst dein schwerverdientes Geld für Schnickschnack für Ulrike raus", sagte meine Mutter manchmal vorwurfsvoll. „Ich mache es gern" erwiderte Lydia dann nur strahlend. Es ist mir bis heute unbegreiflich, wie wir jahrelang mit diesen Schwindeleien durchkamen.

Vermutlich lag es nicht nur an Lydias Geschicklichkeit, sondern vor allem daran, dass unsere Eltern zunehmend von ihren eigenen Problemen in Anspruch genommen wurden und gar keine Zeit und Kraft mehr hatten, sich wirklich um uns zu kümmern. Als ich in die Pubertät kam, war bereits offensichtlich geworden, dass mein Vater seinen Alkoholkonsum nicht mehr im Griff hatte. Getrunken hatte er schon immer, bevorzugt Wein. Angeblich brauchte er zwei bis drei Gläser am Abend zur Beruhigung seiner Nerven. Die waren durch die Ungerechtigkeit seiner Vorgesetzten und die Mobbingattacken seiner Kollegen stets aufs Äußerste strapaziert. Irgendwann wurden aus den Gläsern Flaschen und mein Vater schaffte es nicht mehr ins Bett, sondern schlief betrunken auf dem Sofa ein. Zum Glück gelang es ihm dennoch jahrelang, stets pünktlich zur Arbeit zu erscheinen und dort nüchtern zu bleiben. Mutter muss schlimme Ängste ausgestanden haben, ihm könnte gekündigt werden und die Familie dadurch noch weiter finanziell abrutschen. In dieser Zeit entwickelte sich ihr Tick, alles aufzuheben. Jedes Stück Geschenkpapier, jedes Band wurden gefaltet und aufbewahrt, leere Gefäße aus Glas und Kunststoff türmten sich in allen Räumen und auch unsere zu klein gewordene Bekleidung stapelte Mutter in Schränken und auf Stühlen. Was selbst ihr zu schäbig erschien, wurde sorgfältig aufgetrennt und zu Putzlappen zurechtgeschnitten. Wir verfügten bald über so viele Putzlappen, dass wir den ganzen Ort damit hätten wienern können. Bei uns zu Hause wurde leider kaum noch saubergemacht. Es war auch praktisch schwer durchführbar, weil überall Gerümpel den Weg versperrte und kein Platz vorhanden war, etwas umzulagern. Mutter spann sich immer intensiver zu Hause ein und die wachsenden Trödelberge bildeten den Kokon, der sie schützen sollte. Sie ging nicht mehr aus, unsere sonntäglichen Spaziergänge mit den Eltern gehörten schon lange der Vergangenheit an. Sie hatten aufgehört, weil Vater auch dabei die Gelegenheit genutzt hatte, stets ein paar Gläschen zu trinken und dadurch zunehmend aggressiver wurde. Einmal war es sogar fast zu einem Streit mit Gernot Schwarz gekommen, Vater hatte ihn in seinem alkoholisierten Zustand wohl provoziert.

Mutter machte Lydia und mich zu ihren Verbündeten. Sie trug uns auf, im Haus nach versteckten Flaschen zu suchen, was bei der herrschenden Unordnung nicht einfach war. Trotzdem waren wir ziemlich erfolgreich dabei, was bei Vater zu gelegentlichen Wutausbrüchen führte. Natürlich behauptete er, überhaupt nicht abhängig vom Alkohol zu sein, wir würden nur bösartigerweise versuchen, ihn der einzigen Medizin für seine angeschlagenen Nerven zu berauben.

Das für Lydia und mich geltende Verbot, Freunde mit nach Hause zu bringen, wäre völlig überflüssig gewesen, wir hätten es ohnehin tunlichst vermieden, andere einen Blick in unsere Verhältnisse werfen zu lassen.

Allerdings gingen Lydia und ich ganz unterschiedlich damit um. Ich zog mich aus allen Kontakten zurück und nahm keine Einladungen mehr an. So brauchte ich auch selbst keine auszusprechen. Lydia scharte weiterhin Freundinnen um sich. Sie sprach sehr überzeugend von der Krankheit ihres Stiefvaters und seinem häuslichen Ruhebedürfnis, was alle verstanden. Das Geld ihres leiblichen Vaters ermöglichte es ihr, ihre Freundinnen ins Café oder Kino einzuladen. Ohnehin lag es gerade im Trend, auch Geburtstage auf diese Art zu begehen. Ich war Lydia unendlich dankbar dafür, dass sie auch an meinen Geburtstagen Kinobesuche oder ein gemeinsames

Eisessen organisierte. Sie tat damit das für mich, was eigentlich in der Verantwortung unserer Eltern gelegen hätte, die sich aber überhaupt nicht darum kümmerten. Lydia wurde dadurch zu meiner wichtigsten Bezugsperson und meine Anhänglichkeit und Loyalität ihr gegenüber grenzenlos. Daher belastete es mein Gewissen nicht sonderlich, wenn ich für Lydia log. Außerdem war ich der Meinung, dass Lydia durchaus ein Recht auf Kontakt mit ihrem Vater hatte, und der Meinung bin ich immer noch. Hätte sie es sich als Kind nicht einfach hinter dem Rücken der Eltern genommen – später wäre es zu spät gewesen. Denn Gernot Schwarz erlag mit nur 45 Jahren einem Herzinfarkt. Lydia konnte weder offen um ihn trauern, noch durfte sie zu seiner Beerdigung gehen. Sie tat mir so leid, dass ich ihr sogar verzieh, dass sie mir kurz darauf Thomas wegnahm. Falls das überhaupt der richtige Ausdruck dafür ist. Denn weggenommen werden kann einem nur, was man besitzt. Doch Thomas war wohl von Anfang an mehr an Lydia interessiert, die mich in jeder Hinsicht überstrahlte.

Lydia:

Mein Anwalt hatte mich darauf vorbereitet, dass schon bald Anklage gegen mich erhoben werden könnte. Ich empfand das aufgrund der dürftigen Beweislage als geradezu skandalös. Eine einzige Zeugin begründete den Verdacht gegen mich, und ich wusste um die Unwahrheit ihrer Behauptung.

Immer wieder hatte mein Anwalt Dr. Hoffmann mein fehlendes Alibi thematisiert, immer wieder hatte er mich nach jenen kritischen anderthalb Stunden am Tattag befragt. „Frau Tanner, ich will Ihnen gewiss nicht zu nahe treten, doch ihre Angaben dürften auf das Gericht fragwürdig wirken. Sie waren für 17 Uhr mit ihrer Schwester verabredet, die extra deshalb aus Bödersbach angereist war. Als sie sich verspätet, verlassen sie gegen 17:20 Uhr das Haus, nur um anderthalb Stunden spazieren zu gehen. Warum haben Sie nicht auf ihre Schwester gewartet? Das klingt alles nicht logisch", merkte er stirnrunzelnd an.

Ich sah ihm fest in die Augen: „Handeln Sie immer logisch wenn Sie wütend sind? Meine Schwester hatte mir diese Verabredung gegen meinen Willen aufgedrängt. Sie hat mich am Telefon regelrecht überrumpelt. Ulrike wollte Geld für eine Wohnung von mir, sehr viel Geld, das nun aber einmal mir gehörte. Ich habe meiner Schwester immer geholfen, diesmal ging es jedoch wirklich nicht. Nach meiner Trennung von Dr. Tanner benötigte ich das Geld selbst. Ganz ausführlich habe ich ihr das erklärt, bin deswegen extra nach Bödersbach gefahren. Ulrike war völlig uneinsichtig, regelrecht vernagelt, sie sah nur sich und ihre Wünsche. Nur einen Tag später kündigte sie mir dann ihren Besuch an, um die fruchtlose Diskussion noch einmal von vorn beginnen zu können. Darin sah ich nun aber überhaupt keinen Sinn. Deshalb habe ich ja versucht, sie anzurufen und den Termin abzusagen, doch sie hatte einfach ihr Handy abgeschaltet. Das machte mich natürlich noch ärgerlicher, aber ich habe sie zunächst erwartet. Als sie dann nach einer halben Stunde Verspätung allerdings immer noch nicht auftauchte und es vor allem nicht für nötig hielt, mich durch einen Anruf zu informieren, da ist mir der Kragen geplatzt. Ich bin einfach losgelaufen und habe gehofft, sie wird unverrichteter Dinge wieder heimfahren. Das erschien mir besser als der Streit, zu dem es anderenfalls zweifellos zwischen uns gekommen wäre."

Dr. Hoffmann schaute immer noch skeptisch. Bereits mehrmals hatte ich ihm die Gegend beschrieben und die Straßen benannt, durch die ich an jenem Abend gelaufen war, was natürlich zu nichts geführt hatte. Niemand hatte mich in der Dunkelheit gesehen, niemand konnte sich an mich erinnern. Das wunderte mich überhaupt nicht, hatte ich doch großen Wert darauf gelegt, nicht bemerkt zu werden. Denn anders als von mir immer wieder beteuert, hatte ich an jenem Abend durchaus ein Ziel gehabt, ein Ziel, das ich nicht preisgeben durfte. Tagelang hatte ich darüber nachgegrübelt, ob ich meine Angaben nicht wenigstens teilweise der Wahrheit annähern könnte, doch endeten meine Überlegungen jedes Mal mit der Feststellung, dass ich mich damit nur noch verdächtiger machen würde. Und so blieb ich bei meiner Version, so unbefriedigend sie Dr. Hoffmann und leider auch mir selbst erschien.

Alles hatte seinen Anfang genommen, als ich an jenem Tag gegen 10 Uhr einen an mich adressierten Umschlag ohne Absender aus dem Briefkasten fischte, dessen Inhalt mich in Panik versetzte. In meiner Not tat ich etwas höchst Außergewöhnliches: Ich rief Max an. Seit sieben Jahren kannten wir uns, und so unglaublich es auch klingen mag: In diesen sieben Jahren hatten wir einander nie angerufen. Diese Regelung war Teil des Paktes, der unsere Beziehung im Alltagsleben quasi für nicht existent erklärte. Unser Austausch funktionierte nur über den toten Briefkasten am Schuppen auf dem Gelände meiner Zuflucht, oder er funktionierte eben nicht, woran in letzter Zeit ausschließlich ich schuld war. Als ich mich in Roland verliebte, hatte ich mir geschworen, Max und die Zuflucht aufzugeben, sobald ich mit Roland zusammen wäre. Dieser Verzicht sollte den Beginn eines neuen, glücklichen Lebens markieren, aus dem keine Fluchten mehr nötig wären. Ich ignorierte die Zettel von Max, in denen er mich darauf hinwies, wann er auf dem Grundstück anzutreffen sei und mied die Zuflucht an diesen Tagen. „Das Ende einer Beziehung im verflixten siebten Jahr", ging es mir amüsiert durch den Kopf. Sobald ich bei Roland eingezogen wäre, würde ich meine Sachen abholen und den Schlüssel hinterlegen. Damit würde ich das eigenartige Mietverhältnis wie vereinbart beenden.

Dass es dann doch nicht so kam, hing mit Rolands reservierten Verhalten zusammen. Ich hielt es für ratsamer, zunächst keine zusätzlichen Taschen und Kartons in sein makellos aufgeräumtes Heim zu schleppen. Also hinterlegte ich nochmals die vereinbarte Miete und enthielt mich weiterhin jedes Kontaktes zu Max.

Kurz vor meiner ersten Begegnung mit Roland hatten Max und ich einmal wieder eine äußerst intensive Zeit miteinander gehabt. Mindestens zweimal in der Woche war ich damals abends zerschunden, zerkratzt und erschöpft aus der Gartenpforte geschlüpft. Seitdem war fast ein dreiviertel Jahr vergangen. Nun bereute ich es, Max seitdem so schnöde ignoriert und dadurch eventuell verärgert zu haben.

Lange feilte ich an den richtigen Worten, überlegte, wie ich ihm die Ernsthaftigkeit und Dringlichkeit meiner Bitte übermitteln könnte, bevor ich endlich entschlossen zum Handy griff und in der Schule anrief, in der er als Hausmeister tätig war. Zu meiner Erleichterung meldete sich Max sofort. „Ach die Frau Doktor? Oder muss ich jetzt schon die Frau Professor sagen?" Seine Stimme triefte vor Ironie. Er wusste also von Roland und mir, und irgendwie gefiel mir das überhaupt nicht.

„Max, es ist sehr ernst", sagte ich. „Ich muss dich dringend sprechen, am gewohnten Ort, heute noch. Nenne mir bitte eine Zeit."

Er schwieg so lange, dass ich befürchtete, die Verbindung sei unterbrochen. „Halb sechs, vielleicht etwas später", erwiderte er dann äußerst zögerlich.

„Bis dann, alles andere dort", beendete ich das Gespräch.

Meine Verabredung mit Ulrike war mir vor Aufregung völlig entfallen und ich hatte nun nicht mehr die geringste Lust, sie einzuhalten. Als ich versuchte sie anzurufen und abzusagen, meldete sich nur ihre Mailbox. Auch ein Anruf zu Hause bei Mutter brachte mich nicht weiter. Angeblich war Ulrike bereits unterwegs, um vor der Abreise noch einige Arzttermine wahrzunehmen. Mutter war besorgt, ob es Probleme mit meiner Festvorbereitung gebe, und erkundigte sich lang und breit nach Dietrich. Ich hatte Mühe, sie abzuwimmeln. Nachdem ich Ulrike bis 15 Uhr nicht erreicht hatte, war es für eine Absage zu spät. Jetzt würde sie bereits im Zug sitzen. Vielleicht war ihr Besuch doch gar nicht so schlecht für meine Pläne, ich musste sie nur richtig einbauen. Es war mein erster Tag ohne eigenes Auto, und ich fühlte mich wie amputiert. Alle Wege waren mit einem Mal lang und beschwerlich geworden. Dass ich Ulrike aufgefordert hatte, mit einem Taxi zu kommen, kam mir nun recht gut zupass. Wenn sie um 17 Uhr hier ankäme, würde ich zuerst mit ihr zu einem Restaurant fahren und sie dort absetzen. Dann würde ich zu meiner Zuflucht fahren, Max treffen und das Notwendigste besprechen. Ulrike würde eben so lange warten müssen. Ich wollte mich ohnehin nicht mit ihr auf lange Diskussionen einlassen und das Thema der Geldverteilung zwischen uns zügig abhandeln. Danach könnte sie nach Bödersbach zurückfahren oder sich ein Hotelzimmer nehmen, es war mir gleich, wie sie das halten würde.

Ich hatte Roland von dem geplanten Treffen mit Ulrike erzählt und es erschien mir nun – so lästig es mir im Grunde war – als willkommenes Alibi. Meine größte Sorge war damals, Roland könnte in letzter Sekunde noch von meinem quasi schon beendeten Verhältnis zu Max erfahren. Welche Ironie des Schicksals! Inzwischen brauchte ich ein ganz anderes Alibi.

Ulrike war auch um 17:10 Uhr noch nicht da und weiterhin telefonisch nicht erreichbar. Noch länger konnte ich unmöglich warten und ging einfach los, ohne ihr eine Nachricht zu hinterlassen. Ich fürchtete, dass Ulrike gar nicht, Roland dafür aber früher kommen und den verräterischen Zettel an der Tür vorfinden könnte. Er würde sich dann zu Recht fragen, wo ich gewesen war.

Ich rannte nun fast und erreichte die Zuflucht kurz nach 17:30 Uhr völlig außer Atem. Es stand kein Wagen davor, also war Max noch nicht da. Er parkte immer direkt vor dem Eingang, während ich meinen Wagen früher jedes Mal in einer anderen Seitenstraße abgestellt hatte. Unbemerkt konnte ich das Grundstück betreten und ließ im Haus sofort die lichtundurchlässigen Jalousien herab. Eine Stunde lang wartete ich mit steigender Nervosität auf Max, dann gab ich auf. Obwohl ich es fast schon befürchtet hatte, dass er mich versetzen könnte, erfüllte mich die Tatsache mit Enttäuschung und Wut. Einen Moment lang überlegte ich sogar, ob Max der Absender der anonymen Postsendung sein könnte. Ein kleiner fieser Racheakt, weil ich ihn abserviert hatte – wieso eigentlich nicht? Doch dann verwarf ich den Gedanken. Sieben Jahre lang war nichts dergleichen geschehen und es hatte immer Phasen gegeben, in denen ich mich rar machte. Wahrscheinlich war es gerade deshalb so prickelnd geblieben. Ich versteckte den Umschlag in einer Nische hinter einem losen Brett im Wandschrank. Auf keinen Fall wollte ich ihn in Rolands Haus haben. Für Max hinterließ ich einen dringend klingenden Text in unserem toten Briefkasten. Auf dem Rückweg hoffte ich inständig, meine Schwester möge schon wieder fort sein. Aber das war sie nicht, obwohl es bereits nach 19 Uhr war. Wie ein geduldiges Schaf hatte sie die ganze Zeit über im Garten auf mich gewartet. Ihr Verhalten reizte mich so sehr, dass ich sie am liebsten nicht ins Haus gelassen hätte. „Du hast dich verspätet und warst telefonisch nicht erreichbar, ich dachte du kommst nicht mehr. Du verhältst dich einfach rücksichtslos!", fuhr ich sie an, meine Verärgerung über Max auf sie übertragend.

„Können wir vielleicht drinnen weiterreden, mir ist inzwischen ziemlich kalt", erwiderte sie, und ich schloss wortlos die Tür auf. „Lange wirst du dich hier nicht breit machen", dachte ich grimmig, nachdem sie den Mantel abgelegt und hinter mir ins Wohnzimmer getreten war. Doch ehe ich etwas erklären konnte, hörte ich Roland das Haus betreten. Ich ging ihm rasch entgegen. „Meine Schwester hat sich etwas verspätet", kam ich seiner Frage zuvor, „wir sind deshalb gleich hier geblieben." Ich wunderte mich, dass er schon da war, er hatte ursprünglich angekündigt, es könne auch bei ihm später werden, und ich solle mir deshalb für das Gespräch mit meiner Schwester Zeit lassen. Als wir gemeinsam das Zimmer betraten erhob sich Ulrike: „Ich suche mir jetzt ein Hotelzimmer und verabrede mich für morgen nochmals mit meiner Schwester, nicht wahr Lydia? Ich habe ja noch frei, und wir können dann in Ruhe reden."

Ulrikes freundliche Unverfrorenheit machte mich sprachlos. Wie konnte sie derart über mich verfügen? Dass Roland mir dann auch noch in den Rücken fiel, indem er ihr das Gästezimmer anbot, machte das Maß voll.

Ich hatte mich wohl ziemlich von der Erinnerung überwältigen lassen, denn erst jetzt bemerkte ich Dr. Hoffmanns forschenden, besorgten Blick. „Frau Tanner, wollten Sie noch etwas ergänzen?", fragte er. Ich schüttelte den Kopf.

„Gut", sagte er gedehnt, „dann also zum nächsten Punkt, den Ergebnissen des Detektivs. Leider haben seine intensiven Nachforschungen bisher wenig Brauchbares erbracht. Verbindungen zur Zeugin Schmidtbauer ließen sich weder der Familie Tanner, noch Fräulein Helmchen nachweisen. Herausgestellt hat sich lediglich, dass die Reinigungskraft Frau Saalfelder zeitweise auch für die

Zeugin tätig war, ebenso wie für einige andere Damen in unmittelbarer Nachbarschaft der Kanzlei. Sie hat dort vor allem die Fenster geputzt. Frau Schmidtbauer hat sie allerdings schon längere Zeit nicht mehr beschäftigt, weil sie ihr zu neugierig und zu schwatzhaft erschien."

Ausnahmsweise konnte ich der Zeugin in diesem Punkt zustimmen. Frau Saalfelders Artikel über mich waren die reinste Rufmordkampagne gewesen, und am liebsten hätte ich sie deshalb verklagt. Dass sie allerdings die Person gewesen sein könnte, die eine Zeugin gegen mich beeinflusst hatte, das hielten sowohl Dr. Hoffmann als auch ich für ausgeschlossen. Seit einigen Tagen zermarterte ich mir den Kopf, wer sonst noch dafür in Frage käme. Immer wieder war Ullas Gesicht vor mir aufgetaucht, und immer wieder hatte ich den Gedanken beiseite geschoben. Sicher, kaum ein Mensch hatte mir so viel Hass entgegengeschleudert wie sie, doch sie war zu weit weg, um Einfluss auf das Geschehen in Gießen nehmen zu können.

Die Ereignisse, die mein Leben nachhaltig beeinflussen sollten, lagen jetzt sechs Jahre zurück. Damals glaubte ich mich in einer Sackgasse zu befinden. Mein unglückseliges Verhältnis mit dem Schönheitschirurgen Friedhelm Schlüter lag fast ein halbes Jahr zurück, und ich hatte den Schock über das unerfreuliche Ende noch nicht verarbeitet. Noch nie hatte ein Mann mich mit solcher Verachtung behandelt. Diese Erfahrung hatte mich vorsichtig gemacht, längere Zeit ließ ich mich auf nichts Neues ein und schlug Einladungen interessierter Männer aus.

Thomas und ich lebten nach wie vor aneinander vorbei, ich traf mich gelegentlich mit Max und fühlte mich ansonsten leer und deprimiert. Hinzu kam, dass Thomas in dieser Zeit unsere Rückkehr nach Bödersbach zu planen begann. Er würde die Stelle des Verwaltungsleiters der Kurklinik annehmen. Ich solle dann beruflich erstmal kürzer treten, meinte er, insgeheim hoffte er jedoch, ich würde mich um eventuellen Nachwuchs kümmern. Mir war die Vorstellung einer Rückkehr nach Bödersbach, und noch dazu unter diesen Bedingungen, zutiefst zuwider. Alles in mir hoffte auf einen Ausweg.

Da trat an einem schönen Frühlingsmorgen Holger in die Kanzlei und in mein Leben. Vom ersten Moment an war ich total fasziniert von ihm. Er war groß und schlank, muskulös und durchtrainiert. Sein spärliches Haar hatte er abrasiert und die Glatze stand ihm zu seinem markanten Gesicht und dem kleinen Kinnbärtchen fantastisch. Er sah wie ein Schauspieler aus. Doch mehr noch als sein vorteilhaftes Äußeres bestach die Art und Weise seines Auftretens. Seine Energie und seine Fröhlichkeit rissen einfach jeden mit. Selbst der sonst eher steife Dr. Tanner war wie verwandelt, er umarmte Holger lachend und stellte ihn uns als seinen ehemals besten Referendar und nunmehr größten Konkurrenten vor. Holger Hagedorn werde nämlich demnächst seine erste eigene Kanzlei eröffnen. Holger bestätigte das glücksstrahlend und lud uns alle zur Eröffnungsfeier ein. „Ich habe riesige Räume gemietet, die müssen zur Einweihung voll werden", verkündete er lachend. Mandanten habe er auch schon einige, doch leider seien die Kinder seiner beiden Renos wie abgesprochen gleichzeitig erkrankt, was ihm im Moment Probleme bereite.

Ich hatte das Angebot ausgesprochen, bevor ich richtig darüber nachgedacht hatte: Vielleicht könnte ich nach meiner Arbeit hier täglich ein paar Stunden aushelfen?

Holger Hagedorn zeigte sich sehr erfreut, und Dr. Tanner lobte meine Hilfsbereitschaft. „Frau Gondschar ist eine ausgezeichnete Kraft", sagte er. „Und weil auch ich meinem jungen Kollegen unter die Arme greifen will, stelle ich sie frei, solange bei dir Not am Mann ist."

So kam es, dass ich für 14 Tage in der Kanzlei von Holger Hagedorn aushalf und dass wir uns in dieser Zeit schnell näher kamen. Allerdings in ganz anderer Weise, als ich es mir vorgestellt hatte. Holger war ein Kumpeltyp, er war lässig, unkompliziert und ein bisschen naiv. Meine erotischen Signale schien er überhaupt nicht zu empfangen. Zwar lud er mich zum Dank für meine Hilfe zum Abendessen ein, doch sein „bring bitte Deinen Mann mit, dann lernen sich die Ehepartner auch gleich kennen", zerschlug meine Hoffnungen. Zu allem Überfluss fand das Abendessen bei ihm zu Hause statt und entsprach so gar nicht meinen Vorstellungen. Hagedorns bewohnten eine schöne geräumige Altbauwohnung. Die Räume mit den Stuckdecken und Holzfußböden hätten mit entsprechender Ausstattung wundervoll aussehen können, doch mit dem bunt zusammengewürfelten Mobiliar und dem herumliegenden Kinderspielzeug wirkten sie einfach nur verkramt. Holgers Frau Ulla begrüßte uns in Jeans und labbrigem T-Shirt. Ich trug ein apfelgrünes Seidenkleid, das mir fantastisch stand, und musterte sie mitleidig. Offenbar hatte sie es auch nicht geschafft, ihr Haar zu waschen, sie trug es zu einem langen Zopf geflochten. Es schien ihr genauso wenig auszumachen wie die Unordnung in der Wohnung. Ulla war mir sofort unsympathisch. Sie redete viel und unbekümmert drauf los, sprach mit übertriebenem Stolz von ihren Kindern, zwei überdrehten Mädchen im Alter von vier beziehungsweise sechs Jahren, die uns im Laufe des Abends mehrfach störten, ohne dass die Eltern sie ernsthaft zurechtgewiesen hätten. Ich verspürte einmal mehr Erleichterung darüber, selbst keine Kinder zu haben. Ulla war eine gluckenhafte Mutter und eine offensichtlich überforderte Hausfrau. Ihren Beruf als Lehrerin übte sie zurzeit nur vertretungsweise aus, ab und zu hatte sie auch Einsätze als Dolmetscherin für Französisch und Portugiesisch. Sie erzählte uns einiges darüber, doch ich hörte kaum zu, weil ich fand, dass sie fürchterlich angab. Zu meinem Erstaunen verstanden sich Thomas und Ulla bestens. Thomas, der sich am liebsten vor Einladungen drückte und auch diesmal nur widerwillig mitgekommen war, redete mit Ulla an diesem Abend mehr als mit mir innerhalb von 14 Tagen. Ihr Einvernehmen wurde im Laufe der Zeit so groß, dass mir ernsthaft der Gedanke an eine Verbindung zwischen den beiden kam, die meinen eigenen Hoffnungen auf Holger sehr förderlich gewesen wäre. Ulla war keine Frau für Holger, das war mir schnell klar. Sie zog ihn zu sich herab mit ihrer hausbackenen Art und ihrem Mutterkomplex, sie verstand sich nicht zu kleiden und kein Fest auszurichten, sie degradierte ihn zum Papi und Pantoffelhelden. An ihrer Haustür pappte ein unsägliches, selbstgebranntes Keramikschild mit Blümchen und der Aufschrift: „Hier leben Holger, Ulla, Luisa und Emily" Ulla besaß sogar die Geschmacklosigkeit in Holgers Kanzlei Kinderzeichnungen an die Wände zu hängen.

Über ein halbes Jahr lang pflegten wir eine Freundschaft zu viert, die Thomas und Ulla sichtlich genossen, während ich Holger keinen Schritt näher kam. Es war ein Akt der Verzweiflung, der schließlich zum Erfolg führte. Thomas war übers Wochenende allein zu seinen Eltern gefahren, Ulla hatte einen Dolmetschereinsatz, und die Kinder waren bei den Großeltern untergebracht worden. Ich packte zwei Flaschen Rotwein ein und suchte Holger unter dem Vorwand auf, mich „mal richtig ausquatschen" zu wollen. Er reagierte zunächst aufgeschlossen und interessiert, später betroffen und mitfühlend. Meinen Text hatte ich mir zuvor gut zurechtgelegt. Ich redete von Thomas' Krankheit, die ihn verändert und schwierig gemacht hätte, ich beschrieb seine Ängste vor körperlicher Belastung jeder Art, was leider Sex mit einschloss, ich beschrieb meine Einsamkeit, meine Frustration, meine unerfüllten Wünsche und Sehnsüchte. Und ich schloss mit dem Geständnis, mich deshalb in ihn verliebt zu haben.

Holger machte es mir nicht leicht, stammelte etwas von wieder-zueinander-finden zwischen Thomas und mir, und dass er uns dabei helfen wolle. Mich betrunkener stellend als ich war, warf ich mich einfach schluchzend in seine Arme und riss den Widerstrebenden Schritt für Schritt mit mir fort. Um dem Geschehenen etwas mehr Verbindlichkeit zu verleihen, blieb ich über Nacht bei ihm, und er schickte mich natürlich nicht fort. Am nächsten Morgen war Holger voller Reue. Er bezichtigte sich, meine Situation ausgenutzt zu haben, und beschwor mich geradezu, das Geschehene müsse unter uns bleiben und dürfe sich nie wiederholen. Unter Tränen stimmte ich zu und betonte, niemandem Kummer bereiten zu wollen. Zugleich ließ ich jedoch durchblicken, diese Nacht sei mein schönstes Erlebnis seit Jahren gewesen, das ich nie vergessen werde. Daraufhin drückte er lange stumm meine Hand, ich bemerkte die Trauer in seinen Augen und wusste, dass er angebissen hatte.

Ich finde diesen dem Angelsport entlehnten Ausdruck übrigens recht treffend. Tatsächlich kann man Männer sehr gut mit Fischen vergleichen. Erfahrene Fremdgänger, wie zum Beispiel mein Vater, verhalten sich wie alte, gerissene Karpfen. Sie erkennen den Köder sofort und fressen ihn mit Geschick von der Angel, ohne sich am Haken zu verfangen. Sie genießen, doch sie lassen sich nicht an Land ziehen. Unerfahrene umschwimmen den Köder lange misstrauisch, bis ihre Gier über den Instinkt siegt. Doch dann hängen sie unwiderruflich fest, und ihr verzweifeltes Zappeln kann sie nicht mehr retten. Genau so erging es Holger. So heftig er auch beteuerte, Ulla und die Kinder nicht im Stich lassen zu wollen, so wenig konnte er sich meiner Anziehung entziehen. Ich beobachtete seine Zuckungen und Gewissensbisse mit kühlem Interesse, es war die notwendige Krisis, durch die er nun einmal hindurch musste, die Heilung würde ich sein. Ein Leben mit Holger erschien mir absolut erstrebenswert, meine Gefühle für ihn waren aus einem Guss, und ich hatte nicht den geringsten Zweifel daran, mit ihm glücklich zu werden. Ohne ihn zu bedrängen, verschaffte ich uns immer wieder die Gelegenheit zu intimen Zusammenkünften, die Holger voller innerer Skrupel auskostete.

Natürlich hoffte ich auf eine baldige Entscheidung, und als Ulla mich eines Tages anrief und dringend um ein vertrauliches Gespräch bat, erhoffte ich die Aufdeckung unseres Verhältnisses mehr als ich sie befürchtete. Wir verabredeten uns für den Nachmittag in unserer Wohnung, wenn Thomas noch in der Uni und Ullas Kinder in der Kita wären. Ulla kam mit leichter Verspätung, hatte die Zeit jedoch offensichtlich nicht dafür genutzt, an ihrem Styling zu arbeiten. Diese Frau konnte mir auf keinen Fall das Wasser reichen. Sie kam sofort zur Sache und bat mich um einen Rat „als Freundin" in einer Beziehungssache. Zu meiner schwer zu verhehlenden Freude beklagte sie Holgers Nervosität, seine ungewohnte Reizbarkeit und vor allem sein Desinteresse an ihr. „Wir hatten nie viel Zeit für Romantik und so", sagte sie achselzuckend „wie auch, bei zwei kleinen, quirligen Kindern. Wenn wir sie endlich im Bett hatten, waren wir oft zu müde zum Sex, geschweige denn für ausgedehnte Liebesspiele. Ich war froh, einen rücksichtsvollen Mann zu haben, der mit Verständnis reagierte, wenn ich erschöpft war. Aber jetzt ist er derjenige, der sich zurückzieht.“

Mit einem verständnisvollen Gesichtsausdruck versuchte ich meinen inneren Jubel zu überdecken. „Aber Ulla, das ist doch ganz klar, jetzt ist eben er der Erschöpfte“, sagte ich. „Er ist dabei sich beruflich zu etablieren und Selbständigkeit ist immer mit Risiken behaftet. Du musst Verständnis dafür haben.“

„Habe ich ja“, entgegnete sie, „doch langsam mache ich mir Sorgen um unsere Ehe. Ich denke, dass ich jetzt einfach mal die Initiative ergreifen, ihn überraschen und verführen muss.“

„Auf gar keinen Fall!“ Ich sah sie erschrocken an. „Ja, ich weiß, jede Briefkastentante würde genau das empfehlen, aber glaube mir, es ist falsch. Ich spreche da aus Erfahrung. Ein Mann fühlt sich dadurch doch nur zusätzlich bedrängt. Selbst wenn er erschöpft ist, will er der Jäger sein und nicht der Gejagte. Sonst empfindet er die tollsten erotischen Angebote schnell als Bedrohung. Du musst dich jetzt ganz im Gegenteil zurückziehen, dich noch rarer machen als er. Das hilft ihm, er fühlt sich dann nicht mehr als Versager und wird von sich aus auf dich zukommen.“

Ulla schien erst skeptisch, ließ sich aber nach und nach überzeugen. „Ich danke dir, dass du Zeit für mich hattest, und für den guten Rat“, sagte sie, als sie mich zum

Abschied umarmte. Angewidert nahm ich ihren Schweißgeruch wahr.

Nicht zuletzt durch dieses aufschlussreiche Gespräch wusste ich nun, dass für Holger und mich die Zeit der Entscheidung gekommen war. Bald darauf trat Thomas eine Kur an und Ulla einen Dolmetschereinsatz außerhalb. Die Termine überschnitten sich um eine Woche, und Holgers und Ullas Kinder würden in der Zeit bei den Großeltern sein. Diese Woche sollte für Holger und mich der Start in ein gemeinsames Leben sein. Ich würde ein Fest aus dieser geschenkten Zeit machen, und an ihrem Ende würden wir unsere Ehepartner aufklären.

Leider kam es anders, Ullas Mutter brach sich den Arm, und die Kinder mussten bei Holger bleiben. Schüchtern fragte er mich, ob ich abends zu ihm kommen wolle, doch ich lehnte empört ab. „Soll ich etwa mit dir schlafen, wenn nebenan eure Kinder liegen?", fragte ich. Holger schüttelte den Kopf und schämte sich offensichtlich für sein Angebot. Ich hatte meine guten Gründe für die Ablehnung. Ich wollte mich von Ulla abheben, wollte Sex, ohne von Kindergeplärr gestört zu werden. Holger sollte den Unterschied zwischen Ulla und mir deutlich empfinden. Vier Tage lang gingen wir abends getrennt nach Hause, was ihn zu betrüben schien. Am fünften Tag, einem Freitag, machte ich ihm dann einen Vorschlag: „Komm zu mir, wenn die Kinder eingeschlafen sind."

Er hatte Bedenken, die ich zu zerstreuen wusste. „Kinder haben einen festen Schlaf. Die kriegen gar nicht mit, wenn du weg bist."

Jedenfalls traf Holger kurz nach 21 Uhr bei mir ein und es wurde ein schöner Abend. „Geh noch nicht", bat ich jedes Mal, wenn er aufbrechen wollte. Es war ein Spiel, in dem es um Macht ging. Je länger ich ihn festhalten konnte, umso näher wähnte ich mich meinem endgültigen Ziel.

Gegen vier Uhr morgens verließ mich Holger schließlich, und ich schlief zufrieden tief und traumlos ein. Benommen griff ich nach meinem Morgenmantel, als mich kurz nach 9 Uhr ein Klingeln an der Tür weckte. Ich glaubte, Holger sei zurückgekommen und öffnete mit einem strahlenden Lächeln. Draußen stand Ulla. Sie war blass wie ein Geist, und ihr Gesicht verzerrte sich bei meinem Anblick vor Wut. Blitzschnell und erstaunlich kräftig schlug sie mir links und rechts ins Gesicht. „Du Schlampe", zischte sie mich an, drehte sich auf dem Absatz um und lief die Treppe hinunter, bevor ich richtig begriffen hatte, was da geschehen war.

Leider hatte unsere Flurnachbarin alles beobachtet und starrte mich fragend an. Augenblicklich gewann ich meine Haltung zurück. „Die Frau ist krank", sagte ich in mitleidigem Ton. „Wahnideen. Es wäre sinnlos, sie zu verklagen."

„Ja aber", stammelte die Nachbarin „sie war doch öfter bei Ihnen zu Besuch."

„Ja", meinte ich schulterzuckend, „man will schließlich helfen, aber glauben Sie mir, es bringt nichts, sich mit solchen Menschen abzugeben." Dann schloss ich die Tür.

Erst Tage später habe ich erfahren, was in dieser Nacht geschehen war. Die kleine Emily war gegen Mitternacht wach geworden, hatte vergeblich nach dem Vater gerufen und schließlich versucht, zu ihrer älteren Schwester in das obere Doppelstockbett zu klettern. Dabei war sie abgerutscht, gestürzt und unglücklich mit dem Kopf auf eine Möbelkante geschlagen. Luisa wurde von dem Knall wach, und fand ihre Schwester bewusstlos und blutend auf dem Fußboden. Der Vater war nicht da, die Wohnungstür verschlossen, doch neben dem Telefon lag Ullas Handynummer. Nach Ullas Anweisungen fand Luisa den Ersatzschlüssel und klingelte die Nachbarn heraus, die umgehend den Notarzt riefen. Ulla setzte sich in ihr Auto und kam gegen drei Uhr bei ihrer Tochter in der Klinik an. Holger fand bei seiner Heimkehr nur einen Zettel an der Tür und eine äußerst pikierte Nachbarin vor, die ihm mitteilte, Luisa schlafe bei ihr in der Wohnung und er finde seine Frau und Emily im Krankenhaus. Statt erst einmal in Ruhe nachzudenken, begab er sich in völliger Panik dorthin und legte vor Ulla ein umfassendes Geständnis seiner und meiner Schuld ab. Für Ullas daraus resultierende Rachsucht reichten die Ohrfeigen noch nicht aus, sie rief umgehend Thomas an, der daraufhin seine Kur vorzeitig abbrach und am Nachmittag in unserer Wohnung auftauchte.

„Einer von uns beiden geht, du oder ich", sagte er schon beim Hereinkommen. Er führte sich lächerlich auf, wie der betrogene Ehemann in einem Boulevardstück. Ohne jede Diskussion verließ er noch am Abend die Wohnung und reichte kurz darauf die Scheidung ein. Ich war zunächst sogar erleichtert darüber, denn noch hoffte ich auf Holger. Doch der war sogar zu feige zu einem persönlichen Gespräch, am Telefon faselte er so lange von einem großen Fehler, den wir beide gemacht hätten, bis ich auflegte. Ich sah ihn nie wieder.

Ob die Verletzung seiner Tochter wirklich so dramatisch war und ob tatsächlich, wie es anfänglich hieß, eine dauerhafte Behinderung zurückblieb, habe ich nie erfahren. Ich vermute, dass Ulla in ihrer hysterischen Art alles dramatisiert hat, um Holger kleinzukriegen. Und das ist ihr wirklich gelungen. Sie zog mit den Kindern nach Zöchlingen zu ihren Eltern und Holger gab seine Kanzlei auf und folgte ihr. Er arbeitet jetzt als Justiziar in einem völlig unbedeutenden Unternehmen.

Thomas ging ein Vierteljahr später planmäßig nach Bödersbach zurück und übernahm die Verwaltungsleitung der Kurklinik. Kurz darauf zog ich zu Dietrich. Ich hatte die Nase voll von schwachen Männern, und Dietrich erschien mir stark und durchsetzungsfähig. Dass ich ihn nicht liebte, verdrängte ich einfach. Das sollte ich bald bereuen.

Ulrike:

Vor unserem Haus stand ein riesiger Container. Ich war dabei, Keller und Dachboden besenrein zu beräumen. Es war eine schwere, schmutzige und aufreibende Arbeit, und ich war froh darüber, dass sie mich Tag für Tag nach meinem Dienst auf Trab hielt. Denn sie lenkte mich ab von meinen Gedanken an Lydia, von meiner Sorge um Mutter und von meinen eigenen diffusen Ängsten, die mir neuerdings den Schlaf raubten.

Martina schaute regelmäßig vorbei und packte tatkräftig mit an. Wir gingen systematisch vor und ordneten alles, was uns in die Finger kam, einer von drei Kategorien zu. Die erste und größte Gruppe bildeten Sachen, die zweifelsfrei zu entsorgen waren. Sie landeten sofort im Container. Eine zweite Gruppe bestand aus durchaus noch verwertbaren Dingen, für die es jedoch in der neuen Wohnung keinen Platz geben würde. Martina lud sie in ihren alten Opel und brachte sie zu einer Bekannten, die sich regelmäßig als Händlerin auf Trödelmärkten betätigte. Unsere alten Steintöpfe aus dem Keller fanden ebenso ihren Beifall wie die kitschigen Ölschinken vom Dachboden. Die größten Probleme bereitete uns die dritte Kategorie: Ihr ordnete ich alles zu, worüber Mutter persönlich entscheiden sollte. Leider tat sie sich damit fürchterlich schwer, sortierte alles von einem Stapel auf den anderen und wollte sich von nichts wirklich trennen. Sorgen bereiteten mir auch die schweren Möbelstücke, die irgendwann auf den Dachboden geschleppt worden waren. Martina und ich entfernten Schubkästen und Regalbretter, um sie in den Container zu werfen, doch das alte Buffet und die Kommoden konnten wir ebenso wenig die Treppen hinunterschleppen, wie die beiden gusseisernen Öfen, die in einer Ecke vor sich hinrosteten.

„Ach, ehe ich es vergesse, Thomas hat seine Hilfe angeboten", sagte Martina betont beiläufig, als sie meinen ratlosen Blick bemerkte. „Er würde einen Kumpel mitbringen, einen Pfleger aus der Klinik, so einen richtigen Muskelprotz. Der trägt uns die Öfen allein runter, unter jedem Arm einen. Na komm schon, so ein Angebot schlägt man doch nicht aus", setzte sie aufmunternd hinzu. Ihr sanftes Drängen wäre gar nicht nötig gewesen, ich war auch so entschlossen, Thomas' Hilfe anzunehmen. Ich selbst hatte schon vor langer Zeit meinen Frieden mit ihm gemacht und wie Lydia und Mutter darüber dachten, durfte mich im Moment nicht interessieren. Schließlich musste ich die anstehenden Arbeiten ohne ihre Unterstützung bewältigen.

Thomas Gondschar war mein erster Freund gewesen, was nur wenige wissen, er war Lydias erster Ehemann und somit mein Schwager, was allgemein bekannt ist, und er ist meine große Liebe, was niemand außer mir weiß und je erfahren soll. Es ist schon seltsam mit mir: Ich verliebe mich nur ganz allmählich, doch haben meine Gefühle erst einmal ihr Ziel gefunden, lassen sie es so schnell nicht wieder los. Meine Freundinnen waren da ganz anders: Ständig verliebten sie sich neu und ihre Strohfeuer waren so schnell abgebrannt, wie sie sich entzündet hatten. Vermutlich lag das auch daran, dass sich unsere Vorstellungen von Liebe grundsätzlich unterschieden. Es machte mich ratlos, wenn sie mir von ihren großen Gefühlen für einen Jungen vorschwärmten, den sie an einem Discoabend zum ersten Mal getroffen und mit dem sie durch den Lärm hindurch keine drei Sätze gewechselt hatten. „Aber du kennst den doch noch gar nicht", war dann meine erstaunte Reaktion, die ihrerseits zu verständnislosem Stirnrunzeln führte. „Der ist total süß", reichte offenbar als Begründung völlig aus. Dass es mir nicht ausreichte, lag vielleicht auch an meiner Außenseiterposition in der Mädchenclique. Blass und dünn, und dank der Initiative unserer Mutter auch höchst unvorteilhaft gekleidet, fühlte ich mich linkisch und unattraktiv. Von den meisten Jungen glaubte ich mich nicht ernst genommen und wappnete mich dagegen, indem ich sie meinerseits als primitiv und oberflächlich empfand.

Thomas war der erste Junge, mit dem ich mich unterhalten konnte. Er war drei Jahre älter als ich und ging mit Lydia in eine Klasse. Wir trafen in der Tanzstunde aufeinander, die von unserer Schule regelmäßig für die zehnten Klassen organisiert wurde. Thomas war dabei, weil er sich damals vor der Teilnahme gedrückt hatte und nun kurz vor dem Abiball von seinen Eltern genötigt worden war, doch noch tanzen zu lernen. Auch ich hätte mich am liebsten gedrückt, war ich doch der festen Überzeugung, keinen Partner für den Abschlussball zu finden und fürchtete die öffentliche Schmach der Verschmähten.

Thomas sah gut aus, er war groß und schlank, hatte rötlichblondes, welliges Haar, mädchenhaft zarte, mit Sommersprossen gesprenkelte Haut und graugrüne Augen. Er war jedoch furchtbar schüchtern und lief beim geringsten Anlass dunkelrot an, was ihm den Spott seiner Mitschüler eintrug. Die Tücken der Tanzstunde fürchtete er wohl nicht weniger als ich. Er hatte mich nicht aufgefordert, wir tanzten miteinander, weil der Tanzlehrer in regelmäßigen Abständen das Weiterrücken der Tanzpartner anordnete, um so Abwechslung in den Paarungen zu erreichen. Stocksteif und aneinander vorbeiblickend drehten wir unsere Runden, als Thomas mir plötzlich heftig auf den Fuß trat. Er blieb abrupt stehen und wurde so rot, dass ich befürchtete, gleich werde ihm das Blut aus der Nase schießen. Seine hilflos gestammelte Entschuldigung erregte mein Mitleid und plötzlich war ich ganz locker. „Macht doch nichts", sagte ich „ich werde mich später revanchieren." Wir lachten beide befreit auf und begannen ganz unverkrampft miteinander zu reden. Thomas holte mich nun zu jedem Tanz, wir wurden Verbündete, machten uns über der affektierte Gehabe der anderen Paare und über die übertriebene Ernsthaftigkeit des Tanzlehrers lustig und fanden plötzlich Spaß an der Sache.

Nach der Tanzstunde brachte er mich nach Hause und ich weiß noch ganz genau, worüber wir uns beim ersten Mal unterhielten: Über Eichhörnchen! Mit Wärme und Begeisterung berichtete mir Thomas von seinen Beobachtungen auf dem baumreichen elterlichen Grundstück. Regelmäßig sah er zu, wie die Eichhörnchen ihre Nester bauten, er gebrauchte dafür den korrekten Ausdruck Kobel, der auch mir geläufig war. Des Öfteren war er Zeuge, wie die Mütter bei vermeintlicher Gefahr ihre Jungen im Maul von einem Nest ins andere transportierten. Noch nie hatte ich jemanden in meinem Alter getroffen, der sich im gleichen Maße wie ich für Natur und für Tiere begeisterte. Doch auch andere Interessen teilten wir, bald tauschten wir Bücher aus und Thomas erklärte mir die Sternbilder. Meine Zuneigung zu ihm wuchs stetig, sie war wie ein warmer Mantel, der mich einhüllte und schützte. Als er damit begann, beim Spazierengehen meine Hand zu halten und mich zum Abschied zu küssen, war ich so glücklich, dass man es mir ansah und mich darauf ansprach.

Die Wende kam an einem nasskalten Februartag, an dem ich mich mit einer eitrigen Angina ins Bett legen musste. Der Zustand war zunächst nicht einmal unangenehm, denn in meinen Fieberträumen war ich mit Thomas zusammen und empfand einen leichten, schwebenden Glückszustand. Meine Mutter war besorgt, nicht nur wegen meiner Erkrankung, sondern noch mehr wegen Thomas. „Mit wem geht er denn nun zur Tanzstunde?", dachte sie laut nach. Ich hatte da keine Sorge, vermutlich würde Thomas einfach ein bis zwei Stunden ausfallen lassen, bis ich wiederhergestellt war. Für den Abschlussball waren wir längst fest verabredet. Es war mir peinlich, wie sich meine Mutter in unsere Freundschaft einmischte und sie aufbauschte. „Etwa der Sohn von *dem* Dr. Gondschar?", hatte sie aufgeregt gefragt, als ich ihr auf ihre Frage mitteilte, wer mein Tanzstundenpartner war. Thomas' Vater war der Chefarzt unserer Kurklinik und eine höchst angesehene Persönlichkeit. Für mich spielte das jedoch nicht die geringste Rolle, und Thomas erwähnte seinen Vater nie. Erst viel später wurde mir klar, welcher enorme Druck von dieser Seite auf ihm als einzigem Sohn lastete, und dass er einen großen Teil seiner Unsicherheit seinem übermächtigen Vater verdankte.

Meine Mutter jedenfalls war schwer beeindruckt und sah in Thomas schon ihren künftigen Schwiegersohn, was mir äußerst unangenehm war. Von ihr kam auch die Idee, Lydia solle mich bei der Tanzstunde vertreten, damit Thomas während meiner Abwesenheit nichts versäume. Fürchtete sie etwa, er würde sich sonst eine andere Partnerin suchen? Da kennt sie Thomas schlecht, dachte ich, doch es sollte sich bald zeigen, dass ich ihn noch schlechter kannte.

Meine Krankheit zog sich fast drei Wochen hin, nichts Ungewöhnliches bei meiner Konstitution. Gegen Ende dieser Zeit bemerkte ich eine eigenartige Geheimnistuerei zwischen Mutter und Lydia, die sich in Blicken und Andeutungen ergingen. Mutter übernahm es schließlich, mich aufzuklären. Jungen würden manchmal umständliche Wege wählen, wenn sie sich für ein Mädchen interessierten, begann sie selbst reichlich umständlich um den heißen Brei herumzureden. Thomas habe jedenfalls schon immer für Lydia geschwärmt und meine Bekanntschaft nur gesucht, um ihr näherzukommen. Leider hätte ich das wohl falsch verstanden und mir zu viel auf die Freundschaft mit Thomas eingebildet. Lydia täte das so leid, dass sie Thomas deshalb abweisen wolle, aber das wäre wirklich falsche Rücksichtnahme. Die beiden würden so gut zueinander passen, es wäre jetzt sehr kleinlich von mir, ihnen das nicht zu gönnen. Den Tanzstundenball würde Thomas jedoch auf jeden Fall mit mir besuchen.

Ich glaubte mich in einen Fiebertraum zurückversetzt, diesmal aber in einen sehr hässlichen. Kaum zwei Menschen konnten verschiedener sein als Thomas und Lydia, wie kam Mutter darauf, sie könnten zueinander passen? Später wurde mir klar, dass sich diese Überlegung ganz pragmatisch auf das Alter der Beiden bezog. Thomas, der wegen eines Rückenleidens vom Wehrdienst befreit war, würde bereits im kommenden Jahr zum Studium gehen. Von mir wäre er dann für drei Jahre räumlich getrennt gewesen, Lydia dagegen konnte ihn sofort begleiten. Ich lehnte es jedenfalls ab, mit ihm zum Tanzstundenball zu gehen, und zog mir für meine Sturheit den Zorn der ganzen Familie zu.

In den folgenden Wochen und Monaten waren Thomas und Lydia ständig zusammen, und ich ging ihnen weitgehend aus dem Wege. Niemand kümmerte sich um mich, meine Abwesenheit schien allen vielmehr entgegenzukommen. Bald nahm ich eine merkliche Anspannung und erregte Diskussionen zwischen meinen Eltern, Thomas und Lydia wahr, die sich in der überraschenden Mitteilung auflösten, die Beiden würden gleich im Sommer nach dem Abitur heiraten. Lange war ich deshalb der Überzeugung, Lydia sei schwanger, doch war das offensichtlich nicht der Fall. Es gab eine große Hochzeit, Lydia war gekleidet wie ein Filmstar und bewegte sich in ihrem cremefarbenen Spitzenkleid mit Schleppe auch so. Meine Eltern strahlten vor Stolz, Dr. Gondschar und seine Frau wirkten unterkühlt und Thomas sah auch nicht richtig glücklich aus. Letzteres jedoch nur, weil er so ungern im Mittelpunkt stand. Lydia bedeutete ihm wirklich viel.

Im September gingen die Beiden zum Studium nach Gießen. Dadurch, dass Thomas nunmehr mein Schwager war, intensivierten sich unsere Beziehungen zwangsläufig wieder. Er und Lydia kamen vierzehntägig übers Wochenende nach Bödersbach und teilten die Zeit zwischen unseren und Thomas' Eltern auf, bei denen sie dann auch wohnten. In den Ferien fuhr ich regelmäßig für ein paar Tage zu ihnen nach Gießen, wo sie eine wunderschöne kleine Dachwohnung mit schrägen Wänden bewohnten. Thomas zeigte sich mir gegenüber immer sehr liebenswürdig und aufmerksam. Unter der Wärme seiner gleichbleibenden Freundlichkeit taute nicht nur ich allmählich auf, sondern leider auch meine durch seinen Verrat schockgefrorenen Gefühle für ihn. Bald war er wieder Gegenstand meiner Träume, und ich empfand es zunächst als beschämend und schockierend, in den Mann meiner Schwester verliebt zu sein. Da sich die Liebe jedoch nicht einfach vertreiben ließ, fand ich bald Rationalisierungen dafür. „Und lieb ich ihn, was geht's ihn an", sagte ich mir.

Er musste es schließlich nicht erfahren. Und auch seine Unerreichbarkeit war kein Mangel. Wie viele Mädchen meines Alters schwärmten für irgendwelche Schauspieler oder Sänger, die noch unerreichbarer waren. Ich konnte Thomas wenigstens regelmäßig sehen und sprechen, und ich genoss das zunehmend.

Als Thomas schwer erkrankte, hatte ich nach erfolgreichem Abitur gerade meine Ausbildung zur Krankenschwester begonnen. Er war übrigens der Einzige gewesen, der meinen Wunsch, Medizin zu studieren, unterstützt hatte, und auch meine Eltern in dieser Richtung zu beeinflussen versuchte. Deshalb stritt er sich sogar mit Lydia, die die Position meiner Eltern vertrat, ich solle erstmal einen Beruf erlernen. Allerdings waren meine Eltern zu dem Zeitpunkt in einer sehr schwierigen Situation. Meine Mutter war seit ihrem Sturz vor zwei Jahren nicht mehr voll belastbar, und nun wurde auch noch mein Vater invalidisiert. Das Geld in der Familie war dadurch noch knapper geworden, und ich hatte selbst den Wunsch nach baldiger wirtschaftlicher Selbständigkeit.

Während der Zeit seiner langsamen Genesung, die sich über ein Jahr hinzog, war Thomas oft in Bödersbach und ich besuchte ihn dann täglich. Wir kamen uns dabei so nahe wie noch nie. Diesmal ging es in unseren Gesprächen nicht nur um Kunst, Literatur und Natur, wir sprachen über den Tod, dem Thomas nur knapp entgangen war, über den Sinn des Lebens und unsere Wünsche und Ängste.

Nie hatten wir gesprächsweise unsere Jugendliebe und ihr jähes Ende erwähnt, eines Tages aber fing Thomas plötzlich davon an und bat mich in aller Form um Verzeihung. Ich wollte lachend abwinken, wollte sagen, aber Thomas, wir waren schließlich Kinder, was soll das jetzt noch – doch zu meiner eigenen Überraschung brachte ich nur ein heiseres Krächzen heraus, dann schüttelte mich unkontrolliertes Schluchzen, begleitet von wahren Tränensturzbächen. Thomas sagte nichts, er nahm mich einfach in die Arme und hielt mich ganz fest, bis ich mich endlich beruhigte. „Ich habe es oft bereut", sagte er nur und ich fragte nicht nach der tieferen Bedeutung dieses Satzes, weder damals noch später. Wir erwähnten den Vorfall nie wieder.

Es gab damals Stimmen, die behaupteten, Lydia habe Thomas in dieser Zeit vernachlässigt. Ich habe sie immer dagegen in Schutz genommen. Lydia konnte mit Kranken einfach nichts anfangen. Selbst von robuster Konstitution, sah sie im Leiden vor allem eine Schwäche, die es zu bekämpfen galt. Sie konnte da recht ungeduldig und ungerecht werden. Doch sie hatte sich keinesfalls allein in Gießen amüsiert, während ihr Mann von seinen Eltern gepflegt werden musste, wie das böse Zungen behauptet hatten. Immerhin hatte sie damals ihr Studium aufgegeben und eine Ausbildung begonnen, um zum Familienunterhalt beitragen zu können.

Die Ehe zwischen Thomas und Lydia war nicht glücklich, weil sie einfach zu verschieden waren. Mir fiel irgendwann auf, wie wenig sie eigentlich miteinander sprachen. Ihre Trennung wunderte mich nicht allzu sehr, eher erstaunte mich, dass sie es immerhin zehn Jahre miteinander ausgehalten hatten. Nachdem es zwischen Thomas und Ulla, die Grund der Trennung gewesen sein sollte, dann wohl doch nichts geworden war, lebte Thomas allein. Allerdings bestand immer noch ein Kontakt zwischen den Beiden, erst vor einigen Wochen hatte ich sie zufällig miteinander gesehen. Ich hatte Ulla erst gar nicht erkannt, weil sie statt ihres langen Zopfes jetzt einen modischen Bob trug.

Martina hatte mich einmal gefragt, ob ich mir vorstellen könnte, doch noch mit Thomas zusammenzukommen. Ich hatte das heftig und ehrlich verneint. Unsere Chance war ungenutzt verstrichen, und den Ex-Mann meiner Schwester wollte ich nicht, da war ich konservativ. Dass er allerdings in einer schwierigen Situation seine Hilfe anbot, freute mich.

Thomas und sein Freund kamen an einem Samstag und erledigten die Räumung des Dachbodens viel schneller, als ich zu hoffen gewagt hatte. Bereits am frühen Nachmittag war alles erledigt. Ich kochte Kaffee und Martina lief schnell zum Bäcker, um Kuchen für alle zu holen. Als sie zurückkam, sah ich sofort an ihrem Gesichtsausdruck, dass etwas Unangenehmes passiert sein musste. Ich wollte den Mund zu einer Frage öffnen, doch sie schaute mich warnend an und schleuste mich an meiner Mutter vorbei vors Haus und hinter den vollgepackten Container. Erst hier entfaltete sie die Abendausgabe einer Zeitung. Mir wurde flau, als ich die Überschrift des knallig aufgemachten Leitartikels las. „Es kommt leider noch schlimmer", sagte Martina grimmig und klappte den unteren Teil der Zeitung auf, so dass mein Blick auf ein Foto fallen konnte. „Oh nein", stöhnte ich, „das darf Mutter auf keinen Fall sehen." „Hoffentlich können wir es auf Dauer verhindern", erwiderte Martina skeptisch.

Lydia:

Ich lag in meinem Bett auf der Krankenstation, starrte die schmucklosen weißen Wände an und versuchte meine Gedanken zu konzentrieren. Die Dosis des mir verabreichten Beruhigungsmittels musste sehr hoch gewesen sein, das Vergangene schien in dichten Nebel eingehüllt. Schließlich bekam ich einen Faden zu fassen, ein Foto tauchte vor meinem geistigen Auge auf und gleichzeitig durchzuckte ein greller Schmerz mein Gehirn. Nein, es ging nicht, die Erinnerung war zu belastend, lieber noch nicht daran rühren.

Was war eigentlich vorher gewesen? Ich hatte die vergangenen Tage in ziemlicher Missstimmung verbracht, und bei Ulrikes letztem Besuch hatte es Streit zwischen uns gegeben. Weshalb eigentlich? Ach ja, wegen Thomas. Wie unwichtig das doch plötzlich erschien. An Thomas zu denken war unverfänglich, es löste keinen Schmerz aus. Also fing ich damit an. Ulrike hatte mir ganz beiläufig mitgeteilt, dass Thomas ihr bei der Räumung des Hauses helfen würde und mich damit ziemlich verärgert. Was befürchtete ich eigentlich? Dass Thomas die Gelegenheit nutzen und Mutter und Ulrike von meiner Beziehung zu Holger erzählen würde, die zur Auflösung unserer Ehe geführt hatte? Eigentlich fand ich das eher unwahrscheinlich. Inzwischen lag das alles viel zu lange zurück, und derartige Enthüllungen entsprachen auch nicht Thomas' Stil. Was störte mich also? Zu meinem eigenen Erstaunen musste ich feststellen, wie unangenehm mir eine erneute Annäherung zwischen Ulrike und Thomas wäre. Eifersucht war dabei gewiss nicht im Spiel, denn ich hatte Thomas nie geliebt. Niemand, am wenigsten wohl er selbst, hatte verstanden, weshalb ich ihn eigentlich geheiratet hatte. Nur ich kannte den Grund: Es war die pure Verzweiflung gewesen. Er erschien mir als die einzige Rettung vor einer trostlosen Zukunft in Bödersbach.

Solange ich denken kann, habe ich mich nie wirklich mit meinem Elternhaus identifiziert. Auf eine unbestimmte Art fühlte ich mich bereits als kleines Kind nicht dazugehörig. Meine Andersartigkeit kam ja schon im Familiennamen zum Ausdruck. Während Mutter, Vater und Ulrike Lange hießen, trug ich den Namen Schwarz. Warum das so sei, fragte ich meine Eltern, und mein Stiefvater behauptete allen Ernstes, das hinge mit meinen schwarzen Haaren und Augen zusammen. Er hatte niemals versucht mich zu adoptieren, weil es ihm ganz recht war, dass mein leiblicher Vater für mich zahlte. Später habe ich ihn auch dafür verachtet.

Erwachsene sind unglaublich naiv, wenn sie annehmen, Kinder könnten ihre Anspielungen, ihre heimlichen Blicke und Gesten nicht deuten. Sehr früh begriff ich, dass mit mir etwas nicht stimmte. Immer wieder war mein Aussehen und meine Ähnlichkeit mit jemandem Gegenstand von Wortgeplänkel zwischen meinen Eltern. Immer wieder wurde der Befürchtung Ausdruck gegeben, ich könnte mal werden „wie der". Auch dass es sich bei „dem" um den gutaussehenden, meistens freundlich lachenden Mann handelte, dessen Weg wir oft kreuzten, begriff ich bald. Ich mochte ihn, denn wenn meine Eltern nicht hinsahen, zwinkerte er mir manchmal heimlich zu. Als ich erfuhr, dass er mein Vater war, erlebte ich das durchaus nicht als Schock, sondern als freudige Überraschung. Endlich machte alles einen Sinn, ich war also das Königskind, das man seinen wahren Eltern weggenommen hatte. Denn wie ein Prinz kam mir mein Vater vor, in seinem eleganten weißen Tennisdress und mit dem schicken Auto, das allgemein auffiel. Gern fuhr er mit offenem Verdeck durch den Ort, mit häufig wechselnden attraktiven Begleiterinnen, die ich schon damals glühend beneidete.

Bei uns zu Hause herrschte strengste Sparsamkeit, die wir bereits als Kinder deutlich zu spüren bekamen. Auch unsere Sonntagsausflüge waren davon geprägt. Sie endeten meist im Kurcafé, wo meine Mutter regelmäßig eine Tasse Tee und mein Stiefvater mehrere Schoppen Wein trank. Wir Kinder bekamen Eis, doch nie die schönen, fantasievoll dekorierten Eisbecher mit Fächern, Figuren und Glitzerfontänen. Unsere Eltern meinten, das sei nur Geldschneiderei und so mussten Ulrike und ich uns mit je zwei Kugeln Eis unserer Wahl in einem kleinen Schälchen begnügen. Manchmal steckte mitleidig ein kleiner Papierschirm darin, doch meist unterblieb auch das.

Einmal, da war ich etwa neun Jahre alt, kam mein Vater mit einer jungen Frau und einem kleinen Jungen ins Café, als auch unsere Familie dort saß. Sie schienen uns nicht zu bemerken und nahmen ganz in der Nähe Platz. Der Junge durfte wählen, er entschied sich für den riesigen, reich geschmückten Eisbecher Spezial, der bei den Gästen ein beifälliges „Ah" und „Oh" auslöste, als der Kellner ihn durch die Tische hindurch zum Platz meines Vaters balancierte. Angesichts des strahlenden Jungen bildete sich in meinem Hals ein dicker Kloß, der mich am Schlucken hinderte. Ich hatte das Gefühl, mir würde vor meinen Augen etwas weggenommen, worauf eigentlich nur ich Anspruch hatte. Vermutlich reifte damals mein Entschluss, den Kontakt zu meinem Vater zu suchen. Nach der Schule nahm ich nun oftmals den Weg an den

Tennisplätzen vorbei und hatte bald herausgefunden, dass er immer mittwochs dort war. Ich gesellte mich zu den anderen Gaffern und tat, als sei ich an dem Spiel interessiert. Sicher hat er mich meistens bemerkt, angesprochen hat er mich jedoch erst, als ich einmal ganz allein dort stand und die Hoffnung fast aufgegeben hatte. „Du weißt wer ich bin?", fragte er schelmisch blinzelnd und ich antwortete strahlend: „Mein richtiger Vater!" Die Antwort gefiel ihm offenbar, zwischen uns war das Losungswort gefallen und der Bann gebrochen. Es war ein kühler, trüber Tag, und er lotste mich schnell und unauffällig in das um diese Zeit fast leere Kurcafé. Wir nahmen in einer Nische Platz, wo niemand uns sehen konnte. Ich wünschte mir einen Eisbecher Spezial, den er lachend bestellte und mit Gleichmut hinnahm, dass ich ihn dann nicht schaffte. Damit hatte er die Probe meisterhaft bestanden, von da an vergötterte ich ihn.

Wir trafen uns nun regelmäßig und er erfüllte viele meiner geheimen Wünsche. Er fuhr mich in seinem tollen Auto umher, was mir auch deshalb viel bedeutete, weil ich zu meiner großen Scham das einzige Mädchen in meiner Klasse war, dessen Eltern kein Auto besaßen. Dass ich heimlich hinter dem Tennisclubhaus einsteigen und mich ducken musste, bis wir aus dem Ort hinaus waren, erhöhte den Reiz für mich noch. Damals entdeckte ich meine Lust am Versteckspiel.

Tennisstunden durfte ich dagegen ganz offiziell und mit Zustimmung meiner Eltern nehmen. Mein Vater fragte mich, ob ich Lust dazu hätte und winkte auf meinen Einwand hin, es würde mir sicher nicht erlaubt werden, nur lässig ab. Er werde das regeln. Dass es ihm tatsächlich offenbar mühelos gelang, beeindruckte mich sehr.

Mein Vater kaufte mir nicht nur die Tennisausrüstung, sondern auch andere schöne Sachen, die mein Herz begehrte, doch wagte ich aus Angst vor Entdeckung nicht, sie mit nach Hause zu nehmen. Als ich mit ihm über dieses Problem sprach, machte er mir das schönste Geschenk: Meine Zuflucht. Es handelte sich dabei um eine alte, aber solide Gartenlaube auf einem verwilderten Grundstück. Die ehemals sehr große Parzelle war geteilt worden, um auf dem vorderen Teil einen massiven Bungalow zu errichten, der ständig bewohnt war. Dort lebte eine alleinstehende ältere Dame. Für den hinteren Grundstücksteil konnte keine Baugenehmigung erteilt werden, weshalb sich kein Interessent dafür fand. Die ältere Dame, der er samt Laube gehörte, konnte sich schon lange nicht mehr darum kümmern. Sie hatte ihn deshalb meinem Vater verpachtet, der nach seiner Scheidung über ein Jahr in der Laube gelebt hatte. Auch später nutzte er sie gelegentlich noch. Die Besitzerin war seinem Charme offenbar total erlegen und fraß ihm aus der Hand. Sie versprach Stillschweigen darüber zu wahren, dass ich die Laube nun hin und wieder nutzen würde. Sollten meine Eltern Verdacht schöpfen, würde sie behaupten, ich helfe ihr gegen Entgelt ab und zu auf dem Grundstück. Unsere ausgeklügelten Vorsichtsmaßnahmen erwiesen sich als überflüssig, da meine Eltern nie Erkundigungen einzogen. Sie nahmen meine immer häufigere Abwesenheit von zu Hause genauso hin, wie die angeblich von meinem selbstverdienten Geld erworbenen Sachen. Ihr rücksichtsvoller Umgang mit mir war nicht zuletzt dadurch begründet, dass sie mich beide brauchten. Mutter litt unter meines Stiefvaters zunehmender Trinkerei. Sie bat mich, nach im Hause versteckten Flaschen zu suchen. Da ich meinen Stiefvater aufmerksam beobachtete, kam ich immer schnell hinter seine Verstecke. Allerdings war ich nicht so dumm, alle gefundenen Flaschen bei Mutter abzuliefern. Die eine oder andere steckte ich meinem Stiefvater mit verschwörerischer Miene wieder zu, der in mir dadurch bald eine Verbündete gegen Mutter und Ulrike sah, die ihm, dem hart arbeitenden Alleinverdiener, den kleinsten Genuss missgönnen würden. Obwohl ich so alle auf meine Seite brachte, empfand ich die Zustände zu Hause als unerträglich und entfloh ihnen, so oft ich konnte. In meiner Laube, die ich „Zuflucht" nannte, fühlte ich mich wohl und geborgen. Eifersüchtig hütete ich dieses Geheimnis selbst vor meinen Freundinnen und vor den ersten Freunden, die ich in dieser Zeit hatte. Ich war äußerst begehrt, doch die gleichaltrigen Jungen langweilten mich. Es machte mir lediglich Spaß, sie gegeneinander auszuspielen. Das erste Mal ernsthaft verliebt war ich in einen verheirateten Kurgast. Da war ich 17 und er 36. Er war der Einzige, den ich jemals mit in meine Zuflucht nahm. Als er sich nach dem Ende seiner Kur nie wieder bei mir meldete, war ich tief enttäuscht. Ich hatte ihm extra die Adresse meines leiblichen Vaters gegeben. Der schien zwar erleichtert, als die Affäre zu Ende war, hätte aber niemals meine Post unterschlagen. Immer hat er mich ernst genommen und respektiert, auch dafür liebte ich ihn. An eine feste Bindung dachte ich in diesem Alter ohnehin noch nicht und belächelte meine Altersgenossinnen, die schon von Heirat und Kindern redeten. Ich hatte andere Pläne – ich wollte studieren. Mein Vater bestärkte mich darin, auch er wäre lieber Arzt als Physiotherapeut gewesen und riet mir, mehr aus mir und meinem Leben zu machen. Mutter und mein Stiefvater sahen das erfreulicherweise genauso, vor allem jedoch deshalb, weil mein leiblicher Vater mir Unterhalt zahlen musste, und das sollte er nach ihrem Willen so lange wie möglich tun.

Ich war gut in der Schule, ohne besonders ehrgeizig zu sein, das änderte sich nun. Jedes abgeschlossene Schuljahr brachte mich meinem Traumziel näher. Ich würde diesem kleinen, miefigen Kurort und meinem verlotterten Elternhaus entfliehen und in einer großen, aufregenden Stadt endlich mein eigenes Leben führen.

Die Katastrophe ereignete sich zu Beginn des letzten Schuljahres vor dem Abitur. Völlig unerwartet verstarb mein Vater mit erst 45 Jahren an einem Herzinfarkt. Ich konnte es kaum fassen. Mein Vater war schlank und sportlich gewesen und hatte nur mäßig geraucht und getrunken. Allerdings gab es eine familiäre Belastung, auch sein Vater war in relativ jungen Jahren einem Infarkt erlegen.

Meine Eltern untersagten mir die Teilnahme an seiner Beerdigung, pochten jedoch auf meine Erbansprüche ihm gegenüber. Es sollte sich herausstellen, dass nach Abzug seiner Schulden praktisch nichts vorhanden war − für meinen Stiefvater Anlass zu nicht enden wollender Häme. Der habe sein Vermögen wohl an seine Liebschaften verteilt, nur um seiner Tochter nichts hinterlassen zu müssen, mutmaßte er. In Wahrheit verhielt es sich natürlich ganz anders. Mein Vater hatte lange recht erfolgreich an der Börse spekuliert, war zum Schluss jedoch unvorsichtig geworden und hatte herbe Verluste hinnehmen müssen. Vielleicht hatte sogar der Schock darüber seinen Herztod ausgelöst.

Mein Stiefvater spreizte sich jedenfalls, er selbst werde seiner Tochter einmal etwas hinterlassen und traf mich damit tief. Wieso hatte er plötzlich nur noch eine Tochter, die es zu bedenken galt, und mit welchem Vermögen brüstete er sich dabei eigentlich? Von seinem kleinen

Gehalt hatten wir gerade mal leben können, angespart wurde da nichts. Was übrig war, ging für seinen Alkoholkonsum drauf. Seine Grundstückshälfte, die er nun als Besitz für sich reklamierte, war ihm von Mutter überschrieben worden und zumindest wiederum die Hälfte davon hätte eigentlich mir zugestanden. Ich vergaß ihm seinen Ausspruch nie, und der Zorn darüber war es, der mich schließlich veranlasste, ihm eines damals noch fernen Tages das mich begünstigende Testament zu diktieren. Es war ganz leicht. Mein Stiefvater war schon immer paranoid gewesen, doch mit dem Fortschreiten seiner Krankheit nahm das wahnhafte Züge an. Er glaubte, Ulrike gebe ihm die falschen Medikamente, weil sie überdrüssig sei, ihn zu pflegen und bald erben wolle. Ich konnte ihn mühelos darin bestärken.

Ein noch viel heftigerer Zorn hatte mich jedoch erfasst, als mir mein Stiefvater schon bald nach dem Tod meines Vaters lapidar mitteilte, er werde mir eine Lehrstelle bei der Sparkasse besorgen. Jetzt, wo die Unterhaltszahlungen wegfielen, war vom Studium keine Rede mehr. All meine verzweifelten Einwände waren vergebens, mein Stiefvater erwartete sogar Dankbarkeit, weil er sich für mich verwendet hatte. Ich hatte das Gefühl, ich sollte lebendig eingemauert werden und dachte sogar daran, einfach auf eigene Faust auszuziehen. Doch wovon hätte ich dann leben sollen?

Wenn man nur lange genug nach Auswegen aus einer Misere sucht, eröffnen sie sich einem in der Regel plötzlich ganz von allein. Das war auch in diesem Falle so. Ich hatte Ulrikes Tanzstundenbekanntschaft mit Thomas nur belächelt, ebenso lächerlich erschien mir der Stolz meiner Mutter auf den Sohn des angesehenen Arztes. Dann aber belauschte ich zufällig ein Gespräch meiner Eltern. Mein Stiefvater hielt meiner Mutter vor, dieser Jugendliebelei zu viel Bedeutung beizumessen. Thomas werde schon im kommenden Jahr sein Medizinstudium in einer anderen Stadt aufnehmen und Ulrike sicher schnell vergessen. Mutter hielt verbissen dagegen. Thomas sei sehr ernsthaft und seriös für sein Alter, er werde den Kontakt schon halten, bis Ulrike ihm dann ebenfalls als Studentin an den Studienort folgen werde. Mich empörte, mit welcher Selbstverständlichkeit beide für Ulrike ein Studium ins Auge fassten, doch plötzlich wusste ich, was ich zu tun hatte.

Ulrikes Erkrankung kam mir entgegen und beschleunigte die Ausführung meines Planes. Ich vertrat sie bei der Tanzstunde und brachte Thomas bei dieser Gelegenheit zuerst einmal schonend bei, dass sich Ulrike für die Beziehung mit ihm eigentlich noch zu jung und dadurch eingeengt fühle. Seine Betroffenheit darüber vertrieb ich mit der Feststellung, er habe durchaus Chancen bei Gleichaltrigen. Er machte es mir sehr leicht und ich ging nicht das geringste Risiko ein. Hätte er mich abgewiesen – niemand hätte ihm seine eventuellen Berichte über meine Avancen geglaubt. Schließlich war ich das begehrteste Mädchen der Schule und er ein verklemmter Spätentwickler. Nun aber wurde er zu meinem Ticket in die Freiheit.

Da die Zeit drängte, forcierte ich unsere Beziehung und erhielt dabei von meinen Eltern unerwartet Schützenhilfe. Mein Stiefvater wollte mich nur unter der Bedingung mit Thomas zum Studium gehen lassen, dass der seine ernsten Absichten durch eine Heirat mit mir dokumentiere. „Sonst gibt Lydia jetzt ihre gute Lehrstelle auf und kommt vielleicht nach einem Jahr mit einem abgebrochenen Studium und leeren Händen zurück", argumentierte er. Dass Thomas unsere Eheschließung gegen den erklärten Willen seiner Eltern tatsächlich durchsetzte, hatte ich bis zuletzt bezweifelt. Es war einer meiner größten Siege, dem aber schon bald eine Reihe kleinerer Niederlagen folgen sollte.

Die erste Enttäuschung war die Wahl des Studienortes. Ich hatte München oder Berlin favorisiert, eine der großen Metropolen, in denen das Leben pulsiert. Thomas jedoch bestand auf dem provinziellen Gießen. Er lobte die Vorteile: Solide Ausbildung und niedrigere Lebenshaltungskosten, wobei ihm zweiteres offensichtlich sehr am Herzen lag. Wir bezogen zwei winzige schräge Kammern und lebten geradezu spartanisch, denn Thomas lehnte jegliche materielle Unterstützung durch seine Eltern ab. Sein Vater habe sich auch alles selbst erarbeiten müssen, gab er als Begründung an. Ich hatte mir ein anderes Leben vorgestellt.

Dennoch war unser Zusammenleben im Großen und Ganzen harmonisch. Wir verbrachten wenig Zeit miteinander, Thomas war ein äußerst eifriger Student und arbeitete nebenbei im Krankenhaus für unseren Lebensunterhalt. Er kontrollierte mich nie und ließ mir meine Freiheit, die ich zugegebenermaßen vor allem zur Zerstreuung nutzte. Ich wollte endlich leben und mein Studium sagte mir immer weniger zu. Da mir Medizin absolut nicht lag, hatte ich mich für Jura entschieden und mich bereits als Richterin oder Staatsanwältin gesehen. Nun musste ich feststellen, dass sich mir der trockene Stoff absolut nicht erschließen wollte. Thomas, der sich regelmäßig nach meinen Studienergebnissen erkundigte, bemerkte meine Probleme bald. Er riet, ich solle mir eine Lerngruppe suchen, der gegenseitige Austausch würde mir den Zugang zum Stoff erleichtern. Ich bemühte mich tatsächlich darum, doch dann ergab sich eine Affäre mit einem Dozenten, für die ich meine angeblichen Lernabende nutzte und als sie vorüber war, hatte ich so ziemlich den Anschluss verloren.

Thomas' Krankheit bot mir einen willkommenen Anlass, das ungeliebte Studium abzubrechen. Sein Leiden hatte mit einer harmlosen Erkältung begonnen, die sich über Wochen hinzog. Ich witzelte über die Unfähigkeit der Mediziner, einen simplen Schnupfen in den Griff zu bekommen und über ihre Wehleidigkeit, denn Thomas schleppte sich förmlich dahin. Eines Tages erhielt ich dann Bescheid, er sei nach einer Vorlesung bewusstlos geworden und man habe ihn zur Untersuchung ins Krankenhaus eingeliefert. Es stellte sich heraus, dass er sich eine Herzmuskelentzündung zugezogen hatte. Es war von Lebensgefahr und dauerhafter Schädigung die Rede. Ich bekam wirklich Angst und bangte um unsere Zukunft. Schließlich war dann doch alles nicht so schlimm, nur kam Thomas furchtbar langsam wieder auf die Beine und riss sich meiner Meinung nach viel zu wenig zusammen. Die Stimmung zwischen uns wurde zunehmend gereizt, und Thomas fuhr für längere Zeit allein zu seinen Eltern. Ich war froh darüber, zur Krankenpflegerin fehlt mir jede Begabung.

Erst nach über einem Jahr war Thomas einigermaßen wiederhergestellt, doch von einer Fortsetzung seines Medizinstudiums riet man ihm ab. Der Arztberuf wäre für ihn zu anstrengend und die Ansteckungsgefahr zu hoch, hieß es. Thomas sattelte auf BWL um und bewältigte diesen Studiengang mit neuem Elan in Rekordzeit.

Ich hatte inzwischen meine Ausbildung zur Rechtsanwalts- und Notargehilfin abgeschlossen - ich hasse die gängige Abkürzung Reno, das klingt nach einer Zigarettenmarke und irgendwie abwertend. Die Arbeit in der Kanzlei machte mir Spaß, nur meinen Statusverlust empfand ich als demütigend, weshalb ich gern vorgab, nebenbei weiter zu studieren und das juristische Staatsexamen anzustreben. Realistisch war das allerdings zu keiner Zeit. Auf meinen Chef Dr. Tanner schien es jedoch einen gewissen Eindruck zu machen. Er gewöhnte sich sogar an, seine Fälle mit mir zu diskutieren.

Mit Thomas hatte ich mich inzwischen so sehr auseinandergelebt, dass wir die Wohnung teilten wie zwei Fremde. Ich wünschte und plante den Absprung aus dieser Ehe, wie er sich dann jedoch tatsächlich vollzog, beinhaltete eine tiefe Kränkung für mich. Dass er mich wegen meiner Beziehung mit Holger derart kühl abservieren könnte, hatte ich Thomas einfach nicht zugetraut. Nach diesem Affront verspürte ich keine Neigung, jemals wieder mit Thomas in Kontakt zu kommen, schon gar nicht über Ulrike.

Jedoch verlangten meine neuen Probleme, diese Gefahr als zweitrangig beiseite zu schieben. Langsam tasteten sich meine Gedanken zu den Ereignissen vor, die meinen Zusammenbruch verursacht und mich auf die Krankenstation gebracht hatten.

Nachdem ich seit Monaten keine Miete für meine Zuflucht gezahlt hatte und aufgrund meiner Haft keine Zahlungen zu erwarten waren, hatte der geschäftstüchtige Max Scholz die Hütte kurzerhand an zwei Monteure weitervermietet. Die hatten dann durch Zufall das Versteck im Wandschrank und seinen mich belastenden Inhalt gefunden. Praktischerweise stand mein Name auf dem Umschlag, so konnten sie ihren Fund in seiner

Brisanz sofort zuordnen. Pflichtbewusst meldeten sie ihn der Polizei, jedoch eines der schmutzigen Fotos fand seinen Weg in die Presse, woran die beiden hartnäckig jeden Anteil leugneten.

Diese ganze Entwicklung war eine Katastrophe für mich, und ich verfluchte mich dafür, sie nicht vorausgesehen zu haben. Nun musste ich mich der Situation stellen und nach knapp zwei Tagen war ich soweit, in den neuen Vernehmungen gefasst aufzutreten.

Dr. Hoffmann wirkte enttäuscht und resigniert, und ich setzte alles daran, ihn umzustimmen. „Ich habe Sie nie direkt angelogen und würde das auch nie tun", versicherte ich. „Ich habe Dinge nicht erwähnt, die nichts mit dem Fall zu tun haben, mich aber unnötig in ein schlechtes Licht gerückt hätten. Kann man mir das wirklich verübeln? Aber lassen Sie mich bitte der Reihe nach erzählen. Weder habe ich eine Liebeslaube, noch ein ungezügeltes Sexualleben unterhalten, wie es die Presse jetzt suggerieren will. Alles was ich wollte, war ungestört mein Jurastudium fortsetzen dürfen. Das war nicht so einfach, denn mein Mann war dagegen. Also ich rede jetzt hier von meinem ersten Mann, Thomas Gondschar, der damals noch Student war. Er war einer von jenen schwachen Männern, die es nicht ertragen können, wenn ihre Frau Erfolg hat. Nach dem Abbruch seines Medizinstudiums verstärkte sich diese Haltung bei ihm noch. Er ließ mir zu Hause keine Ruhe zum Lernen. So war ich auf der Suche nach einem Zimmer dafür, als sich über eine ehemalige Referendarin unserer Kanzlei die Möglichkeit zur Anmietung der Finnhütte bot. Sie war billig und lag in der Nähe der Kanzlei, also griff ich zu. Das liegt nun schon sieben Jahre zurück. Ich habe das Mietverhältnis auch während meiner zweiten Ehe mit Dr. Tanner aufrechterhalten, es war einfach praktisch, diese zusätzliche Möglichkeit zu haben, mal etwas unterzustellen.

Den Vermieter, Herrn Maximilian Scholz, bekam ich nur gelegentlich zu Gesicht. Er stellte mir dann jedes Mal nach, doch ich nahm das nicht ernst und hatte nie die Absicht, darauf einzugehen. Zwar war er kein unsympathischer Mensch, jedoch entschieden unter meinem Niveau. Dass es dann doch einmal dazu kam, lag an dem Alkohol, den ich zuvor anlässlich des Geburtstages einer Freundin getrunken hatte. Sie hatte mich zu einem Sektfrühstück eingeladen. Es war zudem noch ein heißer Tag, ich war total benebelt und wollte mich eigentlich für ein bis zwei Stunden in der Finnhütte ausschlafen, um nicht in dem Zustand zu Hause aufzutauchen. Maximilian Scholz war zufällig dort, er schraubte mal wieder an einem seiner Autos herum, die ständig in oder neben seinem Schuppen standen. Er verwickelte mich in ein Gespräch, trieb allerlei alberne Scherze mit mir und nutzte meinen alkoholisierten Zustand schließlich aus. Dabei müssen diese unsäglichen Fotos entstanden sein. Mir ist das total unverständlich, der Perspektive nach zu urteilen muss sich die Kamera über uns in einem Baum befunden haben. Der Vorfall liegt fast ein Jahr zurück, und da er mir äußerst unangenehm war, hatte ich ihn inzwischen völlig verdrängt.

An jenem Tag als mein Mann starb, fand ich nun morgens in der Post einen anonymen Umschlag mit eben diesen Fotos. Ich war wie vom Donner gerührt und rief sofort Herrn Scholz an, um mit ihm darüber zu sprechen. Wir verabredeten uns für 17:30 Uhr, ich war pünktlich dort und wartete über eine Stunde, doch Herr Scholz kam nicht. Das ist die Wahrheit und es ist der Grund, weshalb mir für die Tatzeit ein Alibi fehlt." Ich atmete tief durch und lehnte mich zurück.

Dr. Hoffmann schwieg eine Weile, bevor er zu einer Antwort ansetzte. „Frau Tanner, ich habe durchaus einige Fragen zu Ihrer Darstellung, doch ich möchte sie zurückstellen und zunächst den weitaus wichtigeren Verdachtspunkt mit Ihnen besprechen."

Ich nickte. Was ich nun zu erklären hatte, belastete mich weitaus schwerer als die peinlichen Fotos. „Meine Mutter" begann ich bedächtig „ist eine große Tierfreundin, schießt mit ihrer Tierliebe aber manchmal über das Ziel hinaus. Jedenfalls hatte sie den alten, kranken Hund einer Bekannten aufgenommen, der sonst eingeschläfert worden wäre. Sie hat dem Tier damit wahrhaftig keinen Gefallen getan, es hat nur noch fürchterlich gelitten. Ich konnte das einfach nicht mit ansehen und habe sie beschworen, das arme Tier doch erlösen zu lassen. Sie wollte aber absolut nichts davon hören und der Hund quälte sich weiter. Mich hat der Anblick so belastet, dass ich am liebsten nicht mehr nach Hause gefahren wäre. Weil mir das ständig im Kopf herumging, habe ich auch Herrn Scholz davon erzählt. Es wäre doch wohl die beste Lösung, den Hund sanft einschlafen zu lassen, meinte der und hat mir dann ein Fläschchen mit Gift in die Hand gedrückt. Eben jenes, das in dem Wandschrank neben den Fotos gefunden wurde. Ich hätte es nie annehmen dürfen und habe es sofort in dem Wandschrank deponiert, in der Absicht, es Herrn Scholz bei nächster Gelegenheit zurückzugeben. Dummerweise sah ich ihn dann lange Zeit nicht. Trotz seines Leidens hätte ich es niemals fertiggebracht, den Hund zu vergiften. Und es war auch nicht mehr nötig, er starb an einem Virus. Ich weiß ja nicht einmal, ob sich wirklich ein wirksames Gift in dem Fläschchen befindet."

Dr. Hoffmann versicherte mir sehr ernst, dass es so sei und es sich um die gleiche Substanz handele, durch die mein Mann zu Tode kam, nämlich um Kaliumcyanid, beziehungsweise Zyankali. „Sie haben nicht nur Sachverhalte verschwiegen, Frau Tanner, Sie haben auch bewusst und willentlich die Unwahrheit gesagt", fuhr er nun nicht weniger streng fort. „Die ganze Zeit über haben Sie behauptet, niemals Gift besessen zu haben, und nun stellt sich das Gegenteil heraus. Das spricht wahrhaftig nicht für sie."

„Ich weiß", erwiderte ich und sah dabei bestimmt so unglücklich aus, wie ich mich tatsächlich fühlte, „aber es war mal wieder eine dieser verflixten Zwangslagen. Hätte ich zugegeben, das Gift zu besitzen, hätte ich auch erklären müssen von wem und zu welchem Zweck ich es erhalten hatte. Und das hätte mich doch in ein schlechtes Licht gerückt. Ich wollte meine Bekanntschaft mit Maximilian Scholz nicht öffentlich machen. Und wenn die Idee, den Hund zu vergiften auch von ihm und nicht von mir stammte, so hatte ich sie doch nicht sofort energisch zurückgewiesen. Vermutlich würde man mir nicht einmal glauben, dass der Pudel dann eines natürlichen Todes gestorben ist. Nachprüfen lässt sich da nichts mehr, meine Mutter hat ihn einäschern lassen und die Asche auf dem Grundstück verstreut. Ihn einfach zu begraben, hatte sie wegen anstehender Bauarbeiten abgelehnt. Ich wäre also zu allem Überfluss auch noch mit dem Verdacht behaftet, den Hund umgebracht zu haben. Zwar ist die Tötung eines Hundes juristisch lediglich als Sachbeschädigung zu werten, die Öffentlichkeit würde jedoch ein anderes Urteil über mich fällen:

Wer den Hund seiner Mutter vergiftet, der vergiftet auch seinen Ehemann. Das wollte ich mir ersparen."

Es war nicht erkennbar, ob Dr. Hoffmann meine Argumentation einleuchtete. Er wirkte noch immer sehr verärgert. „Wann genau war das?", wollte er nun wissen.

Mit diesen Angaben konnte ich ihm dienen. „Im Juni hatte ich mit Herrn Scholz spontan über das Problem mit dem Hund gesprochen, worauf er mir genauso spontan das Gift ausgehändigt hatte. Es stand griffbereit in seinem Schuppen. Noch am gleichen Tag habe ich es im Wandschrank der Finnhütte abgestellt und nicht wieder angerührt."

„Demnach hätte es sich seit Juni in Ihrem Besitz befunden. Im Juli bat ihr Ehemann seine Tochter Carola um eine Laboranalyse einer Substanz, bei der es sich um eben dieses Gift handelte."

„Es handelte sich um das Gleiche, nicht um dasselbe. Vielleicht stammte es tatsächlich von einem Mandanten, wie mein Mann behauptet hat. Sicher ein merkwürdiger Zufall, jedoch nicht ausgeschlossen."

Mein Verteidiger schien nicht überzeugt, ließ diesen Punkt jedoch erst einmal auf sich beruhen und sprach stattdessen mit mir über das Ergebnis der Vernehmung von Max Scholz. Es kostete mich meine ganze Selbstbeherrschung, seine unerträglichen Einlassungen äußerlich einigermaßen ruhig anzuhören. Max stritt rundweg ab, mir jemals Gift besorgt zu haben und behauptete, die Geschichte mit dem Hund noch nie gehört zu haben. Den Ursprung der Fotos konnte er sich angeblich nicht erklären, doch über unser Verhältnis gab er umso bereitwilliger Auskunft. Nach seiner Darstellung war die Initiative dazu von mir ausgegangen, „heiß wie eine Plättschnur" sei ich gewesen und „völlig tabulos". Außerdem hätte ich noch „jede Menge" Affären mit anderen Männern gehabt. Meinen Anruf an dem fraglichen Tag bestätigte er, gab jedoch vor, eine Verabredung verweigert zu haben, weil er sich von mir nicht vereinnahmen lassen wollte. Zum Tatzeitpunkt befand er sich mit acht Kumpels auf einem Rockkonzert in einem anderen Ort.

Mir wurde mit Entsetzen klar, was für ein Schwein Max doch war. Plötzlich war ich mir sicher, dass er die Fotos angefertigt hatte, um mich damit zu erpressen. Im Baum über uns war entweder eine Kamera mit Selbstauslöser oder ein Kumpan von ihm versteckt gewesen. Vielleicht war Max auch derjenige, der die Aufnahmen an die Presse verkauft hatte.

Ich fasste meine Vermutung in Worte, doch die Erwiderung meines Anwalts versetzte mir einen weiteren Schock. „Herr Scholz ist definitiv nicht der Absender der Fotos. Er wurde eingehend überprüft und es hat sich herausgestellt, dass er durchaus kein unbeschriebenes Blatt ist. Die Besitzer der Autos, die er auf seinem Grundstück aufarbeitete, waren zum größten Teil in Straftaten verwickelt. Herr Scholz hatte sich darauf spezialisiert, Unfallschäden entweder vorzutäuschen oder zu kaschieren, je nach Bedarf. Er hatte auch Kontakte ins kriminelle Milieu. Nun droht ihm einiger Ärger und er ist zweifellos erbost darüber, dass Sie gewissermaßen den Anstoß dafür geboten haben. Das macht ihn nicht wohlwollend gegen Sie, man merkt es seinen Aussagen an. Die Möglichkeit, das Gift zu besorgen, hätte er bei seinen Verbindungen zweifellos gehabt. Nachzuweisen ist es ihm allerdings nicht. Es ist auch nicht entscheidend. Entscheidend ist vielmehr, dass es bei Ihnen gefunden wurde."

Ich nagte nervös an meiner Unterlippe. Dr. Hoffmann hatte Recht. Den Versuch zu behaupten, man habe mir den Giftflacon untergeschoben, hatte ich gar nicht erst unternommen. Ich war mir sicher, dass sich meine Fingerabdrücke darauf befinden mussten.

„Was nun die Fotos betrifft", fuhr Dr. Hoffmann fort „so ließ sich der Absender eindeutig ermitteln, es war ihr Ehemann Dr. Tanner. Seine Sekretärin Frau Goldschmidt versicherte absolut glaubwürdig, besagten Umschlag am Vortag seines Todes auf seinem Schreibtisch gesehen zu haben. Sie wollte ihn in den Postausgang mitnehmen, doch Dr. Tanner hinderte sie daran und muss ihn Ihnen dann ohne Angabe des Absenders selbst zugeschickt haben. Seine Fingerabdrücke ließen sich auf den Fotos nachweisen."

„Wie ist die Polizei an Dietrichs Fingerabdrücke gekommen", fragte ich, als sei das jetzt das wichtigste Problem. Immerhin war Dietrich seit Monaten tot und verbrannt.

„Sie lagen noch von einer anderen Straftat her vor. Dr. Tanners Wagen war aufgebrochen worden und er hatte seine Fingerabdrücke abgegeben, um sie von denen des Täters unterscheiden zu können. Das liegt erst knapp ein Jahr zurück."

Ich erinnerte mich jetzt dunkel an den Vorfall. Mein Kopf schmerzte, die Tatsache, dass Dietrich tatsächlich der Absender der Fotos gewesen sein sollte, erschien mir völlig unfassbar.

Für die Anklage war es jedoch so etwas wie ein letzter Mosaikstein, der das Bild meiner Schuld vervollständigte. In etwa las sich das nun so: Ich hatte meinen Ehemann nach Strich und Faden betrogen, er sammelte ohne mein Wissen mit Hilfe eines Privatdetektivs belastendes Material gegen mich. Schon damals hätte ich seine Ermordung in Erwägung gezogen, und mir durch einen meiner Liebhaber Gift besorgen lassen. Irgendwie muss mein Mann das aber erfahren haben, er ließ die chemische Analyse durchführen und war nun vermutlich auf der Hut. Doch er trennte sich nicht von mir, was seine emotionale Abhängigkeit von mir bewies. Als ich ihn wegen eines Anderen verließ, drohte er mir mit den kompromittierenden Fotos. Vielleicht wollte er mich nur zum Verzicht auf finanzielle Ansprüche bewegen, vielleicht aber auch meine neue Beziehung zerstören. Ich fühlte mich jedenfalls massiv bedroht und vergiftete ihn nun. Meine Versuche, Maximilian Scholz in die Tatausführung zu verwickeln, und sei es nur als Alibigeber, scheiterten, und ich führte den Mord also allein aus.

Dr. Hoffmann sagte mit betrübtem Blick, es sehe nunmehr sehr schlecht für mich aus. Das wusste ich selbst, doch ich wusste auch, dass ich meinen Mann nicht vergiftet hatte. Ich war Opfer einer fein gesponnenen Intrige, zu der irgendwo der Schlüssel zu finden sein musste. Tag und Nacht zerbrach ich mir den Kopf darüber und suchte nach irgendwelchen Anhaltspunkten. Wie war das mit dem Gift wirklich gewesen? Max hatte es mir im Juni gegeben, natürlich nicht auf eigene Initiative, sondern auf meine Bitte hin. Und er wusste, wozu ich es brauchte. Als Dietrich und ich im Juli in

Bödersbach weilten, setzte ich es auch ein und machte damit den Weg für den Verkauf des Grundstücks frei. Niemand schöpfte Verdacht. Unter den Hunden der Nachbarschaft grassierte gerade ein Virus, das nutzte ich geschickt aus.

Gleich nach unserer Rückkehr nach Gießen hatte ich das Fläschchen zurück in den Wandschrank der Zuflucht gestellt. Ich wollte es Max tatsächlich zurückgeben, hatte es damit aber nicht eilig, weil ich fälschlicherweise annahm, es würde dort niemals entdeckt werden. Kurz darauf hatte Dietrich durch Carola die Zyankaliprobe analysieren lassen. Obwohl ich es offiziell abstritt, glaubte ich selbst, dass er sie von meinem Vorrat abgezweigt haben musste. Aber wann? Und warum? Eigentlich gab es nur eine Möglichkeit: Es musste in Bödersbach geschehen sein. Wenn Dietrich und ich Mutter besuchten, wohnten wir stets im Kurhotel oder in einer Pension. Unser Haus empfand ich schon wegen seiner sanitären Anlagen als Zumutung. Das Gift hatte sich in meinem Kosmetikkoffer befunden, und den hatte ich wie immer im Bad deponiert. Nie wäre ich auf die Idee gekommen, Dietrich könnte auch nur hineinschauen. Aber irgendetwas musste passiert sein. Hatte vielleicht doch jemand Verdacht geschöpft, dass mit Kiras Ableben etwas nicht stimmte? Die anderen Hunde hatten tagelang unter dem Virus gelitten, Kira war mittags noch ganz fidel und abends plötzlich tot gewesen. „So ein alter Hund hat eben weniger Widerstandskraft", hatte ich das zu erklären versucht. Aber jemand musste trotzdem misstrauisch geworden sein. Vielleicht Ulrike, die ebenfalls mit einer Affenliebe an der räudigen Töle gehangen hatte? Oder Dietrich, der mir damals vermutlich schon jede Schlechtigkeit zutraute? Jedenfalls muss er das Fläschchen mit dem verdächtigen Pulver in meinem Kosmetikkoffer gefunden und etwas davon in ein Tablettenröhrchen abgefüllt haben. Und ausgerechnet Carola hatte er es dann zur Analyse gegeben. Die ließ sich die Chance, daraus einen Zusammenhang mit der Ermordung ihres Vaters zu konstruieren, natürlich nicht entgehen. Stammte das Gift, an dem Dietrich schließlich gestorben war, tatsächlich aus meinem Flacon? Hatte er es aufbewahrt, nachdem er wusste, um was es sich handelt, und jemand hatte es ihm schließlich untergemischt? Aber wer? Geschah das alles vielleicht überhaupt nicht wegen Dietrich, sondern nur um mir zu schaden? War ich das eigentliche Opfer?

Bei der Vorstellung, Carola könnte die Fäden gezogen haben, wurde mir kalt. Mein letzter erfolgreicher Schlag gegen sie – gewissermaßen mein Abschiedsgeschenk – hatte mich mit wilder Freude erfüllt. Inzwischen war ich mir nicht mehr so sicher, ob es sich nicht im Nachhinein als Fehler erweisen sollte. Carola schien eine äußerst gefährliche Gegnerin zu sein.

Ulrike:

Die Zeitungsartikel über Lydia waren einfach entsetzlich. Genüsslich wurde über ihr ausschweifendes Liebesleben hergezogen, für das sie sogar ein eigenes Haus unterhalten hätte.

„Sie versteckte das Mordgift in ihrem Liebestempel" lautete eine marktschreierische Schlagzeile. An Lydias Schuld zweifelte inzwischen niemand mehr. Noch schlimmer aber war die Verbreitung des pornografischen Fotos durch die Presse, das Lydia mit einem unbekannten Mann zeigte, der ihr Vermieter gewesen sein soll. Auf diesem Foto lag Lydia in einem Auto mit offenem Verdeck. Ihr einen entrückten Ausdruck zeigendes Gesicht war nach oben und somit direkt in die Kamera gerichtet. Von ihrem Körper war eigentlich nichts zu erkennen, denn unterhalb ihrer nackten Schultern war der Bildausschnitt durch eine grobe Rasterung unkenntlich gemacht worden. Die fleischfarbene Tönung verriet jedoch, dass sie unbekleidet war. Der vor ihr kniende Mann war nur von hinten zu sehen, er wirkte muskulös und jünger als Lydia. Die unkenntlich gemachten Stellen entschärften das Foto nicht, sondern ließen es merkwürdigerweise besonders obszön wirken, da sie der Fantasie Raum gaben. Ich empfand die Veröffentlichung dieses Bildes als ungeheure Demütigung meiner Schwester, ebenso wie die in dem Zusammenhang gestellte Frage, ob dieser Liebhaber wohl an der Ermordung ihres Ehemanns beteiligt gewesen sei.

Zum Glück fand unsere Mutter ihre ganz eigene Strategie, damit umzugehen. „Das ist eine plumpe Fälschung", beteuerte sie immer wieder. „Die können doch heute mit dem Computer einfach alles machen. Da machen sie junge Leute ganz alt und grau, oder ältliche Schauspieler kriegen eine Haut wie Zwanzigjährige verpasst. Das ist doch alles nur Lug und Trug, und das auf dem Foto ist gar nicht meine Tochter, da hat jemand ihren Kopf rangeklebt."

Ich widersprach ihr nicht und ließ sie in ihrem Glauben.

Inzwischen war es Herbst geworden, und ich verspürte einen Anflug von Trauer, wenn ich an den Sommer dachte, der an mir fast völlig unbemerkt vorübergegangen war. Unser Umzug hatte sich verzögert, erst jetzt waren wir dabei, die neue Wohnung einzuräumen. Martina, Thomas und ich hatten den ganzen Tag über gerückt und geschraubt, und jetzt waren Mutters Schlaf- und Wohnraum so gut wie fertig. Martina war schon gegangen, und Thomas und ich tranken zum Abschluss noch einen Tee miteinander. Es war unvermeidlich, dass sich unser Gespräch schon bald wieder um Lydia drehte.

„Ich finde es empörend, wie die Presse mit ihr umgeht", sagte ich. „Das ist die reinste Hexenjagd. Sicher ist Lydia kein Unschuldsengel, aber sie ist auch nicht die sexbesessene Schlampe, als die man sie hinzustellen versucht. Sie ist einfach eine attraktive, lebenshungrige junge Frau, die alles in vollen Zügen auskosten wollte. Bei einem Mann hätte man das toleriert. Einer Frau dagegen steht eine derartige Freizügigkeit offenbar nicht zu. Und was das Wichtigste ist, es gibt überhaupt keinen Zusammenhang zwischen ihrem Lebenswandel und dem Mord, den man ihr vorwirft." Ich hatte mich in Rage geredet.

Thomas sah mich nachdenklich an, signalisierte jedoch keine Zustimmung. Verärgert darüber bohrte ich nach.

„Verurteilst du sie etwa auch?", fragte ich hitzig. „Und traust du ihr wirklich einen Mord zu?"

Thomas ließ sich mit der Antwort Zeit. „Das muss man getrennt betrachten", antwortete er schließlich bedächtig. „Ich verurteile sie nicht wegen ihres Lebenswandels, ich habe das nicht einmal getan, als ich noch der Betrogene war. Allerdings war das keine Abgeklärtheit, sondern die reine Feigheit. Ich wollte vor meinen Eltern, die mich vor der Ehe mit Lydia gewarnt hatten, nicht zugeben müssen, wie Recht sie damit hatten. Deshalb habe ich mich viel zu spät von ihr getrennt."

„Was wussten deine Eltern denn schon von Lydia?", fragte ich erstaunt. „Sie war ein junges Mädchen als ihr geheiratet habt und ein unbeschriebenes Blatt."

„Sie kannten Lydias Vater und vertraten die Stamm-Apfel-These, womit sie zugegebenermaßen so falsch nicht lagen. Es waren sicher nicht unbedingt die Gene, sondern auch sein erzieherischer Einfluss auf sie, die Beiden hingen ja ziemlich viel zusammen. Und dann soll da auch mal so eine Geschichte zwischen Lydia und einem wesentlich älteren, verheirateten Kurgast gewesen sein."

Letzteres war mir völlig neu und sicher nur ein Gerücht. Ich ließ das Thema jedoch auf sich beruhen und fragte, was mich viel mehr interessierte: „Und der Mord? Traust du Lydia wirklich einen Mord zu?"

Wieder zögerte Thomas mit der Antwort. „Ich weiß, es ist eine abgedroschene Formulierung, aber ich halte Lydia schon für einen Menschen, der bereit ist, über Leichen zu gehen. Besonders dann, wenn man sich ihren Zielen in den Weg stellt. Jemanden zu ermorden scheint mir dann aber doch eine zu plumpe Methode, das passt nicht zu ihr. Sie ist zu klug und zu vorsichtig, um so ein Risiko einzugehen. Aber ich traue ihr zu, jemand anderen für ihre Zwecke zu benutzen. Vielleicht gibt es einen Komplizen, auf den bisher noch niemand gekommen ist. Sie hat ihm Versprechungen gemacht, er hat ihr geholfen, und als ihm klar wurde, dass er nur ausgenutzt werden sollte, ließ er sie fallen. Es hat immer mehrere Männer in Lydias Leben gegeben, sicher auch solche, die zu so etwas bereit wären."

„Nein", sagte ich, „es war eine Frau." Die alte Vertrautheit zwischen Thomas und mir war schuld daran, dass die Worte von ganz allein aus mir herauskamen, so als spräche ich mit mir selbst. Thomas fragte nichts, nur seine Haltung signalisierte mir seine Aufmerksamkeit.

„Ich bin froh, darüber sprechen zu können", setzte ich fort. „Es belastet mich schon die ganze Zeit und ich kann deshalb nicht mehr ruhig schlafen. An dem Abend als Dietrich starb, habe ich etwas beobachtet. Du weißt ja, ich war mit Lydia verabredet, kam aber durch die Zugverspätung nicht rechtzeitig bei ihr an, und mein Handy war auch noch kaputt. Dass sie dann überhaupt nicht da war, hatte ich allerdings nicht vermutet. Fast eine Dreiviertelstunde habe ich wartend im Gespräch mit der Nachbarin verbracht. Ich wollte die Frau schon bitten, bei ihr telefonieren zu dürfen, habe es dann aber gelassen. Sie war ohnehin misstrauisch, dem wollte ich keine neue Nahrung geben. Später ist mir eingefallen, dass die Kanzlei ja ganz in der Nähe ist und habe mich spontan entschlossen, hinzugehen. Ich wollte einfach nachschauen, ob Licht brennt, und wenn ja kurz zu Dietrich reingehen. Lydia hatte zwar Kontaktsperre angeordnet, doch ich mochte Dietrich ehrlich und wollte nicht ohne ein Wort des Abschieds gehen. Vielleicht erhoffte ich ja auch einen Rat in der Wohnungsangelegenheit von ihm. Und auf jeden Fall hätte ich von der Kanzlei aus Lydia anrufen können. Ich brauchte kaum fünf Minuten bis dorthin. Es gab nach hinten raus eine Gartenpforte, die erwies sich als Abkürzung. In den Kanzleiräumen brannte Licht, also bin ich raufgegangen. Du kennst die Räume ja auch, zuerst kommt man in den kleinen Garderobenraum, von dem die Toilettentüren abgehen. Zwischen dem eigentlich Wartebereich und diesem Vorraum ist doch die dicke, stark geriffelte Glastür. Ja, und durch diese Tür sah ich dann plötzlich die Frau. Das heißt „sehen" ist der falsche Ausdruck, ich nahm schemenhaft ihre vorbeihuschende Silhouette war. Mehr als die Tatsache, dass es sich eindeutig um eine Frau handelte, konnte man so schnell wirklich nicht erkennen. Es hätte Lydia oder sonst jemand sein können. In dem Moment habe ich natürlich an Lydia gedacht und bin erschrocken umgekehrt. Mein Auftauchen dort hätte sie mit Sicherheit noch mehr gegen mich aufgebracht, und das wollte ich auf jeden Fall vermeiden. Für unser Gespräch brauchte ich schließlich ihr Wohlwollen.

Inzwischen vergeht kein Tag, an dem ich mir nicht den Kopf darüber zerbreche, ob Lydia die Frau in der Kanzlei war. Von den Mitarbeiterinnen war es jedenfalls niemand, die haben ja alle ein Alibi. Auch Dietrichs geschiedene Frau und seine Tochter Carola kommen nicht in Frage, die waren in der Klinik. Es könnte natürlich eine späte Mandantin gewesen sein. Wenn da nicht diese Zeugin wäre, die Lydia zweifelsfrei gesehen haben will. Das spricht dafür, dass sie es tatsächlich war.

Und warum hat Lydia gelogen? Weißt du, bei unserer ersten Befragung durch die Polizei hat sie spontan angegeben, wir wären beide während des fraglichen Zeitraums zu Hause gewesen und ich könne das bestätigen. Ich blöde Gans habe das tatsächlich abgenickt, es kam so überraschend. Beim zweiten Mal wurden wir gleich getrennt befragt. Die Beamtin sagte mir auf den Kopf zu, ich hätte meiner Schwester ein falsches Alibi gegeben. Das habe ich dann auch sofort zugegeben. Sie sagte mir weiter, ich müsse nicht gegen meine Schwester aussagen und brauche von nun an keinerlei Angaben mehr zu machen. Daran habe ich mich gehalten. Niemand hat überprüft oder hinterfragt, ob ich wirklich die ganze Zeit vor dem Haus auf sie gewartet habe. Vielleicht war es uninteressant, weil sie ja in Lydia die perfekte Verdächtige hatten. Ich werde wohl weiter schweigen, denn was ich zu sagen hätte, könnte sie kaum entlasten."

Thomas sah mich sehr ernst an. „Aber es könnte dich belasten", sagte er. „Wenn du zugibst, zur Tatzeit in der Kanzlei gewesen zu sein, dann bist auch du verdächtig. Und Lydia könnte das ausnutzen und gegen dich wenden. Lass uns also bitte auch künftig darüber schweigen."

Sein „uns" tat mir merkwürdig gut, doch sein Misstrauen gegen Lydia empfand ich als kränkend. Mir die Schuld an Dietrichs Tod zuzuschieben – auf so eine Idee würde sie nun wirklich nicht kommen.

Am nächsten Tag räumte ich gemeinsam mit Thomas und Martina meine Sachen in die neue Wohnung. „Mein Gott, Ulrike, das ist doch alles viel zu eng", stöhnte Martina. „Diese winzige Schlafkammer und die kleine Arbeitsnische, wie willst du da deine Sachen unterbringen?"

Ich wusste natürlich, dass es eng werden würde und hatte deshalb bereits vieles aussortiert. Zum Glück trennte ich mich leichter als Mutter.

„Wenigstens bekommst du jetzt ein neues Bad", bemerkte Martina versöhnlich und ich nickte zustimmend. Viele Bekannte hatten überhaupt nicht verstanden, wie ich es in meiner alten Bleibe ausgehalten hatte, nachdem der Mann, den ich in knapp einem Monat heiraten wollte, dort unter tragischen Umständen tot im Bad aufgefunden worden war. Zugegebenermaßen hatte auch ich das Bad danach nur ungern betreten und meistens gleich nach dem Dienst in der Klinik geduscht. Doch ausziehen konnte ich schon wegen Mutter nicht. Als Krankenschwester ist der Tod etwas Vertrautes für mich. Zwar empfinde ich nach wie vor Mitgefühl, jedoch kein Grauen. Wollte ich Räume, in denen einmal ein Toter lag, auf Dauer nicht betreten, könnte ich nie mehr ins Krankenhaus gehen.

Schließlich war alles eingeräumt, nur Lydias prall gefüllte Koffer standen noch im Flur. Thomas erbot sich, sie dort gleich in den dafür vorgesehenen Stauraum über den Einbauschränken zu schieben, doch ich schüttelte den Kopf. Erst wollte ich nachschauen, ob sich darin eventuell Kleidungsstücke befanden, die man besser auf einen Bügel hängen sollte.

„Na klar, die hängst du dann in deinen Schrank und deine eigenen Sachen schiebst du unters Bett", kommentierte Martina kopfschüttelnd.

Ich sah trotzdem nach. Zwischen Unterwäsche und Pullovern fiel mir eine Schmuckschachtel auf. Als ich sie öffnete und den Silberarmreif mit dem grünen Stein erblickte, erfasste mich plötzlich ein heftiges Schwindelgefühl, ich musste mich mit beiden Armen aufstützen, um nicht zu fallen.

Martina schaute mir über die Schulter. „Der ist ja hübsch, eigentlich gar nicht Lydias Stil", meinte sie und stutzte gleich darauf. „Was ist denn mit dir los? Du bist ja kreideweiß?"

Auf dieses Stichwort hin kam Thomas angelaufen, gemeinsam schafften sie mich auf mein Bett und legten meine Beine hoch. „Besser?", fragte Martina. Ich nickte. „Das ist einfach alles zu viel Stress", meinte sie. „Schlaf jetzt erstmal ein paar Stunden, nachher brühe ich dir einen Spezialtee zur Nervenstärkung."

Ich nickte wieder und schloss gehorsam die Augen. Sofort kamen die Bilder, als hätten sie nur auf die Gelegenheit gewartet, endlich über mich herfallen zu können: *Lydia mit dem Silberarmreif, Peter, mein Verlobter, neben ihr. Mein Brautkleid. Peter tot in der Badewanne, das Bedauern in der Stimme des Notarztes, als er mitteilt, die Polizei rufen zu müssen. Das grelle Blitzlicht eines Fotoapparates. Irgendetwas obszön Rosarotes.* Ich stoppte diese innere Filmvorführung, indem ich die Augen wieder öffnete. Was war bloß mit mir los? War ich inzwischen so dünnhäutig, dass Martinas einfache Bemerkung über das neue Bad so einen Gefühlssturm auslösen konnte? Immerhin lagen die Ereignisse nun schon sechs Jahre zurück, und ich war der Ansicht gewesen, sie inzwischen gut verarbeitet zu haben.

Es war kurz nach meinem 27. Geburtstag gewesen, als Peter als Patient auf unsere Station kam. Eigentlich weilte er wegen seines Asthmas als Kurgast in Bödersbach, doch ein plötzlicher schwerer Anfall brachte ihn für einige

Tage ins Krankenhaus. Sein Interesse an mir war unverkennbar, und da er es sehr höflich und zurückhaltend zum Ausdruck brachte, war ich weniger abweisend als sonst. Ich ging ein paar Mal mit ihm essen und wusste bald eine Menge über ihn. Peter hatte Grafikdesign studiert, arbeitete freischaffend als Illustrator und war verwitwet. Der Krebstod seiner Frau vor fünf Jahren hatte ihn sehr mitgenommen, lange hatte er sich nicht in der Lage gefühlt, zu arbeiten und sich um seine damals gerademal einjährige Tochter Julia zu kümmern. Glücklicherweise hatten seine kinderlose Schwester und ihr Ehemann Julia aufgenommen. Das Ehepaar und Peter bewohnten je eine Doppelhaushälfte an der Ostseeküste. Julia wusste, dass Peter ihr Vater war, sah aber auch seine Schwester und den Schwager als ihre Eltern an. Es war ein glückliches Arrangement, das Peter keinesfalls auflösen wollte, deshalb betonte er gleich seine Ortsgebundenheit. Er sei jedoch bereit für eine neue Partnerschaft und Julia für eine zweite Mutti.

Ich empfand Sympathie und wachsende Zuneigung zu Peter, wollte aber nichts überstürzen. Die Entscheidung fiel in meinem Urlaub, den ich auf Peters Einladung in seinem wunderschönen, reetgedeckten Haus mit Meerblick verbrachte. Es war nicht nur seine gleichbleibend liebevolle Zuwendung, es war ebenso die Beziehung zu seiner Tochter und zu Schwester und Schwager, die mich überzeugte. Selten habe ich Menschen so einträchtig und harmonisch zusammenleben sehen, selten wurde ich so selbstverständlich und herzlich aufgenommen. Wir begannen uns bereits als eine Familie zu fühlen, und am Abend meines letzten Urlaubstages feierten wir am Strand fröhlich und spontan Peters und meine Verlobung.

Mein Umfeld reagierte überwiegend positiv. Die Kolleginnen bedauerten zwar, dass ich sie verlassen würde, freuten sich aber ehrlich über mein Glück. Martina war ganz begeistert und stellte sich schon die Ostseeurlaube vor, die sie bei mir zu verbringen gedachte. Lydia verzog bedenklich das Gesicht, doch Thomas bestärkte mich in meinem Entschluss. Er stand unmittelbar vor seinem Studienabschluss und würde ab September in Bödersbach einen Verwaltungsposten in der Kurklinik übernehmen. „Du warst lange genug für deine Eltern da", sagte er. „Jetzt sind wir mal dran. Lydia und ich werden uns um Mutter kümmern, wenn du fortziehst." Nur diese Aussicht war es, die Mutter einigermaßen aussöhnte. Sie war ansonsten ziemlich pikiert, vor allem, weil ich ihr Peter noch nicht vorgestellt hatte. Doch ich hätte ihre Einmischung nicht ertragen, schon gar nicht zu einem Zeitpunkt, zu dem überhaupt noch nichts entschieden war. Natürlich nörgelte sie herum und brachte allerlei Einwände hervor, ich war mir jedoch sicher, das Richtige zu tun. Ende Juli würden Peter und ich heiraten, im August zögen Lydia und Thomas nach Bödersbach zurück und Anfang September würde ich zu meinem Mann ziehen.

Anfang Juli stellte ich Peter der Familie vor. Es war am Vormittag eines unerträglich heißen Tages, als wir uns im Garten unseres Hauses in Bödersbach versammelten. Lydia hatte ein Sektfrühstück vorgeschlagen, was bei den herrschenden Temperaturen wirklich keine gute Idee war. Die Stimmung war merkwürdig gereizt. Lydia war bereits sehr braungebrannt, um das zu unterstreichen, trug sie ein giftgrünes T-Shirt und einen Silberarmreifen mit einem großen grünen Stein, unter dem sich das Zifferblatt einer Uhr verbarg. Lydia sah gut aus, doch sie war unausstehlich an diesem Morgen. In beleidigender Weise stichelte sie gegen Peter, stellte ihn als Invaliden hin, der sich nur mit einer eigenen Krankenschwester zu versorgen gedachte.

Peter blieb erstaunlich ruhig und parierte ihre Ausfälle souverän. Er fragte sie sinngemäß, was sie denn persönlich derart verbittert habe, dass sie an die Ehe aus Liebe offenbar nicht glaube. Lydia schwieg für den Rest des Vormittags beleidigt, dafür war Mutter umso quengeliger. Eigentlich hatte ich geplant, am Nachmittag mit Peter in die Kreisstadt zu fahren und mein Hochzeitskleid auszusuchen. Mutter war strikt dagegen. Es bringe Unglück, wenn der Bräutigam das Kleid vor der Hochzeit sehe, sie würde mich beim Einkauf begleiten. Peter stimmte gutmütig zu und erklärte sich sogar bereit, in der Zwischenzeit einen Strauch zu beschneiden, der durch seine raumgreifenden Äste bereits für Streit mit der Nachbarin gesorgt hatte. Diese Zusage versöhnte Mutter dann vollends. Zum Glück ließ sich Lydia nicht von ihr überreden, uns auf der Einkaufstour zu begleiten. Lydias und mein Geschmack sind nun mal auf Kollisionskurs und da Mutter stets auf Lydias Seite ist, hätte ich einen schweren Stand gehabt. Doch Lydia und Thomas waren für den Nachmittag bei Freunden eingeladen.

Als Mutter und ich am Nachmittag das Haus verließen, herrschte eine unerträgliche Schwüle, die sich wenig später in einem kurzen, aber heftigen Gewitter mit wolkenbruchartigen Regenfällen entladen sollte. Danach war die Luft wunderbar klar und wir erledigten unsere Einkäufe recht zügig. Das sektfarbene Seidenkleid, für das ich mich entschied, saß wie angegossen, Mutter war es allerdings viel zu schlicht.

Wieder zu Hause angekommen, schaute ich zuerst in den Garten. Der Strauch zeigte Spuren einer Bearbeitung, die aber noch nicht abgeschlossen war. Säge und Garten-schere lagen im Flur, Peter war nirgends zu sehen. Schon in diesem Moment beschlich mich ein ungutes Gefühl. Ich rief im Haus nach ihm, bekam aber keine Antwort.

In unserem Haus gab es zwei Bäder, ein geräumiges im Erdgeschoss und ein wesentlich kleineres in der ersten Etage. Da dort früher Lydias und mein Zimmer lagen, war es immer unser Bad gewesen und es wurde nun nach Lydias Auszug von mir weiter genutzt. In diesem Bad fand ich Peter dann in der Badewanne. Ich sah sofort, dass er tot war, sein Gesicht wies die typische Rötung einer Kohlenmonoxidvergiftung auf. Neben ihm auf dem Hocker lagen seine völlig durchweichten Sachen.

Der Unfallhergang, für den sich auch die Polizei interes-sierte, war schnell ermittelt. Peter hatte im Garten den Strauch beschnitten, er war vom Wolkenbruch überrascht und völlig durchnässt worden. Um einer Erkältung vorzubeugen, die er wegen seines Asthmas besonders fürchtete, hatte er sich ein heißes Bad eingelassen. Der defekte Boiler hatte in Verbindung mit dem geschlosse-nen Badfenster seinen Tod herbeigeführt.

Niemandem wurde eine Schuld zugewiesen, doch ich machte mir die entsetzlichsten Vorwürfe. Denn ich hätte wissen müssen, dass der Boiler nicht in Ordnung war. Bereits vor knapp einem Jahr war Lydia in diesem Bad plötzlich ohnmächtig geworden. Sie war ohne Thomas, der sich gerade auf eine Prüfung vorbereitete, zu Besuch gekommen und wohnte deshalb bei uns. Ich hatte danach sofort einen Monteur holen wollen, doch Mutter hatte mir das mit Vehemenz untersagt. Gerade hatte sie nach einem Wasserrohrbruch hohe Kosten für den Austausch eines Großteils der Wasserleitungen begleichen müssen. Sie fühlte sich von den Handwerkern über den Tisch gezogen, meinte, die hätten viel mehr repariert, als notwendig gewesen sei. Sie wolle jetzt nicht gleich nochmal dasselbe mit den Gasrohren erleben. Der Boiler sei schon in Ordnung, man müsse nur das Fenster öffnen. Und außerdem könne ich ja auch das Bad im Erdgeschoss benutzen. Lydia stimmte ihr zu und meinte, ihr sei schon vorher unwohl gewesen. Ich gab wieder mal klein bei. Durch meine Nachgiebigkeit verlor Peter sein Leben und Julia ihren Vater. Von seiner Familie machte mir niemand einen Vorwurf, sie bemühten sich im Gegenteil rührend um mich. Wir sind immer noch in Kontakt, und für Julia bin ich inzwischen so etwas wie eine Patentante. Ich bin froh, dass sie trotz des Verlustes beider Eltern ein so glückliches, geborgen aufwachsendes Kind ist.

Über diesem tröstlichen Gedanken musste ich kurz eingeschlafen sein, denn ich hatte einen merkwürdigen Traum. Ich stand wieder auf dem kleinen, gepflegten Friedhof an der See und erlebte Peters Beisetzung. Alles war genau wie in Wirklichkeit: Peters Schwester und sein Schwager hatten mich in die Mitte genommen, und ein Freund hielt eine anrührende Rede. Es waren viele Verwandte und Freunde gekommen, die schlichte Urne war von einem Blumenmeer umgeben. Plötzlich zog etwas meinen Blick auf sich: Quer über die Urne hing ein Stofffetzen in einem geradezu ordinären Rosaton. Es war nicht zu erkennen, um was es sich handelte, vielleicht war es ein Slip oder auch ein Gürtel, die Form wechselte ständig. Mir brach der Schweiß aus. „Das gehört da nicht hin", dachte ich und fühlte mich furchtbar hilflos. „Das gehört da nicht hin", wiederholte ich den Traumgedanken beim Aufwachen. Und plötzlich wusste ich, um was es sich handelte. Plötzlich wurde mir klar, was mich all die Jahre gequält und an die Oberfläche meines Bewusstseins gedrängt hatte. Ich musste laut aufgeschluchzt haben, denn Martina und Thomas kamen gleichzeitig ins Schlafzimmer gelaufen und sahen mich besorgt an. „Mir ist gerade etwas Wichtiges eingefallen", sagte ich nur. Aber ich hatte noch nicht die geringste Ahnung, wie ich damit umgehen sollte.

Lydia:

Die neuen, mich belastenden Enthüllungen hatten bei mir tiefe Ohnmachtsgefühle ausgelöst. Ich durchlebte Phasen, an denen ich mich am Ende meiner Kräfte wähnte. Gleichzeitig war mir klar, dass ich keinesfalls aufgeben durfte. Nur meine Intuition konnte die Ermittlungen auf die richtige Spur bringen, ich musste Anhaltspunkte finden, wer meinen Mann ermordet haben könnte, um mir dann die Schuld zuzuschieben. Meine Gedankengänge führten mich immer wieder zu Carola. Nur sie konnte es gewesen sein, die meine Bespitzelung veranlasst hatte, Dietrich wäre allein niemals auf so eine Idee gekommen.

Carola war mir von Anfang an unsympathisch gewesen, schon zu der Zeit, als ich noch lediglich die Mitarbeiterin ihres Vaters war. Sie war eine dieser verwöhnten Gören, denen dank Papis Geld die ganze Welt offen steht und die meinen, einen selbstverständlichen Anspruch darauf zu haben. Sie führte sich auf wie eine Prinzessin und wurde darin von ihrer Umwelt noch bestärkt. In der Kanzlei tanzten alle um sie herum wie ums goldene Kalb. Nur ich bildete eine Ausnahme, da durfte sie sich ihr Wasser selbst holen und ihren Espresso allein brühen, ich machte mich nicht wie die Anderen zu ihrem Dienstmädchen. Auch an der allgemeinen Lobhudelei beteiligte ich mich nicht, lobte weder ihre elegante Kleidung noch ihre tollen Leistungen.

Als Dietrich seine Beziehung zu mir offiziell machte, soll das bei ihr richtige Wutanfälle ausgelöst haben. Dietrich war ziemlich zerknirscht über ihre Beteuerung, ihn nie wieder sehen zu wollen, ich bedauerte vielmehr, dass sie diesen Vorsatz leider nicht aufrechterhielt. Nach dem Eklat auf der Weihnachtsfeier der Kanzlei hoffte ich, sie endgültig los zu sein. Dietrichs Versöhnung mit ihr hinter meinem Rücken kränkte mich tief. Hätte es noch eines Grundes bedurft, ihn zu betrügen und zu verlassen, damit hätte er ihn mir geliefert. Carola spielte ihren Triumph auch noch richtig aus und behandelte mich von oben herab. Ich hätte es ihr gern heimgezahlt, fürchtete aber Dietrichs Reaktion. Das Kräfteverhältnis hatte sich gefährlich zu Carolas Gunsten verschoben. Dann spielte mir der Zufall jedoch die ideale Gelegenheit in die Hände, und das zu einem Zeitpunkt, als meine Koffer für den Umzug zu Roland bereits gepackt waren. Ich ging also kein Risiko mehr ein.

Ganz die erfolgreiche Topmanagerin, kam Carola eines Tages gegen Mittag in die Kanzlei gerauscht. Edler Nadelstreifenanzug, schlichter Haarknoten und teure Ledertasche. Sie arbeitete seit einiger Zeit für die Geschäftsführung eines leitenden Chemieunternehmens und gab mächtig mit ihrem Posten an. Ohne Notiz von mir zu nehmen, ging sie sofort zu Dietrich ins Büro. Zufälligerweise rief kurz darauf ein Mandant an und bat Dietrich sofort dringend zu sich. Als ich Dietrich das mitteilte – Carola nun meinerseits ignorierend – warf er mit schnellem Griff etwas in die obere Schreibtischschublade.

„Ich sehe mir das nachher gründlich an und wir telefonieren heute Abend miteinander", versprach er Carola, und gemeinsam verließen sie das Büro.

Als alle anderen unmittelbar darauf zu Tisch gingen, sah ich in Dietrichs Schreibtisch nach und entdeckte das Schriftstück, das Carola ihm offenbar zur Überprüfung gegeben hatte, sofort. Es war ein Vertragsentwurf über den Verkauf einiger Produktionssparten an ein anderes Unternehmen und er war mit „streng vertraulich" abgestempelt. Ohne Expertin auf diesem Gebiet zu sein, erahnte ich die Brisanz sofort. Die Kopien waren schnell gemacht und der Pressevertreter, dem ich sie anbot, war überaus interessiert. Wir waren rasch handelseinig.

Es wurde dann nicht der ganz große Skandal, den das Blatt gern daraus gemacht hätte. Die Firmenleitung wiegelte schnell ab, es habe sich um ein unverbindliches Angebot gehandelt, das man nie ernsthaft in Erwägung gezogen habe, es seien also auch keine Arbeitsplätze in Gefahr gewesen. Für Carola war der Skandal jedoch groß genug, nachdem man sie als Quelle der Indiskretion ausgemacht hatte, wurde ihr fristlos gekündigt.

Dietrich hatte nicht die geringsten Zweifel, dass ich hinter der Sache steckte und meine Versuche, es abzustreiten, blieben halbherzig. Ein sachliches Gespräch wäre ohnehin unmöglich gewesen, so sehr brüllte er mich an, bei unserer Auseinandersetzung fünf Tage vor seinem Tod. „Infame Schlange" war fast noch der harmloseste Ausdruck. Dass ich Carolas Ruf in der Branche für immer ruiniert hätte und sie ganz von vorn beginnen müsse, empfand ich als Übertreibung. Solche Goldkinder wie sie fallen doch immer wieder auf die Füße. Aber dann gelang es Dietrich doch noch, mir einen empfindlichen Schlag zu versetzen: „Du stellst den Wagen hier ab und gibst mir die Schlüssel", donnerte er. Mir blieb fast die Luft weg. Den Wagen hatte er mir geschenkt, nur aus steuerlichen Gründen war er auf seinen Namen angemeldet. Das nun auszunutzen, empfand ich als bodenlose Niederträchtigkeit. Ich liebte den BMW wie einen Teil von mir und sobald ich darin Platz nahm, umfing mich warmes Wohlbehagen. Ihn zu verlieren, schmerzte wie eine physische Wunde. Ich war sicher, dass Carola dahinter steckte, hatte sie doch in der Vergangenheit schon schnippische Bemerkungen über dieses für mich angeblich „viel zu große Schiff" gemacht. Vermutlich wollte sie ihn nun selbst fahren.

Die Rückgabe ließ sich nicht vermeiden, ich wollte nicht den Besuch des Gerichtsvollziehers in Rolands Haus riskieren. Doch widerstandslos geschah sie nicht. Nachdem ich den Wagen eigenhändig in meine ehemalige Garage gefahren hatte, nahm ich noch eine kleine, feine Manipulation vor, die sicher niemand einer technisch ungebildeten Frau zutrauen würde. Von meiner Schulung durch Max in solchen Fragen ahnte ja keiner etwas. Nachdem wir enge Vertraute geworden waren, ließ er mich gelegentlich sehen, was er in seiner sonst streng abgeschirmten Werkstatt tat. Max war stolz auf seine Fähigkeiten und erklärte mir, dass man bei einem Wagen wie meinem vor allem die Elektronik überlisten müsse. „Nicht die mechanische Beeinträchtigung der beiden voneinander unabhängigen Bremssysteme ist das Problem", sagte er „man muss vor allem verhindern, dass sämtliche Warnlampen das Armaturenbrett aufleuchten lassen wie einen Weihnachtsbaum."

Ich war beeindruckt und prägte mir alles gut ein, ohne damals zu ahnen, welche Bedeutung es einmal für mich erlangen sollte. Jedenfalls würde Carola schön ins Schwitzen kommen, wenn sich der Wagen plötzlich nicht mehr bremsen ließe.

Dass es dann doch nicht dazu kam, war purer Zufall. Carola lag im Krankenhaus, Dietrich war tot, und seine Frau Edelburg fuhr überhaupt nicht Auto. So stand der BMW seit Monaten immer noch so in der Garage, wie ich ihn verlassen hatte. Im Grunde genommen war mir das nur recht. Irgendwann würde Carola den Wagen schon abholen, und dann würde die Zündschnur meiner Rache zu brennen beginnen. Je später, umso weniger würde man mich damit in Zusammenhang bringen.

Dann ergab sich jedoch eine überraschende Wendung, mit der ich nicht gerechnet hatte. Über Dr. Hoffmann ließ Edelburg Tanner mir mitteilen, für das Gebäude, in dem sich die Kanzlei und Dietrichs und meine Wohnung befanden und das laut Testament ihr gehörte, einen Käufer gefunden zu haben. Das Inventar der Kanzlei würde übernommen, doch die Wohnung müsse geräumt werden. Ob ich auf irgendetwas Anspruch erheben würde. Die lange Liste von Möbelstücken, Teppichen, Geschirr und Hausrat war von einem Notar unterzeichnet worden. Immer korrekt, die erste Frau Tanner. Schon als ich Dietrich verließ, hatte ich entschieden, nichts von den Dingen, die die Kulisse meines Zusammenseins mit ihm gebildet hatten, in mein neues Leben mitnehmen zu wollen. Nun konnte ich die Sachen erst recht nicht gebrauchen, wo hätte ich sie auch unterbringen sollen? Ich verneinte also, verlangte jedoch aus einem plötzlichen Impuls heraus und ohne selbst an den Erfolg zu glauben, die Herausgabe des BMWs. Zu meiner riesengroßen Überraschung stimmte Dietrichs Exfrau sofort zu und übergab Dr. Hoffmann Garagen- und Autoschlüssel. Es wäre gut, wenn der Wagen bald abgeholt werden könnte, bemerkte sie dazu, der Käufer wolle die Garage sicher bald selbst nutzen. Glücklich legte ich mir einen Plan zurecht. Bei ihrem nächsten Besuch würde ich Ulrike beauftragen, die Schlüssel in meiner Vertragswerkstatt abzugeben. Ein Monteur, der das schon öfter getan hatte, sollte den Wagen dann abholen. Ich würde angeben, mir sei ein merkwürdiges Bremsverhalten des Wagens aufgefallen und um Überprüfung bitten. So wäre er gewarnt.

In dem gleichen Zusammenhang regelte ich mit Edelburg Tanner auch gleich Dietrichs Urnenbeisetzung. Sie hatte schon lange darauf gedrungen und nach allem, was über mich in die Öffentlichkeit gelangt war, hatte ich keine Lust mehr auf einen Auftritt auf Dietrichs Beerdigung. Also würde das nun doch seine Ex-Frau übernehmen, mir war es inzwischen ganz recht.

Ich bat Dr. Hoffmann dringend, den Detektiv zu beauftragen, ein Auge auf Carola Tanner zu haben. Inzwischen war ich mir so gut wie sicher, dass sie die Drahtzieherin der ganzen Affäre war. Ihre ruinierte Karriere hatte die ehrgeizige und selbstverliebte Person so aufgebracht, dass sie sowohl ihren Vater als auch mich treffen wollte, da sie uns beiden offenbar die Schuld daran gab. Und es war ihr vortrefflich gelungen. Wieso war ich nicht gleich darauf gekommen, dass sie Dietrichs Ermordung inszeniert hatte? Die Giftprobe, die sie für Dietrich analysieren ließ, hatte sie vermutlich auf die Idee gebracht. Vielleicht ahnte sie die wahre Herkunft. Das machte es ihr leicht, mir die Schuld zuzuschieben und ihren Vater in aller Ruhe zu beerben. Bespitzeln lassen hatte sie mich ja schon lange vorher, sicher wusste sie auch am fraglichen Tag genau, für welche Zeit ich kein Alibi haben würde. Ihr vermutlich nur gespielter Nervenzusammenbruch hatte ihr durch den Klinikaufenthalt das perfekte Alibi geliefert. Und selbst ausführen musste sie die Tat auch nicht: Sie hatte sicher ausreichend Einfluss und Geld, um Leute einzukaufen und Zeugen zu bestechen, sogar solche, wie die biedere Frau Schmidtbauer, deren Glaubwürdigkeit einfach nicht zu erschüttern war. Dass Carola wochenlang in der Klinik blieb war entweder Tarnung, um außerhalb jeden Verdachts zu stehen, oder tatsächlicher Auswuchs von Gewissensbissen. Wer mochte das entscheiden? Ich stellte fest, dass ich eigentlich fast gar nichts über Carolas privates Umfeld wusste. Es wurde höchste Zeit das zu ändern, denn mir lief die Zeit davon.

Ulrike:

Ich hatte Martinas Nerventee getrunken und fühlte mich tatsächlich besser. Martina war dann gegangen und hatte mich mit Thomas allein gelassen. Mit ihrer feinen Intuition hatte sie erspürt, dass ich mit ihm allein reden wollte. Thomas ließ mir Zeit, denn ich hatte Schwierigkeiten, einen Anfang zu finden. „Erinnerst du dich an den Tag, als Peter starb?" begann ich schließlich.

Thomas nickte. „Ziemlich genau sogar", sagte er.

„Wir haben früh im Garten gesessen und gemeinsam gefrühstückt", fuhr ich fort. „Erinnerst du dich daran, was Lydia anhatte?"

Thomas schaute mich verblüfft an. „Auf so eine Frage können nur Frauen kommen", meinte er. „Ich weiß weder was Lydia anhatte, noch was ich anhatte, noch ob ich überhaupt etwas anhatte. Ich könnte dir auch nicht sagen, was Martina anhatte, und die ist gerade zur Tür rausgegangen. Das Frühstück von damals ist aber sechs Jahre her!"

Naja, ich hatte eigentlich keine andere Antwort erwartet. „Frauen haben da offenbar eine andere Wahrnehmung und ein anderes Gedächtnis", sagte ich. „Und in diesem Falle könnte es von Bedeutung sein. Lydia trug an dem Morgen ein grünes T-Shirt und eine silberne Spangenuhr, deren Zifferblatt durch einen grünen Stein verdeckt wurde. Ich habe sie vorhin in ihren Sachen gefunden und mich dadurch erinnert. Warte mal!" Ich sprang auf und holte die Uhr aus dem Koffer.

Thomas drehte den Reif verwundert zwischen seinen Händen. „Ich habe den nie bewusst an ihr wahrgenommen", sagte er. „Sie hatte allerdings sehr viele Sachen, ich sah da nie durch."

„Ich habe ihn auch nur dieses eine Mal an ihr gesehen, aber er ist mir aufgefallen, weil er so schön ist. Kannst du dich erinnern, was an diesem Tag weiter passierte? Ich meine, was habt ihr, Lydia und du, am Nachmittag gemacht?"

Thomas musste nicht lange überlegen. „Wir waren bei Stefan und Birgit eingeladen", sagte er. „Damals standen wir ja kurz vor unserer Rückkehr nach Bödersbach und die Beiden freuten sich darauf, dann wieder regelmäßig Kontakt mit uns zu haben."

„War Lydia die ganze Zeit dabei?", hakte ich nach und Thomas sah mich sehr erstaunt an.

„Nein, das war sie nicht. Weißt du, vermutlich würde ich mich auch daran nicht mehr so genau erinnern, aber diesen Tag habe ich in meinen Gedanken noch oft Revue passieren lassen, und das nicht nur wegen Peter. Lydia hatte damals ein Verhältnis mit Holger, dem jungen Anwalt, mit dem wir befreundet waren. Du erinnerst dich sicher an ihn, wir waren doch mal alle gemeinsam in Gießen in einer Bar: Holger und seine Frau Ulla, du, Lydia und ich. Das zwischen Holger und Lydia ging schon eine ganze Weile und führte schließlich zu unserer Scheidung. Ulla und ich waren bis zum Schluss völlig ahnungslos. Immer wieder habe ich mich gefragt, wieso ich nichts bemerkt habe. Lydia war ziemlich schwierig und launisch damals, auch an dem Tag. Ich hatte ehrlich gesagt gestaunt, dass sie mit mir zu dem Treffen gehen wollte und nicht die Chance nutzte, mit dir und Mutter zum Einkaufen zu fahren. Wir unternahmen damals kaum noch etwas gemeinsam, aber ich hatte gehofft, das würde besser werden, wenn wir erst in Bödersbach sind. Sie wollte also tatsächlich mit zu Stefan und Birgit, doch als wir losgehen wollten, klagte sie plötzlich über Kopfschmerzen und legte sich hin. Ich kannte das schon und ging allein los. Irgendwann tauchte sie dann aber doch noch auf, ich hatte eigentlich gar nicht damit gerechnet. Wir sind geblieben, bis Mutters Anruf kam, dass etwas Schreckliches passiert wäre. Da sind wir sofort gekommen."

Thomas Worte ließen mich stutzen. Lydia hatte ein Verhältnis mit Holger gehabt? Das war mir neu. Ich würde später genauer danach fragen, jetzt ging es um Wichtigeres. Es fiel mir ohnehin schwer genug, fortzufahren. „Als ich Peter tot im Bad fand, lag da etwas auf der Spiegelkonsole neben der Badewanne, das dort nicht hingehörte. Es war eine Armbanduhr mit einem rosa Armband. Als Lydia mit dir auftauchte, trug sie ein Top in der gleichen Farbe. Du weißt vielleicht, dass sie ihre Uhrenarmbänder immer passend zur Garderobe auswählte."

Thomas nickte. „Diese Marotte konnte sogar einem Modemuffel wie mir nicht verborgen bleiben."

„Als man Peter abtransportiert hatte", fuhr ich fort „ging Lydia ins Bad und steckte die Uhr ein. Die habe sie heute früh hier liegen lassen, sagte sie zur Erklärung. Ich war viel zu durcheinander, um weiter darüber nachzudenken. Aber irgendwo in meinem Hinterkopf blieb immer so ein Gefühl der Unstimmigkeit. Und als ich heute das Silberarmband wiederfand, wusste ich weshalb. Lydia kann die

Uhr nicht am Vormittag vergessen haben, weil sie da eine ganz andere trug. Sie muss am Nachmittag noch einmal dort gewesen sein, was sie uns allen verschwiegen hat. Und sie muss im Bad gewesen sein. Aber warum? Hat sie Peter das Bad eingelassen und dazu die Uhr abgelegt? Sie wusste doch, dass der Boiler defekt ist...", meine Stimme begann zu zittern, ich konnte nicht weitersprechen.

Thomas war blass geworden. Er zweifelte keinen Augenblick an dem, was ich gesagt hatte. „Zeitlich käme das hin", sagte er. „Sie hätte die Möglichkeit dazu gehabt."

„Aber warum?", fragte ich verzweifelt. „Was wollte sie dort? Und wieso...", wieder versagte meine Stimme.

Thomas war kein Mensch voreiliger Schlüsse, er erwog seine Antwort gründlich. „Sie muss etwas vorgehabt haben", sagte er schließlich. „Sie muss das Haus gleich nach mir verlassen haben, das war sicher kein spontaner Entschluss. Es könnte gut sein, dass sie mit Peter alleine reden wollte. Weißt du, eure Hochzeit und euer Plan wegzuziehen haben ihr überhaupt nicht in den Kram gepasst. Mir ist das erst später richtig aufgegangen. Sie hatte nie vor, mit mir nach Bödersbach zurückzuziehen, weil sie ein gemeinsames Leben in Gießen mit Holger plante. Aber sie hatte ein schlechtes Gewissen gegenüber Mutter. Bei allem was sie tat, und sei es auch noch so unanständig, hatte sie immer den Ehrgeiz, makellos dazustehen. Deshalb wollte sie dich hier festhalten, um selbst frei zu sein. Vielleicht hatte sie an dem Nachmittag vor, nochmal mit Peter darüber zu reden. Um Worte war sie ja nie verlegen, und sie konnte sehr überzeugend sein. Sie hätte Peter zum Beispiel Mutters ganz besondere Bindung an dich erklären können, sie hätte versuchen können ihn zu veranlassen, zu dir nach Bödersbach zu kommen. Wäre er hergezogen, hätte sie nichts gegen eure Heirat gehabt."

Ich schüttelte den Kopf. „In dem Falle wären ihre Bemühungen aber aussichtslos gewesen. Peter hätte Julia seiner Schwester niemals wegnehmen können, und ohne sie wäre er nicht hergezogen. Da hätte Lydia reden können, so viel sie wollte. Aber deshalb hätte sie ihn doch nicht gleich umbringen müssen!"

„Was da passierte, war keinesfalls geplant", sagte Thomas sanft. „Lydia konnte weder den Wolkenbruch voraussehen, noch die Tatsache, dass Peter pudelnass wurde und ein heißes Bad brauchte. Aber sie scheint diesen Umstand genutzt, oder sich ihm zumindest nicht in den Weg gestellt zu haben. Peter wird schließlich nicht einfach an ihr vorbei ins Bad gelaufen sein, er wird höflich gefragt haben. Und sie hat ihn nicht gewarnt."

„Schlimmer noch", ergänzte ich „die Uhr auf der Konsole lässt vermuten, dass sie es war, die das Wasser einließ. Ich kann es trotzdem nicht glauben. Hatte sie in dem Moment vielleicht nicht an den defekten Boiler gedacht?"

„Mach dir nichts vor, Ulrike." Thomas klang resigniert. „Sie war selbst im Bad bewusstlos geworden, sie wusste Bescheid. Und sie hat uns allen verschwiegen, dort gewesen zu sein. Weshalb wohl?"

Ich stellte mir plötzlich vor, wie Lydia noch einmal an der geschlossenen Badtür lauschte und dann aus dem Haus schlich, und ein Frösteln lief mir über den Körper.

„Ich weiß wie schwer es ist, sich so etwas vorzustellen", sagte Thomas, als hätte er meine Gedanken erraten. „Ich war mal in der gleichen Situation. Damals musste ich ständig meine Tabletten gegen schwere Herzrhythmusstörungen griffbereit haben, die mich ganz plötzlich überfallen konnten. Aber eines Tages waren sie nicht an ihrem Platz. Sie fanden sich schließlich unter einem Schrank wieder. Ich bin nicht Newton, aber dass sie gegen alle Fallgesetze dorthin gelangt waren, war mir sofort klar. Frag jetzt bitte nicht, warum ich trotzdem bei Lydia geblieben bin. Zur Feigheit hat sich mit der Zeit noch ein gehöriger Schuss Masochismus gesellt, nach dem Motto: 'Selber Schuld, du hast nichts anderes verdient.' Aber das ist ja nun vorbei. Wir müssen überlegen, was wir mit deinen Erkenntnissen anfangen."

„Ich will einfach nur die Wahrheit wissen", sagte ich verzweifelt.

Thomas nickte. „Verständlich, doch das dürfte schwierig werden. Lydia wird alles abstreiten. Wie willst du da etwas beweisen, du hast schließlich keine Fotos gemacht."

Er hatte kaum ausgesprochen, als wir einander verblüfft ansahen. Das war die Lösung, denn es gab sehr wohl Fotos. Peter hatte an diesem Morgen die künftige Verwandtschaft fleißig fotografiert. Ich hatte keine Ahnung, ob diese Fotos je entwickelt worden waren, würde das aber schnell herausfinden können. Und dann gab es noch die Fotos der Polizei vom Bad.

Bereits am gleichen Abend rief ich Peters Schwester an. Zum Glück hatte ich einen guten Vorwand, Julias bevorstehenden Geburtstag. Erwartungsgemäß wünschte sie sich vor allem Bücher über das von ihr mit Begeisterung betriebene Reiten. Ich notierte mir ein paar Titel. Dann kam ich so ungezwungen wie möglich auf die Fotos zu sprechen. Peters Schwester wusste sofort Bescheid. „Natürlich haben wir die damals entwickeln lassen. Es sind ja die letzten Aufnahmen von ihm. Ich hatte auch für dich einen Satz Abzüge anfertigen lassen, war dann aber unsicher, ob sie dich nicht eher aufregen würden. Schließlich hat sich das Drama ja kurz danach in eurem Haus abgespielt. Wenn du sie jetzt aber haben möchtest, schicke ich sie gleich ab."

Die Fotos kamen bereits am übernächsten Tag bei mir an. Auf zwei Aufnahmen war Lydias Uhr deutlich zu sehen und ich hatte mich nicht geirrt: Es war die Spangenuhr mit dem grünen Stein.

Der nächste Besuch bei Lydia erforderte meine ganze Kraft. Es war der Tag von Dietrichs Urnenbeisetzung, der ich anschließend beiwohnen wollte, und es war der Tag, an dem ich die Wahrheit über Peters Tod erfahren sollte.

Das Wetter an diesem Tag machte dem November alle Ehre, es hätte grauer und trostloser nicht sein können. Unter meinem dunkelblauen Dufflecoat trug ich eine schwarze Hose und einen schwarzen Rollkragenpullover.

Lydia sah mich misstrauisch an. „Willst du etwa doch zu Dietrichs Beisetzung?", fragte sie sofort statt einer Begrüßung.

Ich nickte nur. Es war mir gleichgültig, dass es ihr nicht passte, so gleichgültig wie ihre Pseudoargumente, ich könne von Reportern belästigt und über meine Schwester befragt werden. Ich hatte Dietrich gemocht und wollte mich endlich von ihm verabschieden dürfen. Schlimm genug, dass zwischen seinem Tod und der Beisetzung fast 10 Monate vergehen mussten.

Lydia zog ein beleidigtes Gesicht, doch es berührte mich nicht. Was ich nun mit ihr zu besprechen hatte, würde sie auf keinen Fall freundlicher stimmen.

Ich hatte mir meinen Auftritt und meine Worte nicht nur sorgfältig zurechtgelegt, ich hatte regelrecht dafür geübt. Es lag schließlich nicht in meiner Absicht, durch auffälliges Benehmen die Aufmerksamkeit der uns überwachenden Beamtin auf mich zu ziehen. Meine Stimme klang beiläufig, als ich das erste Foto zu Lydia hinüberschob. „Erinnerst du dich an den Morgen mit Peter?", fragte ich. „Ich habe die Fotos gerade erst bekommen. Sieh mal, was für eine hübsche Uhr du da trägst. Die habe ich gerade in deinen Sachen wiedergefunden und mich erinnert. Nachmittags hattest du dann eine andere um, weißt du, die rosafarbene, die du im Bad vergessen hast."

Lydia begriff sofort. Ich sah die Fassungslosigkeit in ihrem Blick und das Zittern ihrer Unterlippe. Ihre Reaktion kam viel zu schnell und viel zu heftig: „So ein Unsinn. Ich hatte die gleiche um. Und vergessen habe ich sie auch nicht."

„Oh doch, Lydia", sagte ich sanft „da bin ich mir sicher."

Sie hatte sich wieder im Griff und wechselte plötzlich die Taktik. Das Lächeln, mit dem sie mich nun ansah, war honigsüß: „Die Uhr hat dir schon immer gefallen, nicht wahr, Ulrike? Weißt du was, ich schenke sie dir. Nimm sie dir einfach und trage sie."

Plötzlich fühlte ich mich in unsere Kindheit zurückversetzt. Genauso hatte sich Lydia jedes Mal verhalten, wenn sie sich meine Loyalität sichern wollte. „Das T-Shirt mit dem Pferdekopf magst du doch so, Ulrike, du kannst es haben!", hörte ich sie sagen. Und es hatte funktioniert, ich hatte für sie geschwiegen und manchmal sogar gelogen. Aber das war nun vorüber.

„Weißt du", sagte ich, „ich bin sicher mich richtig zu erinnern. Es gibt da auch ein Foto vom Nachmittag, eines auf dem das Bad drauf ist, ich werde das mal besorgen, nur so zum Vergleich." Mein Ton war immer noch leicht, obwohl es mich unendliche Mühe kostete. Die Beamtin schien nichts zu bemerken, sie wirkte gelangweilt von unserem Geplänkel. Lydia senkte den Kopf. Gleich wird sie in Tränen ausbrechen, dachte ich, das hat sie immer gemacht, wenn sie nicht weiter wusste. Doch als sie mich wieder ansah, waren ihre Augen trocken und ihr Blick fest und ruhig. „Lassen wir den Kinderkram mit den Fotos, Ulrike", sagte sie. „Es gibt Wichtigeres zu besprechen. Du musst mir einen großen Gefallen tun. Hole bitte meinen BMW aus der Garage und fahre ihn nach Hause. Die Schlüssel sind hier, ich habe das veranlasst."

Auf dieses Stichwort hin kam die Beamtin an den Tisch und legte mir zwei Schlüssel hin. „Für die Garage und für den Wagen", sagte sie. „Bitte quittieren Sie den Empfang hier." Automatisch unterschrieb ich. Dann wandte ich mich meiner Schwester zu.

„Lydia, können wir das nicht anders regeln", fragte ich. „Ich bin den Wagen nicht gewohnt…"

Lydia reagierte genervt. „Mein Gott, Ulrike, jetzt verschone mich mit deinen Phobien. Der Wagen ist fast neu und erstklassig in Schuss und die Strecke bist du schließlich schon gefahren. Wenn du das jetzt nicht packst, kannst du dir das Geld von der Fahrschule zurückgeben lassen. Ich muss die Garage hier freimachen, und bei euch zu Hause steht eine Garage leer!"

Das stimmte natürlich. Der Garagenstellplatz gehörte zu unserer neuen Wohnung und im Moment standen da nur mein Fahrrad und Mutters Rollator. Trotzdem hatte ich noch keinen endgültigen Entschluss in Bezug auf den Wagen gefasst, als ich Lydia verließ.

Lydia:

Meine Bitte an Ulrike, den Wagen persönlich abzuholen, kam ganz spontan. Da war nichts geplant und nichts vorherberechnet. Wieso auch? Der Gedanke kam mir so unvermittelt, wie ihre Drohung für mich kam. Ich hatte die Sache mit Peter längst verdrängt und nicht im Traum daran gedacht, sie könnte noch einmal zur Sprache kommen. Wie hatte Ulrike nach all den Jahren nur darauf kommen können? Es musste mit der Spangenuhr zusammenhängen, die sie in meinen Sachen gefunden hatte. Weshalb hatte ich das verdammte Ding nicht weggeworfen? Gemocht hatte ich die Uhr ohnehin nie, obwohl sie ein Geschenk von Holger war, allerdings eines mit negativem Vorzeichen. Er gab sie mir gewissermaßen als Abschiedsgeschenk, bei einem seiner zahlreichen Versuche, unsere Beziehung zu beenden. Dazu gab er noch so einen unmöglichen Spruch von sich, etwa des Inhaltes, unsere gemeinsame Zeit sei nun abgelaufen. Schon wenig später ließ er sich von mir allerdings wieder umstimmen.

Die Uhr gefiel mir nicht, ich mag überhaupt keinen Silberschmuck. Wieso ich sie an jenem Tag trotzdem trug, weiß ich nicht mehr so genau. Vermutlich war eine Prise Sentimentalität dabei, denn in dieser Phase schien sich für Holger und mich alles zum Guten zu wenden. Am liebsten wäre ich gar nicht mit nach Bödersbach gefahren, um Ulrikes künftigen Ehemann in Augenschein zu nehmen. Ich fühlte mich von ihrer Entscheidung wegzuziehen überrumpelt. Und die Selbstverständlichkeit, mit der Thomas mich als Ersatzbetreuung für meine Mutter ins Gespräch gebracht hatte, empörte mich. Da wurde im schönsten Einvernehmen der ganzen Familie meine Zukunft verschachert, ohne mich überhaupt zu fragen.

Als ich mit Mutter, Thomas, Ulrike und ihrem Langweiler von Verlobtem am Frühstückstisch saß, war ich in Gedanken von all dem schon weit entfernt. Wir hatten ein Sektfrühstück vereinbart, ich war allerdings die Einzige, die trank. Thomas warnte mich wegen der Hitze, doch ich hörte nicht auf ihn, ich wollte den Schwips, wollte allem einfach davonfliegen. Dies ist die Stunde der Pläne, dachte ich. Nur hat jeder seine eigenen. Ulrike und Peter planen ihre Hochzeit, Thomas plant einen Neubeginn mit mir in Bödersbach, Mutter plant, mir nach meiner Heimkehr gehörig auf die Nerven zu gehen – und ich, ich plane ein neues Leben mit Holger. In nur knapp einem Monat würde Thomas zur Kur fahren und danach würde ich ihn mit meinen Zukunftsplänen mit Holger konfrontieren. Diese Vorstellung erfüllte mich mit kribbelnder Erwartung. Über Thomas' Reaktion machte ich mir keine Sorgen, er würde sich vermutlich wortlos zurückziehen. Mit Mutter würde es schwieriger werden. Es dürfte mich einige Überzeugungsarbeit kosten ihr klarzumachen, dass ja in erster Linie Ulrike sie verlassen hatte und nicht ich.

Trotzdem blieb bei dem Gedanken an Mutter ein Rest von Unbehagen, den ich mit noch mehr Sekt wegzuspülen versuchte. Der Alkohol ließ mich weniger auf meine Worte achten, irgendwie kam es zwischen Peter und mir zu ein paar gereizten Äußerungen. Es kümmerte mich nicht sonderlich, Peter würde in meinem weiteren Leben ohnehin keine wichtige Rolle spielen. Und ich verspürte auch nicht die geringste Lust, beim Kauf des Brautkleides für Ulrike mitzuwirken. Mutter fing jetzt schon damit an, mich zu vereinnahmen. Um sie abzuschütteln, gab ich vor, mit Thomas die Einladung bei seinen Freunden wahrnehmen zu wollen. Birgit war eine Klassenkameradin von uns und arbeitete inzwischen als Assistenzärztin in der Kurklinik. Mit ihrem Mann Stefan wohnte sie in einem Reihenhaus ganz in der Nähe der Klinik zur Miete. Thomas hatte vorgeschlagen, dass wir ebenfalls in so ein Haus ziehen könnten. Ich solle es mir bei dem Besuch gleich mal ansehen. Dazu sah ich natürlich nicht die geringste Veranlassung. Ich würde dieses Haus ohnehin nie beziehen.

Kurz bevor wir losgehen wollten, schützte ich Unwohlsein vor. Wie immer bei unseren gemeinsamen Besuchen in Bödersbach wohnten wir im Haus von Thomas' Eltern, die sich diesmal auf einer Kurzreise befanden. Thomas machte eine vorwurfsvolle Bemerkung über meinen Alkoholkonsum am Vormittag, ging aber allein los.

Sofort nachdem Thomas das Haus verlassen hatte, rief ich meine alte Schulfreundin Monique an und verabredete mich mit ihr. Monique war frisch geschieden und neu verliebt, und ich konnte mir nicht verkneifen anzudeuten, auch bei mir würden sich bald Veränderungen ergeben. Ich neige nicht zu solchen Vertraulichkeiten, doch meine Verliebtheit in Holger machte mich redselig. Bei all der Heimlichkeit, die wir nun schon so lange wahren mussten, wurde mein Bedürfnis, mich jemandem mitzuteilen, langsam übermächtig. Voller Vorfreude machte ich mich sofort auf den Weg zu Monique und versäumte es dabei völlig, auf das Wetter zu achten. Anfangs hoffte ich noch, die aufgezogene schwarze Wolkenfront würde sich nicht entladen, bevor ich sicher bei Monique angekommen wäre. Doch dann kam sehr schnell böiger Wind auf und ich begriff, dass ich mich schleunigst in Sicherheit bringen musste, wenn ich nicht durchnässt werden wollte. Zufälligerweise befand ich mich gerade in der Nähe meines Elternhauses und rettete mich buchstäblich in letzter Minute dort hinein. Als ich die Haustür hinter mir zuzog, setzte mit lautem Prasseln ein gewaltiger Wolkenbruch ein.

In der Diele war es still und dunkel. Mutter und Ulrike waren mit Sicherheit schon unterwegs, doch Peter musste Mutters abergläubischen Anweisungen gemäß zu Hause geblieben sein, sonst wäre die Tür verschlossen gewesen. Ich hatte nicht die geringste Lust, ihm zu begegnen. Als ich noch darüber nachdachte, wie sich ein Zusammentreffen vermeiden ließe, kam er plötzlich tropfnass durch die Tür gewankt. Im ersten Moment erkannte ich ihn überhaupt nicht. Wahre Sturzbäche liefen aus seiner Kleidung und aus seinen Haaren, und seine Nase tropfte wie ein rapide vor sich hinschmelzender Eiszapfen. Sein Anblick machte mich lachen, doch der Mensch hatte wirklich keinen Funken Humor. Wehleidig jammerte er sofort los, wie unangenehm eine Erkältung für ihn wäre und ob ich ihm nicht ein heißes Bad einlassen könne. Er tat, als sei ich für seine Bedienung zuständig und das verärgerte mich ziemlich. Völlig auf sich fixiert, fragte er nicht mal, wieso ich überhaupt im Hause war.

Mit einer Handbewegung bedeutete ich ihm, mir zu folgen und lotste ihn nach oben in Ulrikes Bad. Weshalb ich nicht das Bad im Erdgeschoss benutzte? Weil ich die wandelnde Tropfsteinhöhle dann durch Mutters Wohnung hätte führen müssen. Auf der Treppe schien mir der angerichtete Wasserschaden überschaubarer.

Natürlich kam mir mein Beinahe-Unfall in den Sinn, als ich den Gasboiler über der Wanne aufdrehte. Ich hatte mir damals, während das Badewasser einlief, vor dem Spiegel die Augenbrauen gezupft und war plötzlich bewusstlos geworden. Im Fallen hatte ich den Badhocker umgestoßen, was Ulrike unverzüglich hereinstürzen und das Fenster aufreißen ließ. Es wurde jedoch nie völlig geklärt, ob wirklich der Boiler schuld war, da Mutter eine Durchsicht vehement verweigerte. Aber vielleicht hatte sie die inzwischen ja doch vornehmen lassen? Der Vorfall lag über ein Jahr zurück, was wusste ich schon, was sich inzwischen getan hatte?

Peter war mir sofort ins Bad gefolgt und versicherte, nun allein zurechtzukommen. Ich schloss die Badtür hinter mir und holte Eimer und Wischlappen aus der Kammer. Erst als ich mich gerade an die Beseitigung von Peters nassen Fußspuren machen wollte, schoss mir plötzlich ein Gedanke durch den Kopf. „Nur seine Spuren sind zu sehen, meine nicht", sagte ich mir, ohne die tiefere Bedeutung recht zu erfassen. Wie in Trance brachte ich Eimer und Lappen wieder fort, bemüht, nichts zu verändern.

Haben wir einen freien Willen? Ernstzunehmende Wissenschaftler verneinen das. Etwas, das sich meiner Kontrolle entzog, hatte meine Schritte bis hierher gelenkt. Und erst an dieser Stelle begann ich den Plan dahinter zu begreifen. Ganz leise schlich ich zur Badtür und lauschte. Das Wasser lief nicht mehr, doch auch sonst war kein Geräusch zu vernehmen. Ich räusperte mich. „Ist alles in Ordnung?", fragte ich. Im Bad blieb alles still. Also klopfte ich und fragte ein zweites Mal, diesmal lauter. Wieder keine Antwort. Da bin ich gegangen, so schnell und unauffällig wie möglich.

Auf dem kürzesten Wege begab ich mich zu Birgit und Stefan, wo man überrascht war, mich doch noch zu sehen. Ich behauptete, mein Unwohlsein sei nach dem kurzen

Unwetter wie weggeblasen gewesen, was Birgit gut nachvollziehen konnte. Monique hatte ich bereits von unterwegs angerufen und unser Treffen abgesagt.

Dass ich meine Uhr im Bad vergessen hatte, war mir ebenfalls schon unterwegs aufgefallen, doch ich konnte unmöglich zurück. Umso mehr bemühte ich mich, auf alle einen entspannten Eindruck zu machen. Ich ließ mir von Birgit das Haus zeigen, half Stefan beim Vorbereiten des Grills und war überzeugend überrascht, als der Anruf mit der Unfallnachricht kam. In Mutters Wohnzimmer verlebte ich zwei bange Stunden, bis die Polizei das Bad freigegeben hatte und Peters Leichnam abtransportiert worden war. Dann endlich konnte ich meine Uhr an mich nehmen. Niemandem ist damals etwas aufgefallen.

Es war ganz selbstverständlich, dass Ulrike nun bei Mutter blieb. Ich war erleichtert darüber, obwohl ich meine Schwester gleichzeitig mit einer Mischung aus Mitleid und Verachtung betrachtete. Nie hat sie für etwas gekämpft, sondern sich immer nur den Gegebenheiten untergeordnet. Ich habe ständig gekämpft, ich wollte frei und glücklich sein. Wenn andere dabei Schaden nahmen, so lag das durchaus nicht in meiner Absicht. Denn auch ich kam schließlich nicht ohne Blessuren davon, das unglückselige Ende meiner Beziehung zu Holger war einer der absoluten Tiefpunkte in meinem Leben.

Es gab keinen Plan, meine Schwester mit dem BMW verunglücken zu lassen, wie man es mir vielleicht unterstellen könnte. Ich hatte sie ursprünglich beauftragen wollen, die Schlüssel in der Werkstatt abzugeben und dabei auf das gestörte Bremsverhalten des Wagens hinzuweisen. Das hätte jeden Verdacht von mir genommen, mit der Manipulation – falls sie denn überhaupt als solche erkannt würde - etwas zu tun zu haben. Ich hätte behauptet, auch Dietrich bei der Abgabe des Wagens schon darauf hingewiesen zu haben. Vielleicht, sagte ich mir, ergäbe sich daraus ja sogar ein Entlastungsmoment für mich. Sähe es nicht so aus, als habe auch mir jemand nach dem Leben getrachtet? Der Gedanke hatte etwas Bestechendes, doch ich kam nicht dazu, ihn weiter zu verfolgen. Ulrikes plötzliche Anschuldigung wegen Peter stellte mich jäh vor ein völlig neues Problem. Was hatte Ulrike vor, wollte sie eine Doppelmörderin aus mir machen? Ihre in Anwesenheit der Vollzugsbeamtin nur dürftig verschleiert vorgebrachten Anschuldigungen versetzten mich in Panik. Als ich ihr den Auftrag gab, das Auto abzuholen, wollte ich eigentlich nur noch einen Themenwechsel erzwingen und ich wollte, dass sie so schnell wie möglich geht. Es musste ja nicht für immer sein, doch wenn es so wäre, hätte ich es in diesem Moment nicht bedauert.

Ulrike:

Ich hatte natürlich erwartet, dass viele Menschen zu Dietrichs Beisetzung kommen würden, aber mit diesen Massen hatte ich dann doch nicht gerechnet. Neben der Familie, Freunden und Anwaltskollegen waren auch viele Schaulustige gekommen. Falls sie auf einen Skandal gehofft hatten, wurden sie enttäuscht, die Trauerfeier verlief unspektakulär und würdevoll. Dietrich wurde als Mensch, Freund, Familienvater und Anwalt gewürdigt. Es schien, als habe es Lydia nie gegeben und auch auf die tragischen Umstände seines Todes gab es keinerlei Anspielung. Ich hörte die Rede außerhalb der Kapelle, gemeinsam mit all jenen, die drinnen keinen Platz gefunden hatten. Mir war das nur recht, ich wollte im Hintergrund bleiben. Nur von weitem sah ich Dietrichs Familie. Seine Tochter Carola wirkte völlig gebrochen, sie wurde von ihrer Mutter und einem jungen Mann gestützt. Ich erkannte die Renos und die Kanzleisekretärin Frau Goldschmidt, außerdem Holger Hagedorn und seine Frau Ulla. Erst vor kurzem hatte mir Thomas auf meine Nachfrage hin ihre Geschichte anvertraut, und es machte mich froh zu sehen, wie sich Ulla an Holger anlehnte. Offenbar hatten sie wieder Vertrauen zueinander gefasst.

Nach der Beisetzung wollte ich den Friedhof über einen Seitenweg verlassen, denn auf dem Hauptweg standen noch mehrere Gruppen im Gespräch, an denen ich nicht unbedingt vorbei wollte. Überrascht stellte ich fest, wie dunkel es unter den hohen Bäumen schon war. Nach ein paar Schritten befiel mich das unangenehme Gefühl, verfolgt zu werden. Ich drehte mich um und nahm gerade noch eine schemenhafte Gestalt wahr, die hinter einer hohen Hecke Deckung suchte. War nun doch noch ein Reporter hinter mir her? Ärgerlich beschleunigte ich meine Schritte und wechselte wie ein Hase, der Haken schlägt, zweimal abrupt die Richtung, indem ich in immer neue Seitenwege einbog. Plötzlich bemerkte ich, dass ich in eine Sackgasse gelaufen war. Links und rechts lagen große alte Wahlgrabstätten und vor mir versperrte ein schwarzer Marmorengel mit ausgebreiteten Flügeln den Weg. Er wirkte bedrohlich in der Dunkelheit, und im gleichen Moment vernahm ich links von mir ein lautes Rascheln. Gerade wollte ich erleichtert aufatmen, weil ich als Urheber einen Igel auf der Suche nach einem Winterquartier ausgemacht hatte, als sich eine Hand auf meine Schulter legte. Mein Aufschrei kam mir ziemlich laut vor, und er erschreckte wohl auch die grauhaarige ältere Dame hinter mir, die hastig ihre Hand zurückzog.

„Entschuldigen Sie bitte", stammelte sie „ich wollte Sie wirklich nicht erschrecken."

„Und wieso schleichen Sie mir nach?" Es kam unfreundlicher heraus, als ich beabsichtigt hatte.

Sie entschuldigte sich jedenfalls gleich nochmal. „Ich wollte einfach sicher sein", versetzte sie kleinlaut. „Sie sind Lydia Tanners Schwester, nicht wahr?"

Ich nickte knapp. Sie streckte mir ihre Hand entgegen. „Ines Helmchen, ich habe mich noch gar nicht vorgestellt." Sie entschuldigte sich zum dritten Mal. „Ich habe mal in Dr. Tanners Kanzlei gearbeitet."

Ich erinnerte mich vage an die Sekretärin, der wegen Parteiverrats gekündigt worden war. Hatte sie nicht Schriftstücke für ihre Freundin kopiert?

„Ich muss dringend mit Ihnen reden", sagte Ines Helmchen jetzt. „Können Sie vielleicht ein wenig Zeit erübrigen? Mein Wagen steht draußen, wir könnten zu mir fahren. Es ist nicht weit."

Eigentlich hatte ich keine Zeit, doch ein Gefühl sagte mir, dass es um etwas wirklich Wichtiges gehen musste. Ich willigte also ein und befand mich kurz darauf mit Ines Helmchen auf dem Weg zu ihrer Wohnung.

„Wer hat Ihnen eigentlich gesagt, dass ich Lydia Tanners Schwester bin?", fragte ich sie, als wir schon im Auto saßen.

Sie warf mir einen verschmitzten Seitenblick zu. „Niemand", antwortete sie. „Das habe ich selbst herausgefunden. Die Ähnlichkeit ist unverkennbar."

Verblüfft schwieg ich. Das hatte schon lange niemand mehr gesagt. Als junges Mädchen war ich sehr stolz gewesen, wenn jemand die Ähnlichkeit mit meiner schönen Schwester bemerkte. Lydia hatte mir dann allerdings jedes Mal einen Dämpfer versetzt: „Du bist höchstens die Ausgabe für Arme!" So richtig lustig fand ich das nie, obwohl sie wahrscheinlich Recht hatte. Neben ihr wirkte ich wie eine blasse Kopie.

Es war tatsächlich nicht weit bis zu Ines Helmchens Wohnung, sie lebte in einem hübschen Reihenhaus am Stadtrand. Das überraschte mich schon, Lydia hatte einmal erwähnt, sie sei nach ihrem Rausschmiss aus der Kanzlei völlig verarmt. Eine noch größere Überraschung erwartete mich beim Betreten des Wohnzimmers. „Das ist ja der reinste Dschungel!", rief ich angesichts der überbordenden Pflanzenpracht aus. Wie zur Bestätigung meiner Worte begann ein großer blauer Papagei in seinem Käfig schrille Pfiffe auszustoßen. Sein Alarm weckte einen dicken grauen Kater, der es sich auf dem Sofa gemütlich gemacht hatte. Er räkelte sich träge und blinzelte uns aus seinen gelben Augen an, ohne seinen Platz zu verlassen. Ich fühlte mich augenblicklich wohl. Der wunderbar nach Schokolade und Vanille duftende Yogi-Tee, den Fräulein Helmchen uns brühte, tat ein Übriges.

„Dieser Tee ist ein wunderbares Stärkungsmittel für Körper und Seele", meinte sie. „Und das werden wir beide brauchen – für das, was ich jetzt mit Ihnen zu besprechen habe. Ich habe Sie nämlich schon einmal gesehen, beim Verlassen von Dietrichs Kanzlei, an dem Tag, als er starb."

Meine Hand begann so heftig zu zittern, dass ich es kaum schaffte, die Teetasse abzustellen. „Ich war damals nur im Vorraum...", setzte ich zu einer Erklärung an.

Sie schnitt mir mit einer Handbewegung das Wort ab. „Sie sind wirklich ganz anders als Ihre Schwester, die hätte sofort abgestritten. Nun entspannen Sie sich mal. Was Sie in der Kanzlei wollten, können Sie mir immer noch sagen, nachdem Sie sich angehört haben, wieso ich an dem Abend dort war."

Erschöpft lehnte ich mich zurück, was der Kater als Aufforderung verstand, sich auf meinen Schoß zu legen. Gemeinsam lauschten wir Ines Helmchens Worten, er schnurrend, ich immer noch zitternd.

„Ich will ganz von vorn beginnen, sonst wird nicht verständlich, was ich zu sagen habe. Fast 20 Jahre habe ich mit Dietrich Tanner zusammengearbeitet, wir haben die Kanzlei zusammen aufgebaut, das war fast schon wie eine Ehe. Es war Ihre Schwester, die meine Kündigung verschuldet hat. Beweisen konnte ich das natürlich nicht, gewusst habe ich es aber immer. Es war ein völlig unsinniger Racheakt. Lydia fühlte sich unglaublich clever, dabei war sie im Grunde dumm, sie kriegte nicht mal mit, wer es gut mit ihr meinte und wer nicht. Damals hatte sie ein Verhältnis mit einem Mandanten, der war Schönheitschirurg und ein richtiges Ekelpaket. Der sah in einer Frau nur ein willenloses Stück Fleisch, vielleicht war das ja berufsbedingt. Von dem Grundsatz, dass ein Kavalier genießt und schweigt, hielt er jedenfalls auch nichts. Vielmehr hat er sich genüsslich, detailliert und wenig fein über die Liebesfreuden mit Ihrer Schwester ausgelassen. Ich war nicht gerade Lydias Busenfreundin, aber so viel weibliche Solidarität, um sie vor dem Kerl zu warnen, besaß ich dann doch noch. Sie hat meinen Wink überhaupt nicht verstanden, hat mich nur angeschnarrt, ich solle mich aus ihrem Privatleben heraushalten. Das habe ich dann auch getan, aber kurz darauf passierte der Skandal mit den kopierten Akten. Dr. Tanner hat nie wirklich daran geglaubt, dass ich das war, aber was sollte er machen? Ich hatte als Einzige ein Motiv. Annabell, die Ex-Frau des geschädigten Mandanten, war mehr als eine gute Freundin, wir haben uns geliebt. Der Mandant bestand auf meiner Entlassung, das war für ihn wohl eine zusätzliche Rache an Annabell. Ich habe verstanden, dass Dr. Tanner nicht anders handeln konnte. Er hat mich großzügig abgefunden, er war ein anständiger Mensch.

Meine Freundin war außer sich. Sie war selbst in verantwortlicher Position berufstätig und wusste wie man sich professionell verhält. Das Mandat ihres Mannes in unserer Kanzlei war deshalb nie ein Thema zwischen uns gewesen. Genau das wurde uns zum Verhängnis. Als sie die Kopien anonym zugestellt bekam, hat sie das mir gegenüber mit keiner Silbe erwähnt und sie gleich an ihren Anwalt weitergeleitet. Nicht im Traum wäre ihr eingefallen, dass sie aus unserer Kanzlei stammen könnten, sie dachte, ein unzufriedener Mitarbeiter ihres Ex-Mannes würde dahinter stecken. Im Nachhinein hat sie alles versucht, um den Schaden für mich zu begrenzen, aber es war einfach nicht möglich. Die Herkunft der Kopien ließ sich eindeutig nachweisen, weil eine für Dr. Tanner bestimmte, handschriftliche Anmerkung mitkopiert worden war.

Naja, mir ging es hinterher nicht mal schlecht. Ich bin zu Hause geblieben und habe von da aus den Bürokram für meine Freundin erledigt. Mich an Lydia zu rächen, daran habe ich eigentlich nie gedacht. Hass macht hässlich, wissen Sie, deshalb habe ich mich in meinem Leben nie damit aufgehalten. Aber man ist leider nicht alle Tage gleich.

Vor anderthalb Jahren starb Annabell ganz plötzlich. Ich war am Boden zerstört, es war, als wäre die Quelle meiner Kraft versiegt. Auf einmal bekamen all die hässlichen Erinnerungen und bitteren Gefühle neue Macht über mich. Das soll gewiss keine Entschuldigung sein. Ich hätte mich dieser Stimmung einfach nicht hingeben sollen, dann wäre es nie zu diesen scheußlichen Fotos gekommen."

Vor Verwunderung riss ich die Augen ganz weit auf: „Die Fotos von Lydia mit dem Vermieter der Finnhütte? Die haben Sie gemacht?"

Ines Helmchen hob abwehrend die Hände. „Bewahre! Das nun wirklich nicht. Ein junger, sportlicher Mann hat sie gemacht, sein Name tut nichts zur Sache. Er kam als Praktikant in die Kanzlei, da war Lydia auch schon da. Sie hat ihn allerdings nie beachtet. Praktikanten und Referendare passten nicht in ihr Beuteschema. Er ist dann leider zweimal durchs juristische Staatsexamen gefallen, das war ein schwerer Schlag für ihn. Sein Vater war ein hohes Tier beim Justizministerium und hat ihm mächtig Druck gemacht. Ich war ja sowas wie die Mutter der Kompanie in der Kanzlei und habe ihn wieder aufgebaut. Er ist dann Privatdetektiv geworden, hat sich aber nicht lange damit abgegeben, ungetreuen Ehepartnern nachzuspüren. Inzwischen ist er ein gefragter Experte für die Aufdeckung von Wirtschaftskriminalität und lebt überwiegend im Ausland. Mir gegenüber hat er eine große Anhänglichkeit bewahrt, und als er mich wieder mal besuchte und in so schlechter Verfassung antraf, sagte er: „Räche dich endlich an der Intrigantin, dann wird es dir besser gehen.“

Ich war nicht seiner Meinung, aber ein paar Einzelheiten über Lydia habe ich ihm trotzdem erzählt. Und als die Fotos nicht viel später kommentarlos in meinem Briefkasten landeten, da habe ich sie nicht vernichtet. Ich war lediglich entschlossen, sie nie einzusetzen. Irgendwie unlogisch, nicht wahr?“

„Wieso?“ Ich zuckte die Achseln. „Letztendlich haben Sie es ja offensichtlich doch getan.“

„Ja, aber aus ganz anderen Motiven heraus. Anfang dieses Jahres bekam ich Besuch von Sarah, das ist eine unserer Renos. Sie erzählte mir, dass Lydia Dietrich verlassen habe, wegen eines Schönlings von Professor, der für seine Affären mit Studentinnen berüchtigt sei. Dietrich sei darüber furchtbar unglücklich, es wirke sich sogar auf die Arbeit aus. Reihenweise müssten Mandanten abbestellt werden, weil er angeblich wichtige Vorgänge aufzuarbeiten habe, doch die Akten blieben unberührt auf seinem Schreibtisch liegen, während er nur stumpf vor sich hin starren würde.

Ich erschrak, denn ich wusste was das bedeutet. Dietrich hatte schon früher schubweise unter Depressionen gelitten, was nur wenigen Eingeweihten bekannt war. Nun war es also wieder so weit, und der Auslöser war zweifellos Lydia.

Ich habe ihm die Fotos anonym zugeschickt, weil ich ihm damit helfen wollte. 'Sieh dir an, was für ein Flittchen sie ist', wollte ich damit ausdrücken, 'an der hast du nichts verloren. Und ihrem neuen Liebhaber wird sie demnächst ebenfalls Hörner aufsetzen.'

Und es sah sogar so aus, als wäre mein Plan aufgegangen. Nur ein paar Tage später besuchte Dietrich mich überraschend. Er wirkte zwar etwas melancholisch, dabei jedoch ruhig und gefasst. In aller Form entschuldigte er sich dafür, mir mit meiner Entlassung damals schweres Unrecht zugefügt zu haben. Jetzt wisse er definitiv, dass Lydia die Urheberin gewesen sei. Geahnt habe er es damals schon, aber einfach nicht wahrhaben wollen. Ich sagte, dass ich ihn verstanden hätte, und es war die Wahrheit. Er war nun mal bis über beide Ohren in Lydia verliebt gewesen. Damals hatte ich ihm das sogar gegönnt, es schien ihm gut zu tun. Später hat es sich dann leider ins Gegenteil verkehrt.

Als er mich verließ, hatte ich ein gutes Gefühl, weil er so offensichtlich mit Lydia abgeschlossen hatte.

Am nächsten Tag nahm ich einen Schal von der Hutablage in meiner Diele und dabei fiel mir ein an mich adressiertes Päckchen entgegen, das ich noch nie gesehen hatte. Es enthielt 10000 Euro in bar und die kurze Nachricht von Dietrich, ich solle mir etwas Schönes kaufen und ihn in guter Erinnerung behalten. Da begriff ich schlagartig, dass er nicht nur mit Lydia, sondern auch mit seinem Leben abgeschlossen hatte. Ich habe mich sofort auf den Weg zu ihm gemacht."

„Aber Sie sind zu spät gekommen", sagte ich leise.

„Ja, ich bin zu spät gekommen. Tragischerweise vermutlich nur um eine halbe Stunde. Aber er war zweifelsfrei tot, kein noch so eilig herbeigerufener Arzt hätte ihm mehr helfen können. Dietrich war ein gründlicher Mensch, und auch den eigenen Tod hatte er gründlich vorbereitet. Auf dem Tisch lagen drei Briefe. Ich steckte sie ein, ohne richtig nachzudenken. Genauso automatisch wusch ich die Tasse ab. Warum ich das getan habe? Ich glaube, weil ich ihm seine Würde zurückgeben wollte. Der Gedanke, dass er sich wegen Lydia umgebracht haben könnte, war mir unerträglich. So würde vielleicht ein natürlicher Tod angenommen werden. Und ein bisschen wollte ich wohl auch mich selbst schützen. Irgendwo mussten diese verfluchten Fotos sein. Man würde sie finden, vielleicht ihre Spur zu mir verfolgen können. Dietrich hatte mir Geld gebracht, viel Geld. Sähe das nicht aus, als hätte ich ihn erpresst? Ich habe das in dem Moment nicht mit dieser Klarheit gedacht, aber irgendwo in meinem Unterbewusstsein rumorte es."

„Aber die Fotos waren doch zu dem Zeitpunkt gar nicht mehr dort. Soll Dietrich die nicht an Lydia geschickt haben?", wandte ich ein.

„Ja, aber das konnte ich nicht wissen. Übrigens bezeichnend für Dietrich, dass er sie Lydia zukommen ließ. Jeder andere Mann hätte sie an ihren neuen Liebhaber, diesen Professor Rittweger, geschickt. Aber Dietrich blieb ein Gentleman bis über den Tod hinaus.

Naja, als ich mit meiner Spurenbeseitigung fertig war und die Kanzlei schon verlassen wollte, da sah ich durch die Glastür plötzlich eine Bewegung. Eine blaugekleidete Gestalt verließ die Kanzlei, mehr war nicht zu erkennen. Ich bin zum Fenster geschlichen und habe zum Ausgang gespäht. Und dann sah ich Lydia herauskommen. Das heißt, ich glaubte dass es Lydia war. In Wirklichkeit waren Sie es." Sie sah mich bedeutungsvoll an.

„Aber Lydia und mich kann man doch überhaupt nicht verwechseln", entgegnete ich ungläubig. Mir wollte das nicht in den Kopf.

„Oh doch, man kann. Natürlich nicht, wenn Sie einem direkt gegenüberstehen. Ihr Haar und Ihre Augen sind heller als Lydias, ihre Züge sind feiner und Sie sind schlanker. Aber aus der Entfernung und bei diffuser Beleuchtung ist die Täuschung perfekt. Sie bewegen sich auf genau die gleiche Art und Weise wie ihre Schwester."

Ich stutzte. Es hatte eine Zeit gegeben, da hatte ich Lydia bewusst nachgeahmt. Ihre Gesten, ihr Lachen, ihre Art zu reden und zu gehen. Aber das war längst vorbei. Sollte es trotzdem immer noch Auswirkungen haben?

Ines Helmchen schien mir meine Zweifel anzusehen. „Sie können mir glauben", sagte sie. „Selbst bemerkt man so etwas gar nicht, doch für Außenstehende ist es offensichtlich. An dem Abend trugen Sie das Haar hochgesteckt, genau wie Ihre Schwester. Und dann dieser Mantel, der den sie auch heute tragen. Auf dem Foto, das am übernächsten Tag in den Zeitungen erschien, hatte Lydia den auch an. Sie besitzt den gleichen, nicht wahr?"

„Nein, sie hatte meinen an", erwiderte ich verdutzt.

„Sehen Sie, das hat die Illusion natürlich noch verstärkt. Die Zeugin, die Lydia gesehen haben will, hat sich keiner Falschaussage schuldig gemacht. Sie ist dem gleichen Irrtum erlegen, wie ich. Sie wusste ja nicht mal, dass Lydia eine Schwester hat. Ich wusste es, kannte Sie aber nicht und hätte an dem Ort auch niemanden anderen als Lydia vermutet."

„Dann war Lydia an dem Abend also gar nicht in der Kanzlei." Ich konnte es immer noch nicht fassen. „Sie und die Zeugin haben mich für Lydia gehalten, und ich hatte angenommen, dass der Schattenriss der Frau, den ich durch die Glastür gesehen hatte, Lydia gewesen sein könnte. Dabei waren Sie das. Das ist doch verrückt."

„Ja, irgendwie schon. Und das hatte Einfluss auf alles weitere, was dann noch passierte." Ines Helmchen räusperte sich, bevor sie fortfuhr. „Zu Hause sah ich mir die drei Briefe, die ich von Dietrichs Schreibtisch mitgenommen hatte, genauer an. Einer war an Edelburg Tanner, einer an seine Tochter Carola gerichtet. Die habe ich nicht angerührt. Der dritte war an die Polizei, und den habe ich geöffnet. Auf eine Straftat mehr oder weniger kam es nun nicht mehr an." Sie lächelte ironisch. „Der

Brief enthielt nichts Belastendes, im Gegenteil. Es war der typische Abschiedsbrief eines gewissenhaften Anwalts. Er habe aus freiem Entschluss gehandelt, hieß es, niemand habe ihn bedrängt und niemand habe ihm geholfen.

Ich habe dann erstmal abgewartet, was weiter geschehen würde. Dietrichs Ableben ging nicht wie erwartet als natürlicher Tod durch, und plötzlich war der Mordvorwurf gegen Lydia in der Welt. Den Schreckschuss habe ich ihr ehrlich gesagt gegönnt, aber weiter wollte ich es nicht treiben. Ich bin mit den Briefen in der Tasche zu Edelburg Tanner gefahren, um alles aufzuklären. Sie sollte es als erste erfahren, anschließend wollte ich zur Polizei.

Ja, und dann kam es ganz anders. Edelburg stand völlig neben sich, so kannte ich sie überhaupt nicht. Sie dachte, ich wollte ihr kondolieren und fing gleich an, ihr Leid zu klagen. Carola ginge es sehr schlecht, schwere Depression, Suizidgefahr. Sie wisse noch nichts von Dietrichs Tod und werde in der Klinik abgeschirmt.

Ich kenne Carola von Kindheit an und habe sie sehr gern, sie ist ein außergewöhnlich intelligentes, jedoch feinnerviges und sensibles Mädchen. Und sie hat die depressive Neigung ihres Vaters geerbt. Trotz ihrer überragenden Leistungen litt sie ständig unter Minderwertigkeitsgefühlen, Misserfolge konnten sie ziemlich aus der Bahn werfen. Ich nehme an, Ihre Schwester wird Ihnen Carola ganz anders beschrieben haben, doch glauben Sie mir, Carolas Kühle und Ironie waren nur Fassade, dahinter verbarg sich eine tief verwurzelte Angst.

Edelburg erzählte mir, was Lydia Carola angetan hatte, genau nach dem gleichen Schema, nach dem sie mich damals kompromittiert hatte. Und dann sagte Edelburg etwas Ungewöhnliches, geradezu Bestürzendes: 'Ich bin froh dass es Mord war, einen Selbstmord ihres Vaters würde Carola niemals verkraften.'

Sie erzählte mir, dass es unmittelbar vor Carolas Zusammenbruch eine Auseinandersetzung zwischen ihr und ihrem Vater gegeben hatte. Carola habe ihn angeschrien, er sei an allem Unglück schuld, weil er Lydia in die Familie geholt habe. Ihr Leben, ihre Arbeit, alles sei ruiniert, ihr Ruf in der Branche für immer zerstört. Sie wolle mit ihren Kindern weit weggehen und ihn nie wiedersehen. Wenn Carola die Nerven durchgingen, neigte sie zu solchen hysterischen Ausbrüchen. Sie hätte sich beruhigt und mit ihrem Vater versöhnt. Sie brauchte nur etwas Zeit. Das besonders Tragische ist, dass Dietrich an jenem Freitag im Februar in der Klinik angerufen hatte und Carola sprechen wollte. Sie hatte das verweigert, sie fühlte sich noch nicht zu so einem Gespräch in der Lage. Wenig später war er tot. Man hat das Carola lange verschwiegen und tatsächlich wirkte es sich verheerend auf ihren Gemütszustand aus, als sie es schließlich erfuhr. Sie leidet, weil sie ihn ohne ein Wort der Versöhnung sterben ließ, doch sie gibt sich wenigstens nicht die Schuld an seinem Tod. Denn ich bin gegangen und habe die Briefe wieder mitgenommen. Ich wollte Carola schützen."

Ines Helmchen schwieg eine Weile und auch ich schwieg. Ich musste erst verarbeiten, was ich gehört hatte. „Und jetzt?", fragte ich schließlich ratlos.

„Ich weiß es nicht", lautete die nicht weniger ratlose Antwort. „Ich habe zu lange gezögert. Ich dachte immer, die Lösung würde sich von allein ergeben. Lydia würde irgendwie entlastet werden und die Sache im Sande verlaufen. Doch das Gegenteil scheint der Fall zu sein. Dann wollte ich wieder abwarten, bis es Carola besser geht. Aber sie erholt sich nicht. Es ist wie verhext. Ich will Carola immer noch schützen und ich hege wahrhaftig keine Sympathien für ihre Schwester. Ich habe mein Zögern auch damit gerechtfertigt, dass ich Lydias Schuld in meiner Vorstellung größer machte. Immer wieder habe ich mich gefragt, was sie zu der Zeit in der Kanzlei gewollt hatte. Hätte sie Dietrichs Suizid verhindern können und hat es unterlassen? Hatte sie ihn sogar direkt dazu getrieben? Ich stellte es mir so vor. Doch als ich Sie heute auf dem Friedhof vor mir hergehen sah, da begriff ich, dass ich mir in dem Punkt etwas vorgemacht hatte. Da habe ich meinen Irrtum plötzlich erkannt. Und noch etwas wurde mir klar: Nicht nur Lydia hat unter der Mordanschuldigung zu leiden, sondern auch andere Menschen. Zum Beispiel Sie. Wie eine Aussätzige haben Sie heute auf dem Friedhof abseits gestanden – die Schwester der Mörderin. Und dabei hatten Sie und Dietrich ein gutes Verhältnis zueinander. Noch schlimmer wird es vermutlich Ihre Mutter treffen. Ich habe Ihnen mit meinem spontanen Handeln Kummer bereitet, es tut mir leid. Und auch Lydia habe ich natürlich Unrecht getan. Sie hat vielen Menschen geschadet, und sie trägt sicher eine moralische Schuld an Dietrichs Tod, doch sie hat nun einmal niemanden umgebracht."

„Doch, das hat sie." Meine Worte kamen genauso spontan wie meine Tränen. Es war ein Akt der Befreiung, von Peter zu erzählen. Ines Helmchen unterbrach mich kein einziges Mal. Danach saßen wir eine Weile einfach stillschweigend beieinander. Schließlich stand Ines Helmchen wortlos auf und legte mir drei Briefe in den Schoß. „Sie werden die richtige Entscheidung treffen", sagte sie. „Und wie immer sie ausfällt, ich werde sie akzeptieren."

Fassungslos starrte ich sie an. „Und wenn ich die Briefe vernichte?", fragte ich.

„Werde ich schweigen."

„Und wenn ich damit zur Polizei gehe und alles erzähle?"

„Werde ich es bestätigen."

„Wie können Sie mir derart vertrauen? Sie kennen mich doch überhaupt nicht!"

„Oh doch", lachte Ines Helmchen. „Besser als Sie glauben. Thomas hat mir vieles über Sie erzählt."

„Thomas? Wieso kennen Sie Thomas?"

„Wie sollte ich ihn nicht kennen? Er war, und er ist es noch, mit Holger und Ulla Hagedorn befreundet. Holger war einer der Referendare, die ich einstmals unter meine Fittiche genommen hatte. Nachdem die Sache zwischen Holger und Lydia passiert war, hat Thomas wie ein Löwe um Holgers und Ullas Ehe gekämpft. Lydia sei es nicht wert, dass sie sich ihretwegen trennen würden, hatte er gemeint und mich zur Bestärkung seiner Position herangezogen. In der Zeit hat er mich oft gemeinsam mit Ulla besucht, und wir drei haben stundenlang geredet. Zum

Glück hat es geholfen – Holger und Ulla haben sich wieder zusammengerauft. Und Thomas hat bei der Gelegenheit auch viel über Sie gesprochen – schließlich sind Sie sein goldener Schlüssel."

„Sein goldener Schlüssel?" Ich muss wohl recht ahnungslos ausgesehen haben, denn Ines Helmchen schüttelte missbilligend den Kopf.

„Kennen Sie keine Märchen?" Nein, kannte ich tatsächlich nicht, meine Eltern hatten uns nie welche vorgelesen, mein Märchenwissen war daher begrenzt. Ich mochte jedoch nicht näher nachfragen, es war fast Mitternacht und ich wollte unbedingt nach Hause. Ines Helmchens Angebot, bei ihr zu übernachten, hatte ich ausgeschlagen. Nun würde ich also doch den BMW nehmen. Eine Nachtfahrt bot den Vorteil leerer Straßen. Ich ließ mich zwei Querstraßen von der Kanzlei entfernt absetzen. Fräulein Helmchen und ich waren uns wortlos darüber einig, dass man uns nicht unbedingt zusammen sehen sollte. Zum Abschied drückten wir einander stumm die Hand.

Ich stand auf einer Brücke und warf die Schnipsel der drei Briefe in das dunkel unter mir dahinfließende Wasser. Wie müde Falter trudelten sie gemächlich abwärts. Die langsame, feierliche Handbewegung, mit der ich sie in den Fluss streute, war die gleiche, mit der ich damals Blütenblätter in Peters offenes Grab gestreut hatte.

Energisch schüttelte ich den Kopf und verscheuchte die Vision. Ich stand auf keiner Brücke, sondern saß in Lydias BMW, die drei kostbaren Briefe lagen neben mir auf dem Beifahrersitz.

Ich würde weder versuchen, Peter zu rächen, noch seiner Familie jemals von den wahren Vorgängen an jenem Unglückstag berichten. Es würde Peter nicht wieder lebendig machen und nur unnötig alte Wunden aufreißen. Lydia würde mit ihrer Schuld leben müssen, das sollte Strafe genug sein.

Gleich morgen früh würde ich einen weiteren Urlaubstag beantragen und dann zu Lydias Anwalt fahren. Er musste den besten Weg finden, die Briefe offiziell zu machen und Lydia damit vom Mordvorwurf zu entlasten. Ines Helmchen würde ich völlig heraus halten, niemand verdächtigte sie und so sollte es bleiben. Der Gefahr, selbst in den Verdacht der Unterschlagung der Briefe zu geraten, war ich mir bewusst. Vielleicht wusste Dr. Hoffmann ja einen Weg, das zu vermeiden. Konnten ihm die Briefe nicht anonym zugegangen sein? Einen Moment lang verspürte ich die Versuchung, sie ihm tatsächlich auf diese Art zukommen zu lassen. Doch gleich darauf erschien mir das viel zu riskant, womöglich gingen die Briefe auf dem Postwege verloren. Das durfte auf keinen Fall passieren.

Die Fahrt mit Lydias BMW war entspannter, als ich sie mir vorgestellt hatte, und mir blieb genügend Muße, meinen Gedanken nachzuhängen. Ich befand mich auf einer Landstraße zwischen zwei ausgedehnten Waldstücken. Am Straßenrand warnten Schilder vor Wildwechsel. Da das Autofahren nicht gerade meine Passion ist, fuhr ich betont vorsichtig und langsamer, als es zulässig war. Die Straße war frei, bis auf einen Jeep ein Stück vor mir. Wenn ab und zu ein Fahrzeug entgegenkam, konnte ich im Scheinwerferlicht die Schattenrisse zweier großer Hunde erkennen, die sich im Heck des Jeeps bewegten. Die Rasse war aus der Entfernung nicht auszumachen.

Plötzlich leuchteten die Bremslichter des Jeeps rot auf. Mehrere kräftige Schatten jagten vor ihm über die Fahrbahn, die Wildwechselschilder waren nicht grundlos vorhanden. Ich trat ebenfalls auf die Bremse. Erst als ich die Hunde im Heck des Jeeps bereits deutlich als Doggen identifizieren konnte, realisierte ich, dass mein Wagen nicht langsamer wurde. Auf der Gegenfahrbahn kamen Scheinwerfer entgegen, die Doggen vor mir schienen ihre Nasen an der Scheibe plattzudrücken und die Augen aufzureißen, als hätten sie die Gefahr meines auf sie zuschießenden Fahrzeuges erkannt. „Mein Gott, ich fahre direkt in die Hunde hinein", dachte ich noch, bevor ich das Steuer nach rechts riss.

Das grässliche Knirschen und Splittern von Metall und Holz war das Letzte, was ich bewusst wahrnahm. Ich kam kurz zu mir, als etwas Warmes, Nasses, Raues intensiv mein Gesicht bearbeitete.

„Hierher, hier liegt sie!" rief jemand und lobte die Hunde, die abwechselnd laut bellten und mein Gesicht und meine Hände leckten. Verwundert über die Helligkeit vor mir hob ich behutsam den Kopf. Der BMW hing lichterloh brennend zwischen mehreren Bäumen, die dadurch ebenfalls in Brand geraten waren. Ich wollte mich weiter aufrichten, wollte schreien, doch der Schmerz, der mich daraufhin durchraste war so grell, dass er alles wieder in gnädiges Dunkel tauchte.

Lydia:

Sie haben mich alle nur belogen, betrogen und benutzt, und nun lassen sie mich fallen wie eine heiße Kartoffel. Sie haben mich getäuscht und in Sicherheit gewiegt und ich war naiv genug, ihnen zu glauben.

Max Scholz schien mich bei aller Intimität, die zwischen uns herrschte, zu respektierten. Schon deshalb hätte ich ihm keinen Verrat zugetraut, und auch aus einem zweiten, ganz pragmatischen Grunde nicht: Max hatte erwähnt, verheiratet zu sein. Wir sprachen nicht näher darüber, doch ich stellte mir einen Hausdrachen mit Kittelschürze und Lockenwicklern vor, der keine Untreue tolerieren würde. Nun stellte sich heraus, dass Max gelogen hatte, er war seit über zehn Jahren geschieden. Das Demütigendste an seiner Lüge war seine Intention, mich damit auf Abstand zu halten. So, als hätte er sich vor meiner Zudringlichkeit schützen müssen. Als hätte ich es nötig, einem Mann wie ihm nachzustellen. Schlimmer noch war sein Leugnen, mir das Gift besorgt und am Tatabend eine Verabredung mit mir gehabt zu haben. Warum tat er das? Vielleicht wirklich nur um Distanz herzustellen, um auch nicht den Hauch eines Verdachtes aufkommen zu lassen, etwas mit dem Mord an meinem Mann zu tun zu haben. Er nahm jedoch kaltblütig in Kauf, mich dadurch umso schwerer zu belasten. Glaubte er etwa an meine Schuld?

Hatte vielleicht auch Roland an meine Schuld geglaubt? Sofort nach meiner Verhaftung hatte er sich meiner in einem geradezu rekordverdächtigen Tempo entledigt. Wie sich das auf meine Befindlichkeit auswirkte, war ihm offenbar gleichgültig. Und das nach all den Liebesschwüren und Zukunftsplänen der vergangenen Monate. Er war ein schwacher, charakterloser Mann, ein Typ, an den ich nicht zum ersten Mal geraten war.

Dass sich das gesamte Kanzleipersonal nun um Edelburg Tanner scharte, überraschte mich kaum. Solange ich Dietrichs Frau gewesen war, hatten sie mich hofiert, nachdem ich ausgezogen war, kaum noch gegrüßt. Sie waren mir allesamt zu unwichtig, um mich damit treffen zu können.

Wirklich tief getroffen hatte mich dagegen meine Mutter und das völlig überraschend.

In den ersten Wochen und Monaten meiner Untersuchungshaft hatte sie mir nur geschrieben, unbedarfte Briefchen in ihrer sauberen Schulmädchenschrift. Unerschütterlich glaubte sie an meine baldige Entlassung und malte sich allen Ernstes aus, wie ich dann nach Bödersbach kommen und zumindest in ihrer Nähe leben würde. Jetzt, wo ich doch weder Ehemann noch Wohnung hätte. Ich ging überhaupt nicht darauf ein, doch ihre Vereinnahmungsversuche machten mich wütend.

Nach den Enthüllungen über Max und das Gift in meiner Zuflucht herrschte eine Zeit lang Schweigen ihrerseits. Dann, kurz nach ihrem Umzug, tauchte sie plötzlich persönlich auf. Ich traute meinen Augen kaum, meine Mutter, die sich jahrelang geweigert hatte, auch nur einen Fuß vor die Tür zu setzen, besuchte mich. Auch sonst erkannte ich sie kaum wieder. Sie war modisch gekleidet und frisiert, was sie wesentlich jünger machte, und sie stützte sich nur leicht auf einen Stock, den sie eher wie ein elegantes Accessoire handhabte. Spontan erklärte sie, ihr verbessertes Befinden einer neuen Freundin zu verdanken, einer Chiropraktikerin mit geradezu magischen Fähigkeiten, die sie fast völlig von ihren Schmerzen befreit habe. Ich glaubte ihr kein Wort. Offenbar hatte sie ihr Leiden all die Jahre kultiviert, um meine Schwester und mich damit in Schach zu halten und ihren Wünschen gefügig zu machen. Während ich mich noch fragte, was sie bewogen haben mochte, diese Strategie aufzugeben, ließ sie schon die nächste Bombe platzen. Mit gut gespieltem Bedauern begann sie von ihrem Schuldanteil an meiner Misere zu sprechen. „Ich hätte diese engen Kontakte zwischen dir und deinem Vater nie zulassen dürfen. Er hat dich auf einen falschen Weg gebracht, du warst zu jung, das zu durchschauen. Ich habe es gut gemeint, er war schließlich dein Vater und ich glaubte, du hättest ein Recht ihn zu treffen. Dabei hätte ich wissen müssen, wie verheerend sein Einfluss sein würde. Bei ihm wirkte alles leicht und charmant, sein Egoismus, seine permanente Untreue, seine Verschwendungssucht. Du hast die Schattenseiten nicht gesehen und in deiner kindlichen Naivität nach genau so einem Leben gestrebt. Das war dein Unglück, davor hätte ich dich warnen müssen."

Ich war wie vor den Kopf geschlagen. Sie hatte es also gewusst? Sie hatte die Kontakte zu meinem Vater nicht nur geduldet, sondern vermutlich sogar eingefädelt. Wie hatte ich nur so dumm sein können, das nicht zu durchschauen, auch im Nachhinein nicht, als ich kein Kind mehr war, sondern eine Frau mit einiger Lebenserfahrung. Ungeheuer schlau war ich mir vorgekommen, weil ich das Versteckspiel so perfekt beherrscht hatte. Dabei war es viel zu perfekt gewesen, um allein von mir gesteuert zu sein. Schließlich war ich mit meinem Vater sogar mehrfach übers Wochenende oder für ein paar Tage in den Ferien verreist, ohne dass Misstrauen geäußert worden war. Meine Ausrede, die Eltern einer Freundin

würden mich mitnehmen, hatte Mutter nicht nur hingenommen, sondern sogar enthusiastisch unterstützt. „Wie
schön, dass Lydia solche Kontakte hat", pflegte sie zu
schwärmen, während mein Stiefvater griesgrämig
schwieg. „Da sieht man mal wieder, wie beliebt sie ist."
Nie hatte sie meine Angaben kontrolliert, was ja eigentlich nahe gelegen hätte, im Gegenteil, sie hatte mir
signalisiert, wie sicher ich mich in dieser Hinsicht fühlen
durfte. „Ich finde die Vorstellung fürchterlich, dass
manche Mütter ihren Töchtern regelrecht nachspionieren
müssen, um nicht von ihnen belogen zu werden. So etwas
habe ich nicht nötig, ich weiß, dass ich meinen Kindern
vertrauen kann", stellte sie mir immer wieder eine
Blankovollmacht für weitere Eskapaden aus. Auch meine
Angst, sie könnte die Eltern der von mir vorgeschobenen
Freundin – angesehene Geschäftsleute – ansprechen,
wusste sie zu besänftigen. „Ich werde mich diesen Leuten
nicht aufdrängen, sie sollen nicht den Eindruck gewinnen,
ich wolle die Freundschaft meiner Tochter ausnutzen."
Das machte alles unkompliziert, Monique log mit Wonne
für mich und nahm die Grüße und Danksagungen meiner
Mutter an ihre Eltern mit artigem Lächeln entgegen.

Immer neue Episoden fielen mir ein, die die Komplizen-
schaft meiner Mutter belegten. Die Sachen, die mein
Vater mir kaufte, T-Shirts, Schuhe und Modeschmuck,
nahm sie selbstverständlich als von meinem selbstverdienten Geld erworben hin. Dabei konnte jeder mühelos
ausrechnen, dass meine minimalen Einkünfte niemals
dafür ausgereicht hätten. Und als es einmal richtig
brenzlig wurde, lieferte sie mir selbst die entscheidende
Ausrede. Mein Vater hatte mir den Wunsch nach einer
teuren Designer-Wildlederjacke erfüllt, die ich vor den
Augen der Eltern vorsorglich verborgen hielt, ich ließ sie
in meiner Zuflucht. Und dann lief ich ihnen mitten in der

Stadt plötzlich damit über den Weg. Ich hatte vergessen, dass mein Stiefvater einen Arzttermin hatte und Mutter ihn begleitete. Der Ton der Frage meines Stiefvaters nach der Herkunft des teuren Stückes verhieß nichts Gutes, mir fiel so rasch keine plausible Erklärung ein, als ich Mutter plötzlich honigsüß flöten hörte: „Na von Monique natürlich, ich habe früher auch immer mit meinen Freundinnen die Sachen getauscht." Damals war ich zwar erleichtert, hielt meine Mutter aber für ausgesprochen dämlich, da sie in Monique offenbar so etwas Ähnliches wie den Weihnachtsmann sah. Jetzt erst begriff ich, wie raffiniert sie in Wirklichkeit gewesen war. Mein Kontakt zu meinem Vater entsprach ihren ureigensten Interessen. Enttäuscht von ihrem zweiten Ehemann suchte sie nach einer Brücke, die zu ihrer großen Liebe zurückführen könnte und verfiel logischerweise auf mich. Doch sie weihte mich nicht ein, ließ mich im Glauben, ständig etwas Verbotenes zu tun, mit allen damit verbundenen Ängsten und Unsicherheiten. Es war eine perfide Strategie, so wollte sie sicherstellen, dass ich ständig auf der Hut blieb und mich vor meinem Stiefvater nicht verriet. Wäre es jedoch herausgekommen, hätte sie sich unwissend stellen können und aller geballte Zorn hätte sich über mir entladen: Stiefvaters sehr realer und Mutters hervorragend gespielter.

Ohne Rücksicht auf meine Gefühle hatte Mutter mich benutzt. Und ich, das im Grunde ohnmächtige Kind, hatte Allmachtsphantasien entwickelt: Ich hatte Geschmack gefunden am Versteck- und Ränkespiel, ich hatte den Erfolg meiner eigenen List zugeschrieben und mich schließlich für unverwundbar gehalten. Nicht mein Vater hatte mich verdorben, der offen zu seinem unkonventionellen, genussorientierten Lebensstil stand, sondern meine Mutter, die in mir die Lust am doppelten Spiel weckte und meine Illusionen nährte, darin perfekt zu sein. Das hatte mich leichtfertig gemacht. Wo ich glaubte, den Kurs meines Lebens zu bestimmen, hatten andere im Hintergrund die Fäden gezogen und ich hatte es nicht einmal bemerkt.

Und noch etwas machte mich unglaublich zornig: Die Tatsache, dass meine Mutter mich offenbar aufgegeben hatte und nur noch an ihrer eigenen Ehrenrettung arbeitete. Eifrig strickte sie am Mythos der guten Mutter, die immer das Beste für ihr Kind gewollt hatte, das ihr dann aber durch den verderblichen Einfluss des Ex-Mannes entglitten war. Ich sah sie förmlich vor mir, wie sie selbstgefällig im Kreise ihrer neuen Freundinnen hockte und deren Trost wie Honigseim in sich aufsog: „Du kannst doch nichts dafür, du hast dir doch alle Mühe mit dem Kind gegeben." In diesem Moment begann ich sie zu hassen. Und ich hasste auch Ulrike, die ebenfalls schon lange eifrig an ihrer eigenen Überlebensstrategie feilte. Dafür sprachen ihre neu aufgewärmte Beziehung zu Thomas ebenso wie ihr Beharren, gegen meinen Wunsch an Dietrichs Beerdigung teilzunehmen. Ich stellte mir vor, wie sie mit demütiger Dankbarkeit die Absolution der versammelten Trauergemeinde entgegennahm: „Kommen Sie doch näher Kindchen, Sie können doch nichts dafür. Sie sind doch die Gute, die arme Schwester der bösen Mörderin." Letztendlich würden sie alle beieinander hocken: Mutter, Ulrike und Thomas, sich gegenseitig tröstend und mich verdammend. Vielleicht kämen ja auch noch Holger und Ulla vorbei, nun, da die gemeine Ehebrecherin unschädlich gemacht und ihrer gerechten Strafe zugeführt worden war. Peters Verwandtschaft würde das natürlich genauso sehen, nachdem sie von Ulrike über den wahren Unfallhergang im Bad aufgeklärt wurde. Und hoch über dieser großen, vor Selbstgerechtigkeit triefenden Familie schwebte Dietrichs Tochter Carola als diskreter Racheengel, dem weder die Anstiftung zum Mord an ihrem Vater noch die Bestechung der Zeugin je nachzuweisen sein würden. Bei dieser Vorstellung wurde mir so übel, dass ich mich mehrfach übergeben musste. Nie in meinem Leben hatte ich Mordgelüste verspürt, Peters Tod war mehr oder weniger ein Versehen gewesen. Doch jetzt hätte ich mit Wonne sogar einen Massenmord begangen und die ganze verlogene, spießige Bagage in die Luft gesprengt. Schmerzhaft empfand ich meine Ohnmacht, ich hatte ja keinerlei Ansatz dafür, den Mordvorwurf gegen mich zu entkräften. Alles in mir bäumte sich gegen diese schreiende Ungerechtigkeit auf, alles hätte ich in diesem Moment getan, um mein Schicksal zu wenden.

Und dann kam sie, meine allerletzte ganz große Chance: Als ich seinen betroffenen Blick sah, wusste ich sofort, was Dr. Hoffmann mir mitzuteilen hatte. Ich bemühte mich, möglichst unbefangen zu erscheinen. „Ihre Schwester hatte einen schweren Unfall", begann er vorsichtig. Über Details konnte er mir dann letztendlich wenig sagen, auch nicht über Ulrikes Zustand. Nur dass es wohl sehr ernst sei.

Ich wusste, dass ich mir nun nicht mehr den geringsten Fehler erlauben durfte. Abzuwarten, bis Ulrike tot war, wäre so ein Fehler gewesen, er hätte meine Glaubwürdigkeit vermindert. Es musste vielmehr deutlich werden, dass ich ihre eventuelle Genesung und ihren Widerspruch gegen meine Darstellung bewusst in Kauf nahm. In Gegenwart von Dr. Hoffmann und zwei Kriminalbeamten machte ich meine entscheidende Aussage, und alles, was ich zu Protokoll gab, passte nahtlos zueinander:

„Ich möchte mich zunächst dafür entschuldigen, dass ich Sie alle so lange getäuscht und belogen habe, vor allem bei Ihnen, Dr. Hoffmann. Doch ich habe es aus Liebe zu meiner Schwester getan, weil ich mich für sie verantwortlich fühle und weil ich sie beschützen wollte. Ich wäre sogar für sie ins Gefängnis gegangen. Erst durch Ulrikes schweren Unfall habe ich begriffen, auf welch falschem Weg ich mich damit befinde. Ich glaube nicht an einen Unfall, ich denke vielmehr, Ulrike hat die Last ihrer Schuld nicht mehr ertragen und wollte sich auf diese Art aus dem Leben und der Verantwortung stehlen. Da wurde mir klar, dass ich ihr nicht wirklich helfen kann, wenn ich weiterhin alles von ihren Schultern auf meine nehme. Sie wird sich mit dem, was sie getan hat, auseinandersetzen müssen, und ich will einen ersten Schritt tun, indem ich endlich die Wahrheit sage.

Gestatten Sie mir jedoch, ganz von vorn zu beginnen. Ulrike und ich hatten eine schwere Kindheit. Ich weiß wie das klingt, auf eine schwere Kindheit reden sich doch heute die meisten Straftäter heraus, das ist ja geradezu in Mode. Bei uns verhielt es sich jedoch wirklich so. Meine Mutter war krank und lebensuntüchtig, mein Vater ein Trinker und unser Haus eine Messiehöhle. Sehr früh lastete alles auf mir, ich musste meiner Mutter helfen, nach innen die notwendigste Ordnung und nach außen die Fassade aufrecht zu erhalten. Sie verlangte sogar von mir, ich solle meinen Vater vom Trinken abhalten.

In diesem Chaos hatte niemand Zeit für meine drei Jahre jüngere Schwester Ulrike und so kam es, dass ich auch für sie die Verantwortung übernahm. Ich kümmerte mich um ihre schulischen Leistungen, kaufte ihr Anziehsachen von meinem selbstverdienten Geld und organisierte ihre Geburtstagsfeiern. Dadurch wurde ich für sie mehr als nur eine ältere Schwester, ich war ihre Ersatzmutter und wie ein Kind liebe ich sie auch."

Ich zog ein Taschentuch aus meinem Ärmel, wischte mir kurz über die Augen und fuhr dann fort.

„Dabei war ich selbst noch ein Kind und hatte natürlich keine Ahnung von Pädagogik. Weil mir Ulrike so wichtig war, verzog und verwöhnte ich sie auch. Sie nahm es bald als selbstverständlich hin, alles von mir zu bekommen und konnte sehr ungezogen werden, wenn ihr einmal ein Wunsch versagt wurde. Dann geriet sie richtig außer sich. Stellen Sie sich vor, sie hat sogar mein Tanzstundenballkleid mit der Schere zerschnitten, nur weil ich es einmal selbst tragen wollte, bevor ich es ihr schenkte. Ich habe ihr solche Entgleisungen immer schnell verziehen, und so wurde es zunehmend schlimmer mit ihr. Ich habe das aber nicht wahrhaben wollen.

Richtig aufgewacht bin ich erst, als die Sache mit dem Hund unserer Mutter passierte. Ulrike drängte unsere Mutter auf den Verkauf unseres Grundstücks, doch Mutter wollte das nicht. Sie hing an ihrem Elternhaus und wollte dort bleiben, auch deshalb, weil sie ihren geliebten Hund nicht mit in eine andere Wohnung nehmen konnte. Da ging er plötzlich ein. So plötzlich, dass es schon auffällig war. Ich schöpfte Verdacht, durchsuchte Ulrikes Sachen, schließlich kannte ich ihre besonderen Verstecke noch aus unserer Kindheit, und fand das Fläschchen mit dem verdächtigen Pulver. Nachdem ich es an mich genommen hatte, bat ich meinen Ehemann Dietrich Tanner darum, eine Probe analysieren zu lassen. Der Vorgang und das Ergebnis sind Ihnen bekannt. Ich versteckte das Gift in der Finnhütte auf dem Grundstück von Maximilian Scholz mit der Absicht, es irgendwann zu entsorgen. Doch da mir das nicht so einfach erschien, verdrängte ich es einstweilen. Es tut mir leid, dass ich fälschlich behauptet habe, Maximilian Scholz hätte das Zyankali besorgt. Mir fiel einfach keine andere Lösung ein. Zuzugeben, dass es von meiner Schwester stammte, hätte bedeutet, auch den Mordverdacht auf sie zu lenken. Bei Herrn Scholz bestand diese Gefahr nicht, er hatte ja ein Alibi. Meiner Mutter habe ich meine Entdeckung natürlich verschwiegen, sie hätte ja wohl einen Herzanfall erlitten, wenn sie erfahren hätte, dass ihre eigene Tochter ihren Hund vergiftet hat. Auch ich war entsetzt über Ulrikes skrupelloses und kaltblütiges Verhalten. Es kam jedoch noch schlimmer.

Gleich nachdem der Kaufvertrag für das Grundstück unterzeichnet war, ging Ulrike davon aus, über die Hälfte der Erlössumme frei für sich verfügen zu können und ließ sich für eine Eigentumswohnung vormerken. Dabei stand ihr das Geld überhaupt nicht zu, mein Stiefvater hatte in seinem Testament mich bedacht. Während seiner Krankheit, die schließlich zu seinem Tode führte, hat er immer wieder darüber gesprochen, dass er viel falsch gemacht und an seinen Kindern versäumt habe. Mit dem Erbe wollte er mir für meinen Einsatz für die Familie und für Ulrike danken. Doch Ulrike war es nun mal gewohnt, immer ihren Willen zu bekommen, und ich habe dem Kauf der Wohnung dann tatsächlich zugestimmt. Ich war ja in meiner Ehe versorgt und benötigte das Geld nicht unbedingt. Das änderte sich leider, als Dr. Tanner und ich uns trennten. Über die Umstände, die dazu führten, habe ich immer die Wahrheit gesagt, ich möchte das daher nicht wiederholen. Doch nun war meine materielle Situation plötzlich ziemlich prekär. Ich bat Ulrike deshalb, mit der endgültigen Entscheidung über den Kauf der Wohnung noch ein paar Wochen zu warten, bis ich mein

Leben neu geordnet hätte. Ich wollte zumindest wieder Arbeit und eine Wohnung haben, um meine finanzielle Situation einigermaßen überblicken zu können. Doch Ulrike interessierten meine Probleme nicht, sie war total stur und uneinsichtig. Am 11. Februar war ich zu ihr nach Bödersbach gefahren, um ihr meine Situation zu erklären und sie um etwas Geduld zu bitten. Sie wurde richtig hysterisch und bestand auf dem sofortigen Kauf der Wohnung. Am 13. Februar kam sie deshalb nach Gießen, um mir ein entsprechendes Zugeständnis abzuringen. Das heißt, sie kam erstmal nicht, sie tauchte zur verabredeten Zeit nicht auf. Ich hatte jedoch inzwischen wegen der Fotos eine Verabredung mit Herrn Scholz getroffen. Alles, was ich bisher dazu ausgesagt habe, entspricht der Wahrheit. Herr Scholz hat es nicht abgelehnt, mich zu treffen, wie er später fälschlich behauptet hat, er hatte dem Treffen jedoch sehr zögerlich und lustlos zugestimmt. Und er hat es sich ja dann offensichtlich auch wieder überlegt. Ich bin jedenfalls zu der Finnhütte gegangen und war gegen 17:30 Uhr dort. Für meine Schwester hatte ich gut sichtbar einen Zettel an der Haustür hinterlassen. Ich erklärte, mir sei plötzlich etwas Wichtiges dazwischengekommen und bat sie zu warten. Auch ich habe auf Herrn Scholz gewartet – allerdings nicht so lange, wie ich in den ersten Vernehmungen angegeben habe. Mir war nach 20 Minuten klar, dass er nicht kommen würde. Es war erst Viertel nach sechs, als ich wieder am Haus von Professor Rittweger ankam. Von meiner Schwester war keine Spur zu entdecken, aber der Zettel war auch weg. Also war sie da gewesen. Ich ging um das Haus herum, sie war jedoch nirgends zu sehen. Plötzlich kam mir der Gedanke, sie könnte zu Dietrich in die Kanzlei gegangen sein, um mit ihm zu reden. Sie war nämlich der Meinung, er müsse mich so weit finanziell absichern, dass ich das Geld aus dem Grundstücksverkauf nicht benötigen würde. Ich wollte das natürlich nicht, doch Ulrike war in ihrem Egoismus offenbar sogar distanzlos genug, sich direkt an meinen Mann zu wenden.

Es war nur zehn Minuten später, also ca. gegen 18:30 Uhr, als ich in der Kanzlei ankam. Die Tür war offen und es brannte Licht, doch alles war merkwürdig still, keine Stimmen, keine Geräusche, nichts. Ich rief im Flur Dietrichs Namen und gleich darauf trat meine Schwester aus der Küche. Erst später begriff ich, dass sie dort gewesen war, um die Tasse abzuwaschen und Spuren zu beseitigen. 'Wo ist Dietrich?' fragte ich und trat in sein Arbeitszimmer. Ich sah ihn da liegen und wollte zu ihm stürzen, doch Ulrike, die mir gefolgt war, hielt mich am Arm zurück. 'Rühr ihn nicht an', zischte sie 'da ist nichts mehr zu machen.'

'Wir müssen sofort einen Arzt rufen' sagte ich aufgeregt, doch sie hielt mich einfach weiter fest.

'Er ist tot', sagte sie 'und wenn du hier jetzt weiter Theater machst und Leute zusammentrommelst, werde ich behaupten, dass du es warst. Ich weiß, dass du mir das Gift entwendet hast.'

Da begriff ich, was passiert war, und stand völlig unter Schock. Ich habe Ulrike nur angeschrien, sie solle sofort verschwinden. Das hat sie dann auch getan und vermutlich den Hinterausgang benutzt. Sie kannte sich ja im Haus aus, sie hatte mich öfter besucht. Ich weiß nicht, wie lange ich noch völlig aufgelöst neben meinem toten Mann gestanden habe. Es waren wohl nur Minuten, doch mir erschien es wie eine Ewigkeit. Mir gingen tausend Gedanken durch den Kopf, doch irgendwie war mir sofort klar, dass ich das Geschehene vertuschen musste. Ich hätte nicht ertragen, wenn Ulrike angeklagt worden wäre. Ich fühlte mich auch mitschuldig an ihrer Wahnsinnstat, weil ich ihr das Geld verweigert hatte. Ohne mir Gedanken darüber zu machen, ob ich gesehen werde, habe ich die Kanzlei verlassen. Dabei hat mich die Zeugin dann ja gesehen.

Ich hatte geglaubt, Ulrike sei nicht mehr da, doch sie hatte am Haus auf mich gewartet. Sie wollte offenbar sichergehen, dass ich sie nicht verrate. Am nächsten Tag hat sie mir erzählt, was zwischen Dietrich und ihr vorgefallen war. Ich wollte es gar nicht hören und kann es auch nicht in allen Einzelheiten wiedergeben. Aber es war, wie ich vermutet hatte. Dietrich sollte sicherstellen, dass ich kurzfristig genug Geld erhalte, um ihr die gewünschte Summe aushändigen zu können. Als er das verweigerte, vergiftete sie ihn. Nun würde ich ihn ja beerben und hätte keine Geldsorgen mehr, meinte sie zynisch. Ich war entsetzt über ihre Kälte, aber ich habe alles getan, um sie zu decken, bis an die Grenze des Erträglichen. Sie ist doch so etwas wie mein Kind, der liebste Mensch den ich habe."

Ich weinte nun haltlos, es waren echte Tränen, Tränen der Erleichterung. Ich hatte es geschafft, geschafft, geschafft! Sie hatten mich vernichten wollen, doch ich war klüger gewesen. Nicht einmal die von Carola bestochene Zeugin konnte mir mehr schaden. Ich hatte sie in meine Erklärung eingebaut und ihr so den Wind aus den Segeln genommen. Es war riskant, doch es war die einzige Möglichkeit gewesen. Ganz allmählich kam eine große Ruhe über mich. Man würde meine Aussage nicht widerlegen können. Ulrike hatte ein einleuchtendes Motiv und sie hatte kein Alibi, schließlich hatte sie eineinhalb Stunden in der dunklen Rhododendronlaube gehockt und schafsgeduldig auf mich gewartet. Und sie würde vermutlich keine Gelegenheit mehr haben, zu widersprechen. Falls das wider Erwarten doch der Fall sein sollte, dann stünde Aussage gegen Aussage. Zwei Mörderinnen würde man nicht verurteilen können, also kämen wir beide glimpflich davon. Ulrike hatte dabei auf jeden Fall die schlechteren Karten, ihren Unfall als Selbstmordversuch hinzustellen war ein genialer Schachzug von mir gewesen. Der Wagen solle völlig ausgebrannt sein, hatte ich gehört, da würde sich nichts Verdächtiges mehr nachweisen lassen. Ich atmete auf. In letzter Sekunde hatte ich das Blatt noch einmal gewendet.

Ulrike:

Das Sonnenlicht malte Kringel auf meine Bettdecke. Mein Körper schmerzte bei jeder Bewegung, doch ich würde mich hüten, darüber zu klagen. Endlich lichtete sich der Nebel aus Schmerz- und Beruhigungsmitteln, der mich in den vergangenen Tagen eingehüllt hatte. Ich hatte ein Schädel-Hirn-Trauma, einen Schlüsselbeinbruch, zwei Rippenbrüche sowie diverse Schnittwunden und Prellungen erlitten. Somit hatte ich gewaltiges Glück gehabt. Darüber waren sich alle einig, die sich bisher zu meinem Unfall geäußert hatten. Wäre ich nicht aus dem Wagen geschleudert worden, hätte ich keine Überlebenschance gehabt. In den ersten Tagen danach hatte ich auf der Intensivstation im künstlichen Koma gelegen. Am kritischsten wirkte sich der starke Blutverlust auf meinen Zustand aus. Nachdem ich die Intensivstation verlassen durfte, hatte ich tagelang fast nur geschlafen. An den Unfall selbst hatte ich keine Erinnerung und auch die Ereignisse des Tages zuvor kehrten nur allmählich in mein Bewusstsein zurück. Da ich ziemlich geschwächt war, trafen sie mich mit solcher Wucht, dass es sich unmittelbar auf meinen Zustand auswirkte. Stundenlang weinte ich über Peters sinnlosen Tod und der Gedanke an Lydias Schuld schickte meinen Blutdruck auf eine regelrechte Berg- und Talfahrt. Danach fiel mir mein Gespräch mit Ines Helmchen Stück für Stück wieder ein. Ich begann zu fiebern und fragte immer wieder, ob die Briefe gefunden worden seien. Man gab mir Beruhigungsmittel und die arglose Stationsschwester tätschelte meine Hand: „Nun vergessen Sie mal die Briefe, ihr Freund wird ihnen noch viele andere schreiben."

Als ich endlich wieder klarer denken konnte, begann ein Plan in mir Gestalt anzunehmen. Ich musste in Lydias Prozess aussagen, musste beschwören, dass die bei dem Unfall verbrannten Briefe existiert hatten. Und ich würde mein Versprechen gegen Ines Helmchen, sie aus allem herauszuhalten, leider nicht einhalten können. Auch sie würde nun zu Lydias Gunsten ihr Schweigen brechen müssen. Vor allem müsste ich so bald wie möglich eine Aussage machen. Meine ersten Andeutungen in diese Richtung lösten bei den Ärzten Kopfschütteln aus. Sie rieten mir dringend zu einer Kur, da ich nicht nur körperlich, sondern auch nervlich sehr angeschlagen sei. Ich brauche dringend Erholung, sonst würde sich meine Genesung verzögern. Davon wollte ich jedoch nichts hören.

Bei der Visite fragte ich die Stationsärztin, ob sie ein Gespräch mit der Polizei vermitteln könne.

„Fühlen Sie sich wirklich stark genug?" fragte sie. „Dann trifft es sich gut, ein Polizeibeamter möchte Sie nämlich zum Unfallhergang befragen. Er wartet draußen."

Der Beamte war ein väterlich wirkender, älterer Mann, der sehr behutsam mit mir umging. Inzwischen konnte ich mich wieder an den Unfall erinnern und seine Fragen beantworten. Ich beschrieb die bis auf den Jeep vor mir leere Landstraße, den plötzlichen Wildwechsel, den gleichzeitig auftauchenden Gegenverkehr und das Versagen meiner Bremsen. Er nickte zu jedem Detail, genauso hatten auch die Fahrer der anderen Wagen den Unfallhergang beschrieben.

Für den Nachmittag kündigte er den Besuch von Kollegen an, die den Mordvorwurf gegen meine Schwester bearbeiten würden. Ich war erfreut, dass mein Wunsch nach einem Gespräch so schnell Realität werden sollte und versicherte eilig, es würde mir nicht zu viel werden.

Sie kamen zu zweit. Den Mann kannte ich noch nicht, doch die junge, attraktive Beamtin war die gleiche, die damals Lydia und mich nach unseren Alibis befragt hatte. Dass die Stationsärztin zu meiner Unterstützung ebenfalls im Raum bleiben sollte, empfand ich als übertriebene Rücksichtnahme. Die wie eine Madonna aussehende Beamtin hieß Frau Trostmann und kein Name hätte besser zu ihr passen können. Ihre ganze Gesprächsführung erinnerte eher an eine Therapeutin als an eine Kriminalbeamtin. Das tiefe Bedauern in ihrer Stimme und in ihrem Gesichtsausdruck war vollkommen überzeugend, als sie äußerte, mir leider ein paar sehr unangenehme Mitteilungen machen zu müssen. „Ihr Unfall, Frau Lange", begann sie behutsam „war weder ihr Verschulden noch ein Zufall. Die Bremsen Ihres Wagens waren manipuliert worden. Wir gehen von einer Straftat aus."

Ich war irritiert. „Ja, und wer sollte das..." Ich ließ den Satz unvollendet in der Luft hängen.

„Leider kommt nur ihre Schwester dafür in Frage."

Jetzt begehrte ich auf. „Lydia ist seit zehn Monaten in Haft. Wie sollte sie sich da an dem Auto zu schaffen machen? Was sie, nebenbei gesagt, auch rein technisch überhaupt nicht gekonnt hätte."

Frau Trostmann legte ihre kühle Hand sanft auf meinen Arm. „Wir haben das alles sehr gründlich überprüft. Ihre

Schwester hatte den Wagen einen Tag vor dessen Tod an ihren Ehemann zurückgegeben. Sie hat ihn selbst in die Garage gefahren und sich dann noch auffällig lange darin aufgehalten. Das hat das Kanzleipersonal übereinstimmend ausgesagt. Sie haben darüber gewitzelt, dass der Abschied von dem BMW für Ihre Schwester wohl sehr schmerzlich sei und daher seine Zeit brauche. Die Schlüssel hat Ihre Schwester danach persönlich an Dr. Tanner übergeben, der sie in seinem Schreibtisch deponierte. Wir gehen davon aus, dass der geplante Anschlag ursprünglich ihm galt. Die technischen Voraussetzungen, ihn auszuführen, hatte Ihre Schwester sehr wohl, sie hat sich in dieser Hinsicht ausführlich von ihrem Liebhaber Maximilian Scholz beraten lassen, wie dieser inzwischen zugegeben hat." Frau Trostmann schwieg einen Moment, um mir Zeit zu lassen, das Gehörte zu verarbeiten. Sie holte hörbar tief Luft, bevor sie fortfuhr. „Frau Lange, wir wissen, dass Sie dann schließlich von Ihrer Schwester gedrängt wurden, den Wagen zu fahren. Die Vollzugsbeamtin, die das Gespräch mitgehört hatte, hat uns davon berichtet. Ihre Schwester wollte sie offenbar aus dem Weg räumen."

Jetzt wurde es entschieden absurd. „Der Wagen hat zehn Monate in der Garage gestanden, jeder hätte...", setzte ich an.

„Nein, niemand hätte etwas daran verändern können", widersprach die Beamtin entschieden. „Dr. Tanner hat die Schlüssel am Tage vor seinem Tod in den Schreibtisch gelegt. Am übernächsten Tag wurde die Kanzlei von der Polizei versiegelt. Als es an die Auflösung des Inventars ging, hat Frau Edelburg Tanner die Räume in Anwesenheit eines Notars betreten, da sie keine Komplikationen wünschte. Der Notar hatte die Schlüssel für Wagen und

Garage an sich genommen und sie schließlich direkt an den Anwalt Ihrer Schwester weitergegeben. Nur Ihre Schwester kann die Bremsen manipuliert haben, und sie wusste um die Gefahr, als sie Sie drängte, den Wagen zu fahren."

In meinem Kopf war ein Rauschen und Pochen, das sich einfach nicht vertreiben ließ. „Warum?" fragte ich mich und versuchte krampfhaft, die Tränen zurückzuhalten. Ich wusste die Antwort, konnte sie nicht verdrängen. Wegen Peter! Weil ich herausgefunden hatte, was damals passiert war. Ich wusste um Lydias subtile Art, Menschen zu bestrafen, die ihr in die Quere kamen. Aber hatte sie mich wirklich umbringen wollen? War ihr denn nicht klar gewesen, dass ich sie niemals verraten hätte? Dass ich trotz allem zu ihr halten würde?

Der Beamtin war meine zitternde Erregung nicht entgangen, voller Besorgnis suchte sie den Blick der Stationsärztin. Ich riss mich augenblicklich zusammen und bedeutete ihr mit einem Kopfnicken, ruhig fortzufahren.

„Frau Lange, es muss sehr schwer für Sie sein, das zu akzeptieren. Sie werden sich vor allem fragen, aus welchem Grunde Ihre Schwester so etwas getan haben sollte. Darauf gibt es leider eine klare Antwort. Sie wollte sich so der Verurteilung wegen Mordes an ihrem Ehemann entziehen. Am Freitag, dem 13. Februar suchte Ihre Schwester Lydia ihren Ehemann nämlich nochmals in der Kanzlei auf. Inzwischen hat sie zugegeben, zum fraglichen Zeitpunkt dort gewesen zu sein.

Verwirrt schaute ich die junge Beamtin an. Wieso sollte Lydia so etwas zugegeben haben? Ich wusste doch, dass sie gar nicht dort war.

Mein Blick wurde wohl falsch gedeutet, denn das Madonnengesicht zeigte noch eine Spur mehr Besorgnis. Sie sprach die folgenden Sätze in einem Ton aus, als wolle sie sich dafür entschuldigen: „Ihre Schwester hat ausgesagt, dass Sie den Mord begangen hätten und gewissermaßen von ihr dabei überrascht worden seien. Sie habe bisher geschwiegen, um sie zu schützen."

Vom Fenster her ließ sich ein tiefes Stöhnen vernehmen. Die Stationsärztin, die dort über mich wachte griff sich ungläubig an den Kopf und tat einen Schritt auf mich zu, als wolle sie mich beschützen. Ich schaffte es noch abzuwinken, dann ließ ich den Tränen freien Lauf. Ich war froh schon zu liegen, anderenfalls hätte ich mich mit Sicherheit nicht auf den Beinen halten können. Thomas hatte Recht gehabt, als er die Warnung aussprach, Lydia könnte versuchen, mich mit dem Mord an Dietrich zu belasten. Was war ich nur für eine naive Gans, dass ich die Realität nicht sehen wollte? Was würde als nächstes passieren? Wussten die Beamten bereits, dass ich am fraglichen Tag zur Tatzeit tatsächlich in der Kanzlei gewesen war? Wenn nicht, mussten sie dann nicht zwangsläufig irgendwann darauf kommen, so wie Ines Helmchen darauf gekommen war? Spätestens dann, wenn die Blutergüsse und Schwellungen in meinem Gesicht zurückgegangen wären. Der Raum um mich her begann sich beängstigend zusammenzuziehen, das Atmen fiel mir schwer und ich konnte der Beamtin nicht mehr ins Gesicht sehen. Meine Augen waren fest auf die Blumensträuße auf meinem Nachttisch geheftet. Dazwischen stand eine Genesungskarte von meinen Kollegen, auf der sich eine dicke Katze mit verbundener Pfote träge in einer Hängematte räkelte.

„Frau Lange", fuhr die Beamtin hastig fort „Sie müssen sich nicht aufregen. Gegen Sie besteht nicht der geringste Tatverdacht. Sie haben für die Tatzeit ein lückenloses Alibi. Die aufmerksame Nachbarin hat sie mit dem Taxi ankommen sehen, sie hat sich fast eine dreiviertel Stunde lang ausführlich mit Ihnen unterhalten und Sie danach beobachtet, wie Sie auf der Terrasse auf und ab gegangen sind, bis ihre Schwester auftauchte. Wozu misstrauische alte Damen doch gut sein können!" Sie probierte ein aufmunterndes Lächeln.

Mein Herz tat einen schmerzhaften Sprung und in meinem Kopf rasten die Gedanken. Das stimmte doch überhaupt nicht! Wie konnte die Frau behaupten, mich die ganze Zeit beobachtet zu haben, wo ich doch mindestens eine halbe Stunde abwesend gewesen war? Oder war das etwa eine Falle? Wollten die Beamten nur sehen, wie ich reagieren würde? Ich starrte weiter auf die Genesungskarte mit der Katze und wusste plötzlich die Antwort. Die Katze! Die jagende Katze vor der Terrasse, die immer wieder den Bewegungsmelder ausgelöst und das Licht am Brennen gehalten hatte. Deren Schatten ins Riesenhafte vergrößert über die Hauswand gehuscht war. Sie war noch da gewesen, als ich aus der Kanzlei zurückkehrte. Die Nachbarin musste angenommen haben, ich sei es gewesen, die da die ganze Zeit vor dem Haus auf und ab ging, bis sie Lydia ankommen sah und uns miteinander reden hörte. Und Lydia war Opfer ihrer eigenen Eitelkeit geworden. Es lag außerhalb ihres Vorstellungsvermögens, jemand könnte uns beide verwechselt haben. Daher war sie nicht auf den wahren Zusammenhang gekommen. Weil sie die Aussage der Zeugin nicht entkräften konnte, hatte sie hoch gepokert und ihre Anwesenheit in der Kanzlei fälschlich zugegeben, allerdings nur, um mich dadurch umso schwerer zu belasten.

Der Raum wirkte plötzlich wieder normal und ich atmete tief durch. Langsam wendete ich den Kopf und sah Frau Trostmann fest in die Augen. „Ja", sagte ich leise „so ist das gewesen. Ich habe die ganze Zeit über hinter dem Haus gewartet."

Die Beamtin lächelte sanft. „Frau Lange, Sie müssen im Prozess gegen Ihre Schwester nicht aussagen. Da Sie noch krank sind, werden Sie ja vermutlich nicht einmal daran teilnehmen. Es sei denn, Sie wollten das unbedingt und würden sich in 14 Tagen schon wieder stark genug fühlen."

„Nein", sagte ich entschieden. „Ich fühle mich noch nicht stark genug. Sobald ich das Krankenhaus verlassen darf, möchte ich zur Kur fahren."

Vom Fenster her kam jetzt ein zufriedenes Schnaufen, die Stationsärztin strahlte mich an. „Endlich werden Sie vernünftig", kommentierte sie meinen Entschluss. Im Verlaufe des Tages äußerten sich alle, die bei mir vorbeischauten, in die gleiche Richtung. Am meisten freute sich Martina. Den Zustand völliger Entspanntheit, in dem sie mich antraf, führte ich nicht nur auf das Beruhigungsmittel zurück, das mir die Stationsärztin vorsorglich erneut verabreicht hatte. Ich war einfach mit mir im Reinen. Von dem Gespräch mit der Polizei und Lydias ungeheuerlichen Anschuldigungen gegen mich erzählte ich Martina nichts. Dafür würde später noch Zeit sein, jetzt wollte ich nur in Ruhe gesund werden und meine Kur planen. Martina versprach weiterhin regelmäßig bei Mutter vorbeizuschauen. Obwohl das, wie sie lachend hinzusetzte, gar nicht mehr so dringend erforderlich sei. Mutter hatte sich seit dem Umzug sehr zum Positiven verändert. Sie hatte in der Wohnanlage einen Kreis gleichaltriger

Freundinnen gefunden, mit denen sie sich regelmäßig traf und viel unternahm. Anfangs hatte sie die Kontakte abgewehrt, bis ihr bewusst wurde, dass keine der Frauen indiskrete Fragen nach Lydia stellte und alle gemeinsam sogar dafür sorgten, sie vor der Neugier Anderer abzuschirmen. Als spürbaren Ausdruck ihres neuen Lebensgefühls hatte auch sie mir ausdrücklich zu der Kur geraten.

Da ich entschlossen war, keine weitere Zeit mit Grübeleien zu verschwenden, bat ich Martina, mir etwas zum Lesen mitzubringen. Allerdings bitte keine schwere Lektüre.

Martina grinste. „Fürstenromane vielleicht?"

„Also das nun doch nicht", meinte ich. „Märchen wären allerdings nicht schlecht, ich habe da einen gewissen Nachholbedarf." Ich wusste, dass Martina Märchenbücher sammelte und sich auf dem Gebiet ziemlich gut auskannte.

„Ausgezeichnete Wahl", lobte Martina. Gleich morgen würde sie mir eine Auswahl mitbringen.

Eine Frage wollte ich dann aber doch sofort loswerden. „Sag mal, was bedeutet es im Märchen eigentlich, der goldene Schlüssel von jemandem zu sein?"

Martina schaute mich mit gespieltem Mitleid an. „Du hast ja wirklich Nachholbedarf in Sachen Märchen. Also der goldene Schlüssel ist die wahre Braut eines Prinzen, die ihm abhanden gekommen ist. Und zwar durch ein böses Geschick, durch Hexerei, meist aber auch durch die eigene Dusseligkeit. Jedenfalls hat er sich nun zeitweise mit einem Ersatzschlüssel begnügen müssen, der aus

Silber, Messing oder aus ordinärem Blech war. Doch dann findet er den goldenen Schlüssel wieder und erhält eine neue Chance, mit ihm endlich die richtige Beziehungskiste aufzuschließen. Alles klar? Ach so, ehe ich es vergesse: Besorg' dir schon mal eine große Vase. Thomas kommt auch gleich noch vorbei, ich habe ihn vorhin dabei angetroffen, wie er den halben Blumenladen aufkaufte. Ich gehe dann jetzt." Martina verabschiedete sich mit einem verschwörerischen Lächeln.

Ich lehnte mich zurück und tat weiter nichts, als mich einfach auf Thomas zu freuen. Vielleicht bekamen wir zwei ja tatsächlich noch eine neue Chance. Ich würde nichts tun, um das zu forcieren. Doch ich würde mich dem Schicksal auch nicht in den Weg stellen. Es sollte alles so kommen, wie es kommen musste.

ENDE

Lust auf mehr?

Ebenfalls von Fiona Limar: "Eine tödliche Erinnerung"

Eine rätselhafte Patientin stellt die junge Psychologin Iris Forster vor ungeahnte Herausforderungen. Mittels Hypnose will die schöne Melissa verdrängte Kindheitserinnerungen wiedererlangen, da sie darin den Schlüssel zu ihren zahlreichen Beschwerden vermutet. Doch scheint von diesen Erinnerungen eine tödliche Gefahr auszugehen, die jeden bedroht, der daran zu rühren wagt. Auch Iris Forster kann sich bald nicht mehr sicher fühlen. Melissa ist von dunklen Geheimnissen umgeben: Was hat es mit dem Unfalltod ihrer Eltern auf sich? Warum wenden sich immer wieder Menschen angstvoll von ihr ab? Welche Verbindung gibt es zwischen ihr und zwei ungeklärten Mordfällen? Ist Melissa ein verfolgtes Opfer oder eine durchtriebene Täterin?

www.ingramcontent.com/pod-product-compliance
Lightning Source LLC
Chambersburg PA
CBHW051430170626
46809CB00006B/2404